中老年时报
创刊30周年系列丛书

赵兵 主编

我与时报三十年

庆祝《中老年时报》创刊
30周年征文作品集

《中老年时报》编辑部 编

南开大学出版社

天津社会科学院出版社

图书在版编目（CIP）数据

我与时报三十年：庆祝《中老年时报》创刊30周年
征文作品集 /《中老年时报》编辑部编. -- 天津：南
开大学出版社：天津社会科学院出版社，2023.1
（《中老年时报》创刊30周年系列丛书 / 赵兵主编）
ISBN 978-7-310-06345-1

Ⅰ.①我… Ⅱ.①中… Ⅲ.①随笔—作品集—中国—
当代 Ⅳ.①I267.1

中国版本图书馆CIP数据核字(2022)第222738号

我与时报三十年：庆祝《中老年时报》创刊30周年征文作品集
WO YU SHIBAO SANSHINIAN : QINGZHU 《ZHONGLAONIAN SHIBAO》
CHUANGKAN 30 ZHOUNIAN ZHENGWEN ZUOPINJI

南开大学出版社
天津社会科学院出版社　出版发行

出版人：陈　敬

地址：天津市南开区卫津路94号　邮政编码：300071
营销部电话：(022)23508339　营销部传真：(022)23508542
https://nkup.nankai.edu.cn

北京建宏印刷有限公司　全国各地新华书店经销
2023年1月第1版　2023年1月第1次印刷
885毫米×1230毫米　32开本　12.25印张　282千字
定价：78.00元

如遇图书印装质量问题，请与本社营销部联系调换，电话（022）23508339

《中老年时报》创刊 30 周年系列丛书

编委会

我们的节日

——致读者

亲爱的读者,2022 年 7 月 1 日是《中老年时报》三十岁生日。我们在此与您同贺——因为今天,既是时报的生日,也是读者的节日。

三十年,对一个人来说,是步入而立之年的踌躇满志;三十年,对一份报纸而言,是重整旗鼓再出发的接力起点;三十载时光白驹过隙,总有一些感动长留心间。现在,让我们一起慢下脚步回首过往,将一路走来的每个脚印都铭记在心。

这三十年,我们"以儿女情怀,办精品报纸",坚持"三贴近",用脚底板跑新闻,作品"接地气"才会"冒热气"。我们扎根养老机构,关注社区老年食堂,倡导"花甲帮耄耋,低龄帮高龄""早看窗帘晚看灯";我们手把手教老人使用智能手机,帮其跨越数字鸿沟;我们最早关注老旧小区加装电梯,推动天津市相当数量的老楼加装电梯……

这三十年,我们在全国组织首个"夕阳红旅游专列"游遍神州，首倡中老年读书节、文化节，举办首个老年春晚、老年奥运会，创办首个中老年艺术团，组织首个"老年相亲大会"，并衍生出"父母为大龄子女相亲会"……

这三十年，我们春节邀请书法家为读者写福字、送春联，元宵节带读者"遛百病"，重阳节陪读者"登高"；我们开门办报问计读者，每一次改版、创新改大字号，都开展大规模问卷调查。

2018 年，面对媒体传播格局转型的新趋势、新变化、新要求，天津媒体强强携手、走上融合发展的快车道。作为市委直属的海河传媒中心旗下媒体，《中老年时报》也焕发新的生机。我们"创刊 30 周年灯光秀"将于明晚在天津广播电视塔为您点亮祝福！

三十年，国家由富到强，迎来新时代；三十年，编读相得益彰，师亦友；三十年，时报风华正茂，恰少年！感谢有您伴我们长大！请让我们陪您到老，直到永远！

中老年时报社

2022 年 7 月 1 日

目　录

我是爱时报的
——《中老年时报》创刊 30 周年纪念征文专辑

以儿女情怀　办精品报纸
——《中老年时报》编辑编务理论专辑

我是爱时报的

——《中老年时报》创刊30周年纪念征文专辑

副刊是报纸的面孔

——恭贺《中老年时报》创办 30 周年

蒋子龙

三十年,不长不短。在历史的漫漫长河中,三十年只是一瞬;在瞬息万变的现代社会,三十年足可历尽沧桑。实至名归,值得庆祝!

我零零散散却从未长期间断地给时报写文章,也有三十年了,当初就冲着这份报纸的名字:《中老年时报》,当今还读报纸的不就是"中老年"吗?后来得到的反馈,证实了我的猜想。

我楼下的老邻居是退休的农学家,偶尔会点评我发表在时报上的文章,他竟多年订阅此报,能谈出读后感甚至形成文字发给我,可见读报有多么认真。我曾在时报上开过一个专栏,名为"子不语",开栏不久接到久未联系的老朋友张金丰先生鼓励的信。一位退休的老编辑,还参加了一个时报组织的讨论会,会上专门讨论我发表在该报上的一篇不足两千字的短文《城市平民的"骄子"》……文学已失去"轰动效应"多年,在时报发表的散文、随笔能经常收到读者的反馈,对作者自然是一种鼓舞,于是就有了继续给时报写下去的兴趣。

时报编辑还曾突发奇想,让我写了三个微型小说的开头,发表在时报的副刊上,让读者根据我的开头续写出一篇完整的小说。副刊版面异常活跃,各种各样的"续写",大大出乎我的想象,给我很大的启发。我也不得不按自己的开头续写了三个完整的微型小说。为了不使人误解是"标准答案",实际上小说也不能有标准答案,我将三个微型小说给了《南方周末》。

通过长期合作,我似乎理解了《中老年时报》的个性:突出天津地域文化,即所谓的"天津味儿",突出反映大城市平民阶层的社会风貌……所以时报的副刊很大,占的版面多,可以跻身全国为数不多的几个"大副刊"报纸的行列。因为各报纸必须刊发的新闻是千篇一律的,必须刊发的新华社通稿也是一模一样的,报纸的个性大都靠副刊体现。

中国的第一份报纸副刊诞生在上海。1897 年(即清光绪二十三年)11 月 24 日,《字林沪报》为突破办报的老模式,扩大知识面,增加信息量,便出版了被称为"附张"的《消闲报》,那就是中国最早的副刊。随之各报纸纷纷仿效,很快发展到几乎无报不设副刊的程度。公众评价一份报纸的品位,往往也取决于它的副刊办得怎么样。可见副刊首先是报纸生存的需要,它体现了报纸的一种文化形态,协调着媒体与生活、与人生、与艺术的关系。

如果正版是报纸的大脑、是灵魂,那么副刊就是报纸的面孔。到五四时期,鲁迅、胡适等文学大师的许多文章,就是先在报纸的副刊上发表。或许可以这么说，为促进和繁荣当时的新文化运动，副刊功不可没。因此许多报纸也因副刊办得好而声名大噪，副刊甚至成了一个报纸的标志。

——历经一个多世纪，这几乎是大家心照不宣的事实。

所以在"文化大革命"兴起之际，就先"革"副刊的"命"。各报纷纷停掉副刊，继而整个报纸关张，各地只留下一个临时性的"革命通讯"。随即便有五花八门的野报，如杂草丛生般地蔓延开来。奇怪的是这些野报上也开辟了类似"副刊"的东西，刊发诗歌、对口词以及小品文等。"文革"结束后，各报纸重新开张，随即副刊也渐渐地兴盛起来。今天几乎又是无报无副刊了，凡影响大的报纸都有一个像模像样的副刊，甚至连专业报纸，如《海洋报》《森林报》《国土资源报》，等等，乃至企业小报，也都有自己的副刊，刊发杂感、随笔和多种样式的文艺作品。

时报的魅力来自整个报纸的风格，这是逐渐积累而成的。有气度把副刊办好、办大，其报纸自身也必定是从容自信的。借《中老年时报》创刊 30 周年之际，以此文聊表贺忱！

忘不了

滑富强

1992 年 7 月 1 日《天津老年时报》创刊,我成了该报的忠实读者,2010 年改为《中老年时报》后,我更是该报的热心读者兼作者。

忘不了李夫先生从《今晚报》抽调有生力量创办了《天津老年时报》;忘不了马志林、李燕捷、张玲、吕新、赵兵等《中老年时报》的历届总编,引领时代潮流,把报纸做大做强。

30 年来,《中老年时报》从小到大走过了不寻常的历程,并且随着时代的变迁,读者的需要,内容不断更新,版面多次更改,在历史的进程中不断前进!尽管时代发展速度之快对于纸媒造成了一定的冲击,但是时报扬长避短,在每年的读者问卷调查中摸清读者的需求,使得订阅量始终保持前位,处于全市乃至全国的领先地位,可喜可贺!

2002 年,时报联谊会成立,赵胶东副总编担任指导重担。通讯员杨书生任常务副会长。赵胶东副总编在通讯员中德高望重,他的每一次授课都是座无虚席。

我与杨书生是朋友,2007年底我从北辰区文联主席岗位上卸任后,为了给自己找到新的定位,发挥一技之长,我加入了通讯组联谊会。2008年1月我与杨书生共商创办了通讯员文学刊物《七彩虹》杂志。我写的创刊词"谁持彩练当空舞"经赵胶东推荐在《天津老年时报》第一版发表。2008年9月赵胶东不幸突然病逝,联谊会失去了会长,杨书生向时任总编马志林请示,任命我担任了会长。也是在马志林的支持下,《七彩虹》编辑出版至今已有14个年头。不仅成了"通联会"成员,还是天津市文学爱好者关注和喜爱的杂志,是他们的鼓励让我虽然年近八旬还在精心编制这本我心爱的杂志。

作为一位工人作家,我与《中老年时报》结下了深厚的情感。我与吕金才、付殿贵、周亮、杨惠全、齐珏、董欣妍等编辑、记者时有沟通。在时报第一版上曾发表过《平民作家滑富强讲述读书的故事——在工人文学大潮中成长》。2021年是我从事文学活动60年,时报一版又在显著版面刊登了通讯《滑富强从事文学活动六十年座谈会召开》。

多年来,我给岁月版写稿较多,如《梁斌与文学青年的交往》《母亲的背影》《石坚先生写给我的两封贺信》《忆沙陀先生》《北郊文学社和北郊创作》等,令人难忘的是时报老总马志林还在岁月版发表了《伉俪情深——工人作家滑富强侧记》的文章,对我为老妻编印的"金婚档案"予以肯定。

30年来,《中老年时报》给我提供了精美的精神食粮,伴我从中年走向老年,使我在职时受益,退休后依然能够发挥余热,为社会做贡献。特别是我主编的通讯员联谊会会刊《七彩虹》,为广大通讯员相互交流提供了平台,至今已出版 48 期。这也是通讯员们献给《中老年时报》30 年大庆的一份礼物。

我们走在大路上

吕金才

在《中老年时报》发起"我与时报 30 年"征文活动不久,笔者看到,岁月版编辑在该征文专栏首发作家蒋子龙的庆贺文章:《副刊是报纸的面孔——恭贺〈中老年时报〉创办 30 周年》,真诚喜爱之情溢于字里行间。

作为一名退休编辑,我感到这既是蒋子龙先生对《中老年时报》的尊重,也是对每一名读者的尊重,他爱读者之所爱,道出读者的心声。其实,在《中老年时报》上蒋子龙先生道出读者心声的又何止这一篇文章。他在《副刊是报纸的面孔》中写道:"通过长期合作,我似乎理解了《中老年时报》的个性:突出天津地域文化,即所谓的'天津味儿',突出反映大城市平民阶层的社会风貌……"是的,他理解了这一点,就述诸文字,在《中老年时报》发表的大量文章,不仅反映城市平民阶层的社会风貌,还发城市平民阶层之心声。

记得在 2017 年两会召开前夕,本报发表蒋子龙先生所写

《城市"平二代"》一文,该文提出"平二代""惧怕、或者说厌恶凭劳动养活自己"这一社会问题。作家痛心疾首地指摘,因社会风尚鄙视劳动,形成了"干活粗糙,却都想活得精致;口口声声抱怨生存竞争激烈,却培养了一大批年轻闲人"的社会怪象——"而一个人最有效的工作时期就是 25 至 50 岁之间,这是何等巨大的浪费!"令人听到一个有良心的作家忧国忧民的呐喊! 接着,他敲响暮鼓晨钟——"世风败坏是不是跟工作态度和不工作的人太多有关?"文中他多次书写经世致用警句,"工作是让心灵高贵的营养""工作,是最好的医生""无事生非,有份自己喜欢的职业,就会远离一些坏事"。

该文发表后,反响强烈。读者纷纷来电话发出心声。有读者说,两会即将召开之际,这是"不是提案的提案"。媒体就要发挥民主建言的作用。该文获中共天津市委宣传部、天津市新闻工作者协会颁发的 2017 年度天津市新闻二等奖;获天津市新闻工作者协会颁发的 2017 年度天津市新闻奖报纸副刊奖一等奖。

蒋子龙先生在《副刊是报纸的面孔》一文中说:"……时报的副刊很大,占的版面多,可以跻身全国为数不多的几个'大副刊'报纸的行列。"看到这样的评价,我由衷地为自己曾经工作过的报社、自己曾经付出过心血的"大副刊"而高兴。

蒋先生说:"因为各报纸必须刊发的新闻是千篇一律的,必须刊发的新华社通稿也是一模一样的,报纸的个性大都靠副刊体现。"我要说,报纸的个性大都靠副刊体现,而副刊的个性又要靠有思想、有担当、有才华的作者、作家有文采的文章来体现。

思想性永远是副刊的旗帜！记得在岁月版创办之初，在社领导的指导下，版面大量编辑、刊发全国著名作家思想性、文学性兼具的杂文作品，约蒋子龙、柳萌、邵燕祥、牧惠、蓝英年、王春瑜、陈四益、朱铁志、王学泰等全国著名杂文家撰稿，高扬起思想性、文学性的旗帜。

我在《中老年时报》工作 19 年，从进报社大门到退休，自始至终编辑岁月版、知青版，深感历任领导对蒋子龙先生所谓"大副刊"的重视，可以说，他们无一不是拿副刊当生命线来抓。

岁月如白驹过隙，我已从不惑走到花甲。唯有不变的是报社领导和同仁稳扎稳打、步步趋近的"大副刊"的理想。我也欣喜地看到，我们有理想、有担当、有才华、有牺牲精神的年轻副刊编辑们，正和全社同仁一起激情满怀而默默奉献地走在通向"大副刊"的路上——我们走在大路上！

我把青春献给你

由国庆

民风民俗是我长期研究、关注的重点,回望津门故里的岁月往事,商市民情也自在其中。希望通过自己的笔,给那些素不为人所重的行商贩夫"下里巴人"一个"名分",哪怕是几行再现的文字。其实,他们才真正是生活中最原生态、最鲜活的人文因子。

《中老年时报》前身是《天津老年时报》,我老爹、老娘是该报忠实的读者,最初我是从二老那认识这份报纸的。尽管只是偶尔浏览,但大气、严谨的报相给我留下很深印象。2001 年 4 月初,我揣着二十多篇有关老天津商市五行八作风俗的小文走进编辑部,自荐拙作,当时的编辑部老师热情接待,让我觉得素昧平生的初面相见恨晚。我们商定用文配图的形式发表,更能提高雅俗共赏的可读性。当我如约再次到报社时,编辑已将拙稿策划、润色成"津沽旧市相"系列准备刊发了。那年我 33 岁,正是青春好年华。

专栏"津沽旧市相"以《巧卖估衣》一文始发于 2001 年 4 月 21 日。开弓没有回头箭啊，接下来的创作过程绝非坦途，更需韧劲，如今想来挺值得回味。众所周知，常人喜欢关注"高大全"，而关于街头巷尾行商贩夫的记载少之又少，我尽力搜罗、查阅文史资料，但很快发现单凭一般史料已很难支撑专栏"系统工程"，如此促使我必须走入民间、深入生活去采访、去记录、去挖掘"原生态"的旧闻轶事。工作之余，书包里的小本子陪着我常扎在中老年人堆儿里。为了稿子，我愿意去泡大众澡堂，可以与老爷子们慢慢神聊；甚至蹲公共厕所时也瞅准时机朝身旁的老爷子问上一段故事，当然难免招来别人的异样眼神。在公园里晨练的大娘也被我问烦过，再见面时总开玩笑找我要稿费……

专栏由漫画家田恒玉先生配图，因田先生年长，所以报社通过一批文稿，我去取稿，然后送稿到田先生家，顺便交流沟通，隔几天取回再送回编辑部。那些年往返了多少来回已记不清，但 2001 年 12 月 19 日让我终生难忘。老娘因病在前一天刚做了大手术，当日早晨天降大雪，一直守在病床前的我下意识想起原定那天应去田先生家取图且送回报社的。我一忍再忍，最后还是和才苏醒的老娘说了这件事，老娘执意让我忙去。大雪中，我在公交车上冻了近三个小时，望着车窗外飘落的雪片和玻璃上的冰凌花，不知怎的，我哭了。

精诚所至，金石为开。专栏"津沽旧市相"刊发后在读者中产生了相当好的反响。粉丝可敬，不局限于天津的，《中老年时报》发行量大，影响面广，南至云南大理，北至黑龙江哈尔滨的读者们纷纷给报社写信，谈感想、说欣喜，同时也提出了许多建议与线索。编辑及时与我沟通，就是为了让专栏更精彩，更贴近读者。那些年的部分读者来信，我一直珍存着，有的粉丝直到今天仍是我的好朋友。

至 2006 年 3 月 10 日的末篇，专栏"津沽旧市相"前后历时五个年头，共发表 262 篇。《中老年时报》老读者围绕"津沽旧市相"精心制作的剪报集，仅个人所见就达几十种，异彩纷呈，有仿古线装式的、卷轴长卷式的、挂历式的等，不胜枚举，我每有所见，深受感动。后来，应广大读者要求，"津沽旧市相"结集成书正式出版，还陆续被国内多家图书馆，乃至几十家海外图书馆馆藏。不仅如此，我又通过个人每逢寒冬季节发起的"书传善缘，播种温暖"公益活动，自费购书，将"津沽旧市相"等专著无偿赠送偏远地区一百多家小图书馆室，让报纸的名字、我的文字暖在四方。

可以说，我把青春最好的岁月献给了读者、报纸，与此同时，各界的支持、厚爱也尤其成为我人生最美好的记忆与收获。在《中老年时报》创刊 30 周年之际，我愿送上最诚挚的祝愿——而立青春，风华正茂！

抢手读物

侯福志

我与《中老年时报》结缘于1998年。那一年,我在天津地矿局机关工作。当时,单位刚从天津市和平区昆明路搬到天津市南开区迎水道办公楼不久。为丰富职工业余生活,单位在老干部处放置了一张台球案子。每天中午休息的时候,大家都可以到老干部处去打台球。因为参与的人比较多,大家只能轮流上场。在未轮到自己之时,或中间休息时,就可以坐在沙发上看报。时报由于版面多且内容丰富,就成了抢手读物。

自1986年11月开始,我就成为报纸的作者。出于作者的敏感性,我第一次在老干处接触时报的时候,就很关注时报各个版面和栏目,看看是否有投稿的机会。冯增贤编辑的生活版,是一个颇受中老年读者欢迎的版面,举凡老年人关注的内容,都可以在这里读到。当时,市面上正风行桶装矿泉水。于是,我从专业角度就矿泉水与健康的关系,写了一篇《如何选购矿泉水》的稿子投给了生活版,大概过了半年,文章在时报上发表,这令我十分兴奋。

这之后,我围绕着宝玉石、观赏石以及健康饮水等话题,陆续撰写了不少稿件。由于文章与中老年读者的生活很密切,而且我是从一位地质人的专业角度去写的,因此文章见报后深受读者欢迎。当时,经常有读者打来电话,或鼓励、或问候、或交流。还有读者专门跑到我单位,要求与我见面、交朋友。2010年,我应邀在天津图书馆进行了一次科普讲座,不少时报的读者都去了现场,在讲座结束时,有不少中老年读者请我在他们的剪报册上签名留念。他们的剪报册,全都是我在时报上发表作品的专辑。

2002年前后,时报开设了岁月版。这个版面不仅有历史的积淀,还有对当代社会生活的深度思考。稿件的质量普遍比较高,而且内容上很接地气。故创办之初,即深受读者好评。有了给生活版投稿的经历,我自然轻车熟路,很快就成了这个版面的撰稿人。大家可能想不到,我从岁月版创办之初,就成为一名骨干作者,但在很长一段时间里,我与吕金才编辑,只是偶尔在电话里交谈,内容主要是核对稿件,却从未谋面。直到5年后的2007年,因为时报举办的一次活动,我才有机会与吕老师面对面交流,方知吕老师是比我大3岁的一位长兄。

2021年4月,吕老师退休之前,把包括我在内的一批作者推荐给董欣妍、吴熹二位编辑。这样,我与岁月版继续保持着顺畅的工作联系。我撰写的一批"重量级"的稿件,均能够在这个版面首发。二位编辑同样平易近人,他们继承了岁月版的优良传统,除保留原来的"津沽旧事""津门故里""岁月漫记"等专栏外，又陆续增加了不少新的栏目，如"俏皮俗话""纸上古今"等，除保留厚重的版面风格外，还给人以耳目一新的感觉。

最近，我老家的"武清区作家微信朋友圈"里，曾有一个未曾见面的作者向我讨教多发稿的"秘诀"。我告诉他并没有什么秘诀，如果有，就是六个字，即"多写、多练、多投"。至于其他因素，我在与他的私下交流中，曾坦率地承认，我与编辑的关系，其实就是"稿件"的关系。我虽然是一个老作者，但与编辑对话，就是靠高质量的稿件。而且，事实上，与我打交道的编辑都是"认稿不认人"。他们工作严谨细致，看重的是稿件的质量而不是私情。如果稿件质量不行，即使有很好的关系，也不会给你上稿。在这方面，我有切身的体会。"版面体现编者水平，作为时报编辑，绝不能砸时报的牌子。"一位编辑曾这样对我说过。

在纸媒生存空间越来越窄的大背景下，时报之所以越走越远，蒸蒸日上，这是与时报编辑们敬业爱岗的团队精神分不开的。在时报迎来创刊 30 周年之际，我祝福《中老年时报》，祝福亦师亦友的编辑们。

用文字书写故事

任广玉

　　30年前的我，如同我今年所带的学生，刚刚步入高中的校门，从农村的一所普通校考入被人们称之为"大楼"的宝坻一中，因重文轻理，从之前的成绩佼佼者很快就成为全班倒数，心中的挫败感和自卑使我对高中的生活一片茫然。恰在此时，课代表发下来的语文周记本上，老师给我留言道：善于描写，文笔细腻，真情实感流露笔端，好好发挥你的优势吧！我拿着周记本，来到操场的空旷处，一遍一遍地读自己写的文字和老师的评语，任眼泪肆意流淌。

　　第一次住校远离家人，学业的压力和生活上的不适应不愿意向别人倾诉，文字就成为我最好的宣泄出口，不承想得到老师的肯定和鼓励，我仿佛在迷茫困顿中一下子看到光亮。于是我鼓足勇气给校刊投稿，因本班同学是编辑之一，我不想被同学知道，便以"天鸽"为笔名投了一篇小稿，没想到很快就发表了，同学们拿到校刊，还议论着"天鸽"是谁，我望着窗外，默念着泰戈尔的那首诗:天空没有我的痕迹,但是我已经飞过。那是 1992 年的秋天,一个金色的收获季节,我收获了一个希望,也正是那一年,在天津的报刊媒体发展历程中,也诞生了一份崭新的《中老年时报》。

成为时报的读者,是在参加工作后。因为备课需要很多时政信息,每天中午,我都在学校的阅览室里将当天的各种报纸粗略地翻阅,了解最新的国内国际大事。看到《中老年时报》摆在那里,我想这报纸都是老年人看的,学校订这报纸给谁看? 好奇心又驱使我打开报纸,岁月和知青两版的内容一下子就吸引了我,尤其是知青那一版的内容触动了我,让我想要写一写当过知青的大学写作老师的故事。那天老师在课堂描述着她在草原放牧时与远道而来的父亲相拥,我听到楼道里传来一声咳嗽,便突然站起来激动地跟老师说:“老师,我的父亲来了!”同学们在下课铃声中笑得前仰后合,我窘迫得手足无措,而教室门被轻轻推开那一刻,教务老师带着父亲正往教室里打探着我。老师惊呼着:“天哪! 父女喜相逢! 心有灵犀呀!”老师多次将我的习作在全系大课中作为范文点评,法学专业的我也逐渐地向“非法”爱好倾斜。

这篇文章写完发出去,很快就收到了编辑吕金才老师的电话,这是我第一次收到编辑打来的电话,那时候我还没有加入作协,侥幸发表的作品屈指可数,而吕老师在电话中很耐心地提出文章的一些不足之处和修改意见,我因为过于激动竟然没怎么记住。文章发表后我收到吕老师寄来的样报,想着给当年的老师寄过去,没想到得来的却是她早已病逝的噩耗。

张爱玲说出名要趁早,如果我早写出来这段故事呢? 写文章也要趁早啊! 之后在昌老师的一次次鼓励之下,我在时报发表了几十篇乡情忆旧文章,也结识了更多的师友。为了能让父母看到我的文章,更为了他们在晚年有高质量的文化生活,我每年都给他们订报,父母也成为时报的忠实读者,父亲在我的带动下,也用他那电焊工人的大手写起了文章,成为一名时报的作者。

时报不老,正当青春。我们书写时报的故事,也是在用文字纪念我们的青春。

皆为"景"中人

黄桂元

最初接触《天津老年时报》,我三十几岁,尚处于梦境斑斓的轻狂季节,感觉还无资格成为报纸的作者。更名后的《中老年时报》,完成了值得纪念的历史性定位,更具吸纳力,也更能赢得读者市场。我意识到,时报注定会成为我的"人生伴侣",并用笔墨与之默默呼应,以示不可分离的心灵契合。

人们习惯于将人生比作四季,很形象,也很诗意。只是任何比喻都会有破绽,大自然中的四季循环往复,亘古如此,人生的季节却是一次单程旅行,不可轮回,也由此具有了"形而上"的哲学意义。其实,人生的秋冬季节,常常是在我们浑然无察中降临的。二十多年前,李国文在《人之老》一文中谈到,梁晓声曾对他感慨,某日上公交车,居然有人让座,我不到五十呢!两位作家相视片刻,哈哈大笑,笑声中,中年的梁晓声与老年的李国文随着"不知老之将至",皆已融入"中老年"苍劲风景。

往往是这样,人生在世,前半段用健康换取金钱,后半段用金钱购买健康。《中老年时报》的存在，能促使我们"审时度势"，省察自身，通透地绕开弯路，迈入坦途。"人怕老，文怕嫩"，说这话的董桥，随笔以绮丽倜傥的笔墨风情拥有相当高的辨识度。怕嫩而装老，"为赋新词强说愁"，这是包括我在内的许多写作同行的通病。那时董桥正值盛年，对中年极尽调侃，其名篇《中年是下午茶》，记得我是边进午餐边读此文的，居然领教了什么叫"喷饭"。他的调侃，透着尴尬、苦涩和无奈。

一个人从呱呱坠地到走出童蒙，人生的里程中，从最早阅读少年报、儿童文学，到青年报、日报、晚报，然后成了成熟的《中老年时报》读者，生命角色的转换是自然规律。谁也不会凝固于青春年华，所谓冻龄只是一种美好想象。随着老之而至，人生的聚焦和生活的重心发生位移是必然的，适时调整、完善、引导，也是明智的。我很喜欢叶剑英老帅的两句诗，"老夫喜作黄昏颂，满目青山夕照明"，达到此境界，需要不断加大精神营养的比例。

人老了，更愿意避开俗世纷扰和红尘喧嚣，进入安静而达观的内心世界。据了解，占五成的中老年人将看报和上网作为丰富晚年生活的方式。这为中老年人"量身定制"的《中老年时报》适时面世，其价值、意义和不可替代性尽显无遗。考虑到读者眼力衰退，时报在创意、编辑和排版、字号上竭心尽力，提供便利，以轻阅读、多兴趣点满足各类读者，话题亲民，内容广泛，"雅俗"并举，全方位地关照、陪护、温暖这一群体的晚年生活，魅力持久，口碑甚佳。

以前出于习惯和偏爱，我一般比较留意时报的副刊，尤其是岁月、深读、讲述等专版。孙犁的大部分作品，最早均发表在报纸副刊,他给出的理由,一是发表及时,二是读者面广,三是可防止文章拉长,多方受益。鲁迅又何尝不是如此呢。如今我也关注生活、家庭、颐寿、法制、养老等版面,点点滴滴,所获甚丰。事实上,时报读者是各个领域的长者,阅历丰富,经验老到,人才济济,不乏"高手"。写稿者需要底蕴深厚,言之有物,提供"干货",谨防华而不实,拒绝花拳绣腿,称时报为中老年朋友的生活指南或日常小百科,恰如其分,实至名归。这片风景,是港湾,也是家园。每天每月每年,我和许多老友,还有无数读者,在此流连、徜徉,享受暖阳,不亦快哉。

平复我对母亲的思念

孟 国

我接触《中老年时报》已经有二十多年了,大致可以分为两个阶段:前10年我是读者;后10年我既是读者,又是作者。如今,读时报,给时报写稿,已成为我退休生活的重要内容。读时报,增加了我的知识,拓宽了眼界;给时报写稿,提高了我的观察能力、思维能力和写作能力。

我给《中老年时报》投稿,多少有一点偶然性。2012年11月8日,我亲爱的老母亲寿终正寝。办完老人的后事,我一直沉浸在对母亲的思念中,精神萎靡,情绪低落,不能自拔。兄弟姐妹们都在用自己的方式祭奠着母亲,比如整理母亲生前的照片、做一个纪念母亲的视频,而我却不知干点儿什么好。

那几天,我的脑子里都是母亲生前的音容笑貌和她老人家经历的件件往事。我突然想到,我应该用文字把这些记录下来。于是我静下心来,坐在电脑旁,眼含热泪,写了一篇纪念母亲的文章,题目是《母亲的泪水》。文章回忆了母亲一生所经历的坎坎坷坷;叙述了母亲深明大义,含辛茹苦,抚养 7 个子女的辛苦;也表露了作为子女的我们,以母亲为榜样,做好自己的决心。最后,以 16 个字概括了母亲的一生:"半生坎坷,一世清明,勤诚达善,子孙楷模。"这 16 个字镌刻在母亲的墓碑上,也铭记在我们的心里。我很希望这篇文章能够让更多的人看到,投给哪家报社呢? 我首先想到的是我长期订阅的时报。此时,老母亲刚刚去世半个多月。没想到稿件投出的第三天——11 月 28 日,也就是老母亲刚刚离世 20 天,岁月版就发表了这篇文章,文章的发表使我的悲痛和思念得到很大程度的平复,心情轻松了许多。

文章发表得如此迅速,我有点始料不及。我立即买了几份时报,让兄弟姐妹们人手一份。我还把这篇文章剪下来,镶在一个镜框里。特别是在"五七"那天,兄弟姐妹们集中在一起祭奠母亲,我把那天的报纸摆放在母亲照片前面……我只是想让母亲在另一个世界能够看到这篇文章,能够看到我们对她老人家的思念,让她老人家放心。

后来,我见到了岁月版的吕编辑,我对他深表感谢,他说这篇文章也深深地感动了他。由此,我想到了另外一个问题,我已退休,虽然还有一些工作,但压力小多了,我是学中文的,写文章还算是轻车熟路。一方面,我认真阅读时报的各个版面,了解版面的特点,研究编辑的思路;另一方面,在日常生活中认真观察,多多思考,勤于动笔。此后,我便把写各种文章当成了退休生活的丰富和充实。而文章发表的平台,主要就是时报。我首先认准了知青版,我是老知青,以前写过不少知青的文章。知青版在全国报刊为数不多,十分难得,我先后在知青版发表了 50 多篇文章。近 10 年来,我在时报的其他版面,像副刊、岁月、家庭、颐寿、评论、讲述、编读等,发表了约 500 篇文章。

几十年来,时报是我不可须臾离开的"老朋友",在时报创刊 30 周年之际,我要由衷地说一声:时报,谢谢你!祝"老朋友"生日快乐!

最浪漫的事

杨仲凯

　　我听到《中老年时报》创刊 30 周年的消息,还是有点感慨。我细算一下,1992 年的清新记忆就在眼前,那些脑海里的时代图景斑斓瑰丽,只不过用语言很难叙述。这就 30 周年了? 30 年前,我还不满弱冠,创刊的报纸跟我毫无关系,一经各自成长,而今我人到中年,才发现,《中老年时报》原来就是为我这样的中年人办的,早早等着我呢。

　　1992 年我虽然已经是一个文学青年,但求学忙,读报的机会不多,何况时报那时还叫《天津老年报》,跟我还很遥远。2000年后,虽然已经有网络,但纸媒才进入繁荣的时候,不管是全国级别还是天津本地,报刊都不少,版式和纸张越来越好看,版面也多,栏目和内容也都办得不错,跟 20 世纪八九十年代相比要丰富得多。而那时我不忙求学又忙谋生,阅读范围也在法学和文学著作,还是没有机缘跟这张报纸深交。2010 年《天津老年报》更名为《中老年时报》之后,我常常听人议论这份报纸办得灵活，接地气，是全国第一份以中老年为主体对象的报纸，关注的不仅是老年，还有中年，层面一下子就宽广了。惜乎那时我连中年也还没有到，报纸关注了中年，我还是没有太过关注报纸。

我和这份报纸为数不多的交集，是我作为一名律师，做过一些敬老和维护老年人权益的工作，给老年人提供法律帮助，参加过的几次活动都是《中老年时报》牵头搞的，报纸除了是读物，还具有公益与社会功能，在这方面，《中老年时报》做得很好。

纸媒在近几年开始式微，但《中老年时报》不仅坚挺，而且似乎有越来越强的感觉。这和这份报纸内容办得好当然有关，重要的应该是它的定位和坚守。找准定位太关键了，主要面对中老年人，服务中老年人，越专就越博，越窄就越宽。把中老年这个群体读者服务好，这是多大个市场！而我，就算再心有不甘，也不再是少年，不再是青年，《中老年时报》渐渐成了我的喜读之物。我们这些"70后"，对纸媒还是有痴心，有油墨香可以闻，有纸的质感可以抚摸，有铅字的阅读体验，有送报人送到家，拿在手里，这才是看报嘛！

自从我承认了我的中年身份，我和《中老年时报》的关系在近些年开始迅速升温。我虽仍繁忙，但毕竟很多事情可以让年轻人来帮我做，能有点儿读书写作的时间了，我才成为《中老年时报》的读者和作者，我发现副刊和包括岁月版在内的几个相关的版面都办得精彩极了！我陆续发表了不少随笔，而且发现，同版面的作者，有不少大咖级著名作家的有分量的作品，能约请到这样的作家，足见这份报纸的影响力。同时我也发现，不少老年朋友中的文学爱好者，也能在这个园地里耕种，表达自己的看法。所谓雅俗共赏,重要的是参加,这份报纸中有很好的体现。
而读者的群体面向中老年,也并不意味着年轻人就不看这份报
纸,在很多方面,人不分年龄,审美是共通的。

我的专栏文字"路上五百字"都是在路上写的,而且短到只
有五百字左右,每周日在副刊版刊发,读者说好,好在哪里呢?
短小反而才好读,有特色才有人读。有特色,这说的不就是《中
老年时报》吗?

在这份已经属于我的报纸创刊 30 周年之际,希望它能陪着
我这个中年人慢慢变老,这是我能想到的最浪漫的事。

不离不弃的朋友

杨振关

最早与时报结缘，是在二十多年前，一次晚饭后和妻子去她的朋友家串门，闲聊中妻子见朋友书柜旁的木椅上整齐地码放着一摞《天津老年时报》（即现在的《中老年时报》），被上面的内容吸引，从中拿起一张便没再放回去，说有几条内容她要回家剪下来贴在剪报本上，她的朋友也知道妻子有剪报的习惯，便爽快地说你若喜欢就都抱走吧，反正自己也都看过了。妻子像得到了宝贝欣喜若狂，要我帮着，忙了几个晚上，分门别类地剪了厚厚两大本。就是从那时起，我们开始订阅时报，二十几年来，一直没间断过。

妻子读报剪报，偏重在颐寿保健和家庭生活方面，为了增强记忆，她还将重要内容抄录在本子上，给左邻右舍和亲朋好友讲解保健知识，还自诩读了时报都快成半个医生了。我兴趣广泛，几个版块上的内容几乎无字不读，要闻版上的新闻动态让我了解了党和国家的大政方针，以及尊老、养老、助老的最新举措，还有法治、历史、生活、休闲等方面的内容都是我必读的。更为喜爱的还有岁月、副刊、知青、家庭等几个版面,上面的文章,有的激活了我脑海深处的记忆,穿越时光隧道,多年前的往事仿佛在眼前重现,给人一种返老还童般的喜悦;有的给了我文学上的滋养,激发创作上的灵感和冲动,让我由一个时报的热心读者,提笔成为"挥毫泼墨"的作者,不时有文字见诸报端,让我体味到那种有所作为的成就感。

开始给时报写稿,没经验,模仿的成分多一些,东施效颦,摸着石头过河,见了那些震撼心灵的篇章,便在记忆深处挖掘曾经感动过自己的故事,写成后寄发出去,并不抱多大希望。因为给别的报刊写稿、寄稿,也大多泥牛入海无消息。不想过三天,热心的编辑便打电话过来,虽然稿件没能达到刊发的水准,但仍诚挚地给予鼓励,从内容要求和结构处理上,分门别类地进行剖析,指出要在哪些方面多加注意和留心。让你心服口服外带感动和佩服的同时,更增强了写作上的信心。从那时起,我便记住了吕金才的名字。不但自己多年来坚持订报和给时报写稿,还将本区的一些作者如赵学俭、商维新、肖紫韫等的一些作品,推荐给时报,不但使他们成为热心的时报读者,还激发了他们的写作热情,成为勤勉的作者,时有新作发表。

更为难得的是,时报还让我重逢了多年不见的老友。老友是在时报上发现我的名字后,通过热心的编辑搭桥联系上的。算来,我俩断了联系已有半个世纪之久。我只知道她于50年前,在那次两个月之久的写作培训班结束后,离开家乡,随夫远去东北大庆油田;我也离开土生土长的乡村,去县里参加工作,此后彼此再无联系。老友说,是时报帮了她的忙,她一个电话,素不相识的编辑便伸出了援手。她要我联系培训班上的几个旧友,她春节期间重返故乡时约来相聚。半个世纪恍惚如昨,然而时间的刻刀在每个人身上都留下了深深的印痕,如果不是有约在先,还真是相见不相识了。那次相聚,老友特意带来了印有我文章的那份时报,说自己远在大庆,能读到家乡的报纸倍感亲切。

时报给了我知识,给了我帮助,给了我开阔的视野,时报是我不离不弃的朋友,感谢时报!

最给力的平台

陈启智

2014 年以前,我写的文章大多在《天津日报》和《今晚报》上刊发。与《中老年时报》结缘,始于我写的一本书——《启功教我学书法》。

2013 年,我完成了记述启功恩师教我学习书法的长篇回忆录。百味年华文化传媒有限公司编辑部帮我编排并印成精美的样书。姜维群先生看了样书,颇为赞赏。他除了帮我联系出版社,还介绍了《中老年时报》的同仁,先将我书中部分内容在时报刊登。于是,从 2014 年 3 月 26 日起,我的几篇回忆启功恩师的文章就陆续见诸报端了。

由于与时报建立起了彼此信任的关系,所以,当这本书由百花文艺出版社正式出版时,时任社长张玲即邀我在今晚大厦举办新书首发式,时间为 2015 年 1 月 14 日。翌日,在天津图书大厦六楼举办了"陈启智回报恩师书法展暨签字售书"活动;2 月 7 日,再次在今晚大厦一楼大厅举办签字售书活动。在一系列活动中,时报宣传给力,配合积极,场面热烈,效果甚佳。

时报趁热打铁,又约我写系统讲析书法的文章。这于我而言,是轻车熟路。很快,"汉字的艺术结构与章法"的内容就在时报连载了。每周一篇,历时 10 个月方告结。

办好报纸,能与读者沟通是一个重要方面。同年 11 月,时报给我转来一封读者孙煌的来信。他不明白"书法作品落款钤印为什么'上阴下阳'",恳请时报约陈启智老师为之讲解。时报与读者的信任激励了我。11 月 12 日,我发表了同名的答疑文章。资料显示,这个问题此前没有人专门探讨过,故此文不仅解决了孙煌先生的问题,对广大书学爱好者亦有教益。此举系以报社为平台,读者与作者互动的成功范例。

时过经年,我的新作《启功·陈启智师生同书千字文》由天津人民美术出版社正式出版。2016 年 4 月 10 日,又是在时报的邀请和帮助下,于今晚大厦举行了新书首发式及研讨会;11 日,在大厦一楼签字售书并穿插书法讲座。此次活动较上次更为火爆,书法爱好者欢欣踊跃,400 本图书两日便售罄。

2019 年初,时报得知我即将出版《怎样学写启功行书》,又联系我将书中内容提前在报上刊登。从 1 月 5 日起,又是每周一篇讲析启功行书的技法连载。

《怎样学写启功行书》已于 2020 年底,由天津人民美术出版社正式出版。可惜的是,由于病毒肆虐,没能与时报再次合作进行新书发布会及签售活动了。

抗疫期间,我迎来了散文创作的高峰,其中多数文章是在时报刊登的。在此,我特别感谢编辑吕金才先生和董欣妍女士:面对个别读者的误解,吕先生还曾为我据理辩驳;由于版面的容量或其他原因,我的文章需要删改时,董女士总是做得又快又好。在将删改好的文章发给我时,还不忘说一句:"陈老师,您看这样改行吗?"这样既有原则又亲和的态度,怎能不让我心生感动。

　　《中老年时报》给我的书法与文学创作提供了一个最给力的平台,我发自肺腑地感谢时报的领导和热诚、切实付出的编辑们。

写读者喜欢的内容

周利成

在《中老年时报》30岁生日即将到来之际，我当然想写点东西以示祝贺。过往的时光像放电影般在我脑海里一幕幕浮现。我最早在《中老年时报》（时称《天津老年报》）发表文章约于2006年，在"焦点"栏目刊发《郭荣起的相声情结》《天津"南丁格尔"》等，后来文章则多刊于岁月、副刊等版，如今算来也有百余篇了。但让我最难忘的还是2016年的中老年读书节。

2016年4月22日，由市文明办、原市文广局、市新闻出版局等单位主办，中老年时报社、今晚文化传播有限公司承办的"文明生活·美丽天津"第四届中老年文化节暨中老年读书节，在今晚大厦拉开帷幕。我和侯福志、阎伯群两位老师应邀参加，并举办了现场签售新书活动。

开幕式后，我们的签售活动随即开始。上场前，我曾内心忐忑地想：会有读者喜欢我的书吗？眼前情景立刻打消了我的不安。数十位读者排起了长龙，有的专程来买新书《楮墨留芳——天津名人档案》，有的拿着我前几年出版的《天津老戏园》《旧天津的大案》等书,还有几位剪报协会会员,将我在报纸上发表的文章剪下来,按照文史、征文和连载等专题各自装订成册,分别让我签名。有的读者不但要签名还要跟我们聊上几句,75岁的梁中和先生激动地说:"退休后我最大的爱好就是读书,今天读书节现场不仅能见到仰慕已久的文史作家,还能以书会友,非常高兴,我买些书回去送亲朋'解解渴'。"活动行将结束的时候,有一位大爷拉着一个老年人买菜用的小车匆匆赶来,从里面掏出我的书、剪报和讲座专集,堆了一大堆。他抹着额头上的汗说:"我是从北辰赶过来的,倒了两趟车,生怕赶不上。"

第二天,我又回到这里,举办了"专家带你读天津"系列讲座的第一场,与读者分享了我的新书。讲述了世界七大船王之一董浩云的航运事业从天津扬帆起航,南开系列学校创始人张伯苓与中国近代体育的故事。讲座后与读者互动,有位读者说他曾是南开中学的学生,也读过我主笔的《中国奥运先驱张伯苓》一书,通过这本书,他了解了中国奥运三问的由来,张伯苓为什么三次与奥运会擦肩而过。有位读者则说他最喜欢我写的《天津老戏园》,看到喜欢读的文章,上卫生间时都不肯放下。大家一致鼓励我多写一些他们喜欢的文章和书。

此前,每当我写的文章变成铅字刊登在报刊上、泛着墨香的新书出版的时候,收获的幸福油然而生。我感到,这一幸福时刻是对写字人最大的褒奖。而通过这两场活动,我更加真切地感到,自己写的文章有读者喜欢,把自己的书介绍给读者,让读者与自己的书相遇,又是一种分享的幸福,更是一个写字人最大的动力。从此,在写书前,我都要想一想,这本书读者会喜欢吗?

时报伴我度春秋

倪斯霆

纸媒滑坡，人所共知。但近年天津有两份纯市场化的报纸在逆势而行，发行量稳中有升。其一为我刚刚卸任总编辑的《书报文摘》；其二便是与我有过近 30 年交集的《中老年时报》。自家掌管的报纸无须多说，否则便有"老王卖瓜"之嫌。另有方家主政的《中老年时报》，则有必要谈上一谈。尤其是在它"而立"之年，回顾一下我与这张报纸的渊源，还是蛮有"故事"要说的。因为这张时报不仅随我从青年跨入中年并将伴我迈入老年，而且在这期间我与它发生了诸多关联。

如今我已年过花甲，但时报创刊时，我也恰恰刚过"而立"之年。记得当时还叫《天津老年时报》的这张报纸面世不久，我便成为它的作者。那时主持时报副刊的，是后来策划编辑出版"今晚贺岁书"的魏新生兄。我们是老相识，20 世纪 80 年代初期，我俩都在责编文化"小报"。我编的是书评书介类的《天津书讯》，他一个人连采带编《南开电影》。四开四版的影坛月报，让他编得云霞满纸星光灿烂。作为影迷,我曾连续购买了这张小报从创刊到终刊数年间的所有报纸,如今它已成为我收藏系列中的重要品种。

应该是在 1993 年秋天的一次饭局上,新生兄突然向我提出写稿邀请。那时我已收集了不少民国武侠小说巨擘"还珠楼主"的资料,正跃跃欲试想为这位在天津起步的名家写传。闻此便提出想搞个"还珠"连载,岂料他听罢立刻表示欢迎。于是这一年的秋末,一个名为"漫话还珠楼主"的专栏便在时报上出现了。刚刚连载几期,刘炎臣、王慰增、许杏林等老一辈文史学者,便先后给我打来电话,既赞赏又提供史料。据新生兄说,报社当时也接到了不少老年读者称赞的函电。然而到了年底,这个连载突然被"腰斩"了。后来得知,是当时有人认为不应该宣传"还珠"这样的武侠小说作家。

再度成为这张报纸的作者,是在几年后。那时新生兄已调回《今晚报》文化部,不久便担任了部主任。继任者是前《今晚报》副刊部编辑赵胶东,作为老朋友他一接手副刊便向我约稿,并一再嘱咐要写老年人关注的话题。那时我还年轻,根本不知老年人的精神需求,便想当然地寄去几篇。蒙胶东兄不弃,很快便经他手修改后刊出了。不久,胶东兄荣升报纸副总编不再负责副刊,加上我也编务繁忙,于是又中断了写稿。再不久,胶东兄这位睿智憨厚的老大哥却不幸英年早逝了。如今忆起当年和他的交往,不免悲从心来,甚为怀念。

2014 年,我的《还珠楼主前传》一书出版了。彼时适逢时报举办"中老年大讲堂",作为该报老作者,我有幸受邀在报社礼堂作了"还珠楼主与天津"的讲座。此后,我便恢复了为时报写稿。尤其是在齐珏兄和董欣妍女士主持版面后,不但要闻版曾刊出了我新书首发及有我参加的一系列文化活动的报道,而且副刊和岁月版面上,又出现了对我新书的评论和我本人多篇忆旧文章。在此,我感谢《中老年时报》,感谢时报朋友们对我的关爱。今后,作为名副其实的中老年,我将力争成为时报的忠实读者与作者。

"坐"家梦圆

芳 薇

我自费订阅时报始于 1992 年,至今连续三十年从未间断。

在与时报结缘的岁月里,我和众多老年读者,共同见证了她逐步走向辉煌的发展轨迹,亦让我在时报这所学校的培养下,圆了我的"坐"家梦。

《中老年时报》是一份为老年人量身定制的报纸:既有即时新闻的采撷,又有时评言论的说理;既有集知识性、趣味性、文学性于一体的副刊版,又有乡情浓郁的怀旧岁月版,还有指导科学养生的颐寿版;既有家长里短话和谐的家庭版,又有指导老年人学法维权的法治版……

每当我打开散发着油墨芬芳的时报,便如遇良师益友,欣逢故交知己。时报不但刊发名人的作品,还特别注重发表老年读者来稿,倾听老年人的呼声,架起"编读"的连心桥。"以儿女情怀,办精品报纸"的办报宗旨,以独一无二的亲和力,赋予时报旺盛的生命力。

　　"熟读唐诗三百首,不会作诗也会吟。"读报多了,便产生了投稿的想法。

　　尽管投稿热情很高,但因水平所限,经常遭到退稿。然而,令我欣慰的是,退稿还附有时报编辑老师亲笔写的热情洋溢的信。信中称作者、读者为时报的师友,令人感到十分亲切,并诚恳地提出建议。如:我曾给家庭版写了一首歌谣,退稿信中说:"希望您以后写此类韵文不要总换韵,否则读起来不够流畅",令我茅塞顿开。后来我又试写了几篇,有的竟然发表了。

　　前些年,我还没学用电脑打字,就到报社送稿,每次都受到编辑老师的热情接待和悉心指导。不但如此,有的编辑还把他的座位让给我,他站着看稿,令我非常感动。

　　在我与时报编辑老师的交往中,他们执着的敬业精神,也令我非常钦佩。如:有一年春节期间,我写了一篇时效性较强的稿子,送往时报新址——位于天津市和平区卫津路的海河传媒中心。谁知因管理较严非专业人员不准进入,于是我打电话向董欣妍老师"求助"。她本来正在休假,却顶着大风骑着自行车赶来拿稿,并及时处理很快见报。

　　为了提高老年作者的写作水平,培养一支稳定的通讯员队伍,时报曾举办多期通讯员培训班,我有幸连续参加学习。在学习班上,时报总编、资深编辑对报纸各个版面的选稿要求、投稿要领、写作技巧乃至"诀窍"进行详细讲解。学员们大呼解渴,更是直言感觉自己的写作水平上了一个台阶。编辑老师还让大家现场提问,答疑解惑……

　　还有一次,时报在今晚报大厦举行编辑与通讯员联谊讲习活动,时报常务副总编孙诚对通讯员进行新闻写作深层次辅导,受到大家的热烈欢迎。令我感到十分荣幸的是,时报原总编马志林还对我在"时报时评"专栏发表的文章《大杂院中秋晚会》当众进行点评,并"点将"让我上台谈写作体会,令我受宠若惊。

我通过连续参加几届通讯员培训班,得到各位资深编辑老师的面授,渐渐摸索到投稿的门道,学到不少写作技巧,所投稿件采用率逐步提高。后来,我不但成为时报的通讯员,还被天津杂文研究会吸收为会员。在与时报结缘三十年间,时报不仅助我晚年"坐"家梦圆,更是为文化养老注入活力第二春。

乐土乐土

杨仲达

《中老年时报》创刊的时候还是《天津老年时报》，那时我还是一个 17 岁的少年，我怎么会对这样的报纸感兴趣呢？老年人的世界，是另外的世界，不可理解，遥不可及。

就是在 2010 年，它改作《中老年时报》的时候，我对它基本也是不屑一顾。那时我还不承认我是中年。"可怜逼近中年作，都是伤心小杜诗"，郁达夫写这首诗的时候不足三十；"老夫聊发少年狂"，苏东坡自称老夫的时候不足四十。他们都是贤人智者，自觉地进入人生的下一个阶段，这种迎接的姿态其实更为正确，也是对于人生更为整体和全面的认识。

我在《中老年时报》发表的文章并不多，尽管如此也常常受到外地朋友的指摘，大抵是说，我不该过早地进入老年的行列，并且，作为所谓的文学来说，这样的报纸因为特定的人群而不够"纯"。这当然是一种偏见，在最初的时候，这种偏见在我自身也有。我曾经疑虑，如颐寿版只是老年生活的注意事项，岁月版只是中老年人的旧事回忆,家庭版只是家长里短的唠叨,这样看来,这份报纸也只是一份特定人群的休闲刊物。

即使这样定位,原本也并无错误,这是这份报纸的特色,它在全国是独一无二的,它成长在天津,也是值得作为天津人的我们欣慰和自豪。当然,这种定位是一个基础,其实它确实是存在着偏见的。我们不应该把人生割裂腰斩,要知道《中老年时报》并不一定只办给中老年人看,也不一定只由中老年人供稿,它是一个园地,无关年龄。

动画片不是儿童的专利,童话故事会使人受益终身,甚至这样说吧,爱情当然并不是年轻人才有。那么,为什么我们要避谈中老年人的生活呢?再者一说,动画片、童话故事与爱情文学,常常是白胡子老爷爷和白头发老奶奶创作和诉说的,我们又为什么不予以足够的尊重呢?反过来讲,广大青少年更应该关注中老年,"老吾老,以及人之老,幼吾幼,以及人之幼",这是社会的职责、准则和基本道理,而青少年人关注中老年人,其实是关注自己的未来。

在生活水平普遍提高、老龄化社会逐步到来的时候,假使从四十岁算起,那么大多数人人生的一半乃至更多的时间,均处于中老年。而中老年是人生成熟的阶段,许多人生的经验都在这个时候总结出来。俗话讲:"不听老人言,吃亏在眼前",耆宿长者,将用自身经历乃至挫折凝铸而成的箴言相告,可谓秘籍,听之又何乐而不为?西谚说:"三岁翁,百岁童。"青春的活力、思维的活跃,在许多时候真的也和年龄无关。持保守主义的人,一定不是因为衰老而保守,而是在相对非常年轻的时候,已经畏葸不前。

我出身文学系，曾以"纯文学"为"正宗"，现在我很多朋友或者师兄师弟，仍然在这个领域。其实追求所谓的"纯"，这本身就是一种错误，是孤芳自赏而已，而更为看重大报大刊，更是好高骛远。报纸文章在茶余饭后，信手拈来，增加生活的趣味，也给人很多启迪，如此足矣。鲁迅先生的文章、孙犁先生的文章，大多是在报纸副刊发表，应当见贤思齐。想写大块文章，想要一鸣惊人，往往心有余而力不足。而认为《中老年时报》只是休闲刊物，也不尽然，它其实是在天津乃至国内为数不多的拥有多样副刊版面的报纸，它的容量极大、内容极多、亲和力极强，它已经成为作家、文学爱好者、中老年朋友以及广大读者的一块乐土。

我也是逐渐意识到这些的，于是我与《中老年时报》的关系步步拉近，我已成为它忠实的读者和作者。在此期间，我还发动了我的父亲为报社写稿，在他年近古稀之时，开始成为一名相对固定的作者。这不仅是一位老人的老有所乐，而且对于社会有所裨益。我的父亲也是一位作家，他所写的回忆文章，或梓里旧闻、或下乡琐记，引起他的同龄人的很大共鸣。许多当年的老同学、老街坊、老朋友纷纷给他打电话，共叙当年，增进情谊，也进一步促进了他的写作。我的弟弟几乎和我在同一时段加入了报社作者的队伍，我们父子三人同时为一份报纸写作，也就是在这份报纸上出现了称我们为"三杨"的文学评论。过誉之语实不敢当，我以为这虽然不敢妄自称为文坛的"佳话"，但这的确可算是一个现象。借此机会，我也向帮助过我们的各位编辑老师谨表谢忱。

我和我们，将不断地写出文章，并注入新的活力和内容，以回馈报社和读者，人到中年的我，正在年富力强的时候，也正是担负兴衰的时候。

《中老年时报》，是我的乐土。乐土乐土，爰得我所。

人生有了归属感

管淑珍

　　《中老年时报》创刊三十年了。三十年前,我还很年轻,那时我所阅读的,大多是以"青年"冠名的报纸杂志,三十年后,我也被大家归类于中老年群体,于是,《中老年时报》就成为我岁月留痕的一种媒介。

　　是的,《中老年时报》留下了我生命中的一些痕迹,如母女合照。我与母亲的合影并不多。2020 年 1 月,《中老年时报》刊登了我们母女的合影,并且伴随我的倾诉——《母亲的口头禅》。为什么会有这样的文字呢? 这其中有个缘故。我所了解到的与天津相关的民俗、方言和掌故,大多来自我母亲。虽然我也是土生土长的天津娃娃,但是,我失去了一些获得天津地域文化研究第一手资料的机会。由于我的性格过于内向,甚至到了自闭的程度,因此,我的天津印象大多来自母亲。母亲从小生长于天津,又经历了在天津自立门户的艰苦生活,因此,母亲与天津几乎形成了一种水乳交融的关系。我想,不了解天津而想在天津立足,恐怕是很难的。从这个角度上看,母亲与天津的关系,正如一滴水与一条河,后者永远包含着前者,而前者也始终向后者靠拢。随着时间的推移,我也渐渐融入天津,并且被人当作"津味文学"的原创作者。这种融入的过程,缓慢而宁静,最终令我产生心悦诚服之感。我为我能够归属天津这座城市而庆幸,而《中老年时报》用文字和图片建构出来的纸上城市,也强化了这种归属感。应该说,刊登于《中老年时报》家庭版的《母亲的口头禅》是我写给母亲的,也是我写给天津城的,从某种意义上讲,这篇文章令我与母亲和母亲般的天津城共同抵达了大团圆的境界。

我想,在电子刊物铺天盖地的情境中,阅读纸质报纸,依然是我们中老年人生活中仪式感极强的文化活动之一吧。美国学者芒福德在《城市发展史》中说:"城市不仅是建筑物的群体,更是文化的归极。"从这个角度上讲,《中老年时报》早已成为天津这座城市中最亮丽的风景线。

缘悭一面心相通

沈　栖

屈指算来,我与《中老年时报》相识、相知已有八个年头了,在副刊上发表了三十多篇文章。虽说我与编辑从未谋面,但灵犀相通,保持着一种愉快、有效和相互信任的挚友关系。

我是主动"靠拢"《中老年时报》的。我平素喜欢写杂文,在《杂文月刊》《杂文选刊》《报刊文摘》上常读到转载《中老年时报》副刊上的佳作,于是萌生向这一颇有声誉的纸媒投稿的念头。芜文发出后收到编辑的回复:待编。编辑如此及时地回应作者并告之处理意见,足见其对作者的尊重。这篇文章就是2014 年 9 月 4 日见刊的《狗粪惹出的事》。之后,我每每投稿,编辑都会旋即答复,或表达感受,或交换看法,或婉转提出修改意见。更有甚者,去年以来,编辑还将刊有芜文的编排大样提前传发于我,作为作者的最后自校。芜文刊出后旋即寄上样报。我与不少城市的纸媒副刊都有联系,像《中老年时报》这般做法不说仅有,也是罕见的。

编辑退稿是常有的事,即便是成名作家也会有被退稿的经历。这些年来,我被《中老年时报》退稿了数次,但这并不影响双方亲密、忠实的合作伙伴关系。究其原因,是编辑退稿不"退人",使得我屡被退稿而从未"退志"。其实,编辑退稿缘由诸多,除了稿件的质量问题外,还有来自编辑的考量,如:同质性稿件不可重复,敏感话题不宜刊用,有悖副刊宗旨不适发表,甚或文章过长而修改后仍不符合要求也会是编辑退稿的理由。退稿当是编辑的权利,问题是要让作者明白何以被退稿而引为镜鉴。某些报刊编辑对有一定影响力的作者来稿不置一词,泥牛入海,时间一久,作者便会进退维谷,自然疏远了编辑。《中老年时报》编辑退稿不"退人",当是顾念作者辛勤笔耕的价值。

作者投稿,编辑编稿,看似前者主动,后者被动。其实不然,《中老年时报》在处理编辑与作者关系时,采取的是一种"双向互动"。如 2021 年初,《中老年时报》新辟讲述版,围绕时下某个中老年热门话题,采访多名当事人以第一人称自述方式诠释题旨,有故事,有对话,有评论。编辑将这一策划的总体思路和选题计划告之,并传了已刊出文章的版样模板,希望我参与。我欣然接受,花了一个星期时间采访了五位老年人,以《幸福的视频生活》为题,分别讲述他们没有被小小的智能手机挡在"快乐生活"门外,而是通过家庭、社区等多种渠道主动学习和掌握现代通信工具,融入信息时代。

我任《上海法治报》副刊"法治随笔"编辑也有二十多年了。我认为:一个称职的编辑不只要有一支固定的高水平作者队伍,以争取"第一时间"刊出佳构美文,还要披沙拣金,不断发现新人，以壮大作者阵容。《中老年时报》副刊编辑委实做到了这一点，诚恳希望我介绍本埠和杂文圈的文友，以保持稿件的质量和信息量，保持纸媒的稳定和活力。我当不吝荐之。

　　每一份纸媒副刊的成功都是编辑与作者共同努力的结果。祈盼年届"而立"的《中老年时报》继续沿着这条路走下去，日臻成熟、兴旺！

历史文化名城的一张名片

扈其震

三十年前,今晚传媒集团创办了《天津老年时报》,当时在读者和作者界引起了很大反响。人们对少年报、青年报早已司空见惯,现在一张面向老年的报纸横空出世,自然就引起了很多人的关注。这表明全社会对老龄阶层的关爱和对老龄工作的重视。2010 年 3 月,《天津老年时报》顺应时代发展,正式更名为《中老年时报》,去掉了地域属性,面向全国乃至海外读者,彰显出报纸开阔的眼界和大气的胸怀,实乃英明远见之举。

我是时报读者,也是时报作者。多年来曾在贵报副刊发表过一些随笔散文诗歌作品,也曾写过优秀离休老干部模范事迹的人物通讯刊登在一版重要位置。对外地诗友及我的弟子的优秀文学之作,我也常常推荐到时报,副刊编辑们总是很热情很负责地进行审阅处理。

办好一张报纸,自然离不开要闻报道和热点话题,但副刊上的各类文字,万万不可轻视怠慢。比较起来,新闻是易碎品,副刊是青铜器;新闻是共性物,副刊呈个性化;新闻是及时雨,雨过地皮湿,副刊则是常青藤,永久葱葱绿。现在已进入多媒体、大数据时代,人们获取新闻的途径快捷又多元化,譬如冬奥会上中国选手获得冠军,手机上立刻有小视频转发,第一时间全社会就能知晓。而报纸的体育新闻总要等到转天才能面世。所以新闻依靠报纸传播的力度越来越小了。那报纸存在的价值在哪儿呢? 主要靠副刊。

时报现在开辟的十余个版面,各有特色,生机勃勃。从广义的角度看,我认为岁月、深读、声屏、休闲等版面,都属于副刊范畴,只不过是更加延伸、扩展、丰富了副刊的内涵而已。

被国务院列入"国家历史文化名城"的天津位于沿海,得风气之先,是中国最早开放的城市之一。作为现代文明的重要标志之一——报纸,在天津很有传统和市场。早在1886年,天津就创办了《时报》。民国时期发行全国的"四大名报",有两家诞生于天津,即1902年6月由英敛之创办的《大公报》和1915年10月由雷鸣远创办的《益世报》。可见天津在当时中国的影响。《益世报》曾特聘赴法留学的周恩来为特约通讯员,在两年间连载了周恩来的"旅欧通信"56篇纪实文章,表现了报纸的进步倾向。该报注重副刊,曾刊发了大量的纪实随笔、民风民俗、社会情状、租界纪事等文章,成为今天研究天津乃至中国近现代文化史、社会史、风俗史、租界史的珍贵历史资料。譬如,1929年5月18日刊载的杂文《歌舞的歧途》、1935年2月14日刊登的五千余字的《张伯苓伉俪举行结婚四十年纪念》等文章,今天读来仍韵味不减。

　　我曾接触到外地朋友,向我提起他个人自费订阅了《中老年时报》,很喜欢读上面的副刊文章,有的还做成了剪报珍藏。这让我顿感荣耀。一张时报,提升了一座城市的社会影响力,成为天津亮丽的名片。

　　不要轻易武断宣告纸媒已经过时,说报纸很快就要全部淘汰。我的很多亲朋好友,还都非常喜欢读报。一报在手,省眼神,可反复阅读,能在上面写写画画,还可剪下来留存,如同与老友亲切谈心。

　　时报为岁月留痕,伴时代吟唱,滋润民心,弘扬正气,与广大读者见证了人生沧桑,下接地气,雅俗共赏。祝愿时报三十年后不忘初心,再创辉煌!

打开了闭塞的窗户

李治邦

　　一座城市有老年报的还真不多，那么，天津就有，而且成为公认的公众品牌。从它创刊，我就关注。因为一个中老年的定义词就圈定了我的认知。三十年来，我不断地投稿。我觉得这是自己的报纸，也是属于大家的阵地。我自费订了报纸，觉得花钱订报纸也是尊重和热爱的体现。

　　记得我六十岁那年，《中老年时报》在要闻版刊发了我的采访，别人觉得没有什么，我倒是很自豪。我周围不少朋友都是时报的忠实读者和作者。我一个在中学当老师的朋友酷爱书法，那天他兴高采烈地给我打电话，说他的一幅字在时报发表了。我替他高兴的同时，觉得他的语气有些哽咽，他说写了这么多年的字，终于有可以展示的平台。《中老年时报》坚持的就是属性定位很明确——属于中老年自己的报纸。应该说时报是一份百科全书，休闲、养生、生活、文学等，应有尽有。中老年关心什么，报纸就有什么，好像猜透了大家的心思。应该说，这里凝聚着时报人的心血,浸透着他们对每一位中老年人的呵护,更重要的是体现了为中老年服务的心愿。我想它的问世对扩大和宣传中老年生活的影响起着重大的作用,塑造文化品牌,构建为民惠民的架构,有着不可替代的作用。

综观这三十年,《中老年时报》早已有品牌、有优势、有队伍、有传统、有新意。从版面设计到相关活动的开展,一年好过一年。尤其是这两年,天津的中老年队伍在迅猛拓展,他们的生活和关注在全市也产生了影响。因为工作的原因,我很关注副刊和岁月这两个版面,也阅读和观看了一些作品,感觉很亲切。特别感动的是从每一个碎片中凝集着一种中老年人对生活的追求和对往事的情怀。岁月如烟,往事似海,我们这批中老年经历过风雨的坎坷,有着与年轻人不同的生活感受。我一个同学就把《中老年时报》有关下乡知青的稿子集成一册,每次都去翻看寻找他过去的影子。中老年对生活的感受不同,每个人的思维方式也不同。一个朋友喜欢收藏,他说:"《中老年时报》有关收藏的稿子我必须要看,长知识,也能拓宽视野。"

《中老年时报》的三十年成长历程,它的发展精神,它竭尽全力为中老年服务的情怀,能在中老年人群里产生积极的影响。从每一个读者接到这张报纸起,就会认真地看完全刊,从中寻找自己所需要的。《中老年时报》还是一个媒介,促使中老年的作者们能够互相交流,打开闭塞的窗户,呼吸新鲜的空气。从岁数上讲,时报大部分读者都不在一线工作了,于是就有了大把的时间。干什么,怎么能够让生活过得更丰富一些,更活跃一些,时报就成了指南。《中老年时报》三十年,把天津具有时代特征的典型通过笔端形象地反映出来,生动鲜明地展示了全市中老年人群对理想和事业的美好追求,反映生活中的情趣与奋斗创新的精神。

我真心希望,能通过《中老年时报》这个载体,搭建一个更广阔的平台,更加生动形象地表现中老年身边的事物,以期形成开放、开拓、励精图大业,求新、求实、众志建天津的精神风貌。能从新鲜的视角看到天津发展和变的浓郁特征,再深入挖掘中老年的内心世界,创作出一批精品,无愧于这个伟大的时代。

一路的芳香

普 凡

常常想,当一个人的生活,与一份报纸紧密相连,并且一路伴随,无疑,这样的人生质感满怀。

20 世纪 90 年代初,我从江城启航,穿一身军装进入天津,津城宽阔的海河水波,伴随厚重的人文气息包围了我,我倾情融入,在日渐华丽旖旎的城市印迹里,扎实刷着存在感,同频并共振,安放思乡的愁。这缕思绪,随着一份报刊的闪亮面世,从此与之结缘,成为旅居津城一抹亮丽景致。

那会儿,我在津东一所军营里当文书,除正常机要、通讯保障勤务外,还负责为退休老干部提供日常生活服务,每天都会在营区门前盯着邮递员,待《解放军报》《天津日报》等报纸送来后,开始一家一户分发。用不了多久,老干部们都有了规律,门开着,一杯茶在旁,接上报纸后,时间就此交给了阅读。

一天,退休的副政委拉住我的手,说新近津城创刊了一份报纸,反响很不错,你帮我订阅一份。我随即与邮递员联系,因过了正常订阅时间，他让我直接和报社联系试试。在多次电话联系、几经辗转后，我赶到南开川府新村的《天津老年时报》报社，一番介绍和情况说明后，报社决定赠送一年的报纸，作为对热心读者的奖励。

待我回营区说明情况后，副政委一个劲儿夸我会办事。我却是心里虚，哪儿担得起这份"殊荣"。尽管如此，心下倒也留了意。每当周二刊的报纸送到后，我第一时间就给副政委送去，以解他每周的期待。在前往副政委家的路上，我习惯性地边走边打开报纸，快速进行浏览。

一个多月后，副政委交给我一封信，安排我寄给报社。他说，这报纸不能白看，得做点事、尽份心，这是生活的基本责任，也让退休后的生活丰富起来。没过多久，副政委的文字就在《天津老年时报》副刊版登了出来，是一篇回忆军旅生活的散文。我将报纸交给副政委，副政委喊老伴儿炒菜备酒，平日里常聚的老伙伴儿们一起把酒言欢，话题紧贴报纸，各抒己见，哪篇文章关注时事，写得透亮；哪篇文章契合老年人心境，写得动情；哪篇文章直抵心灵深处，写得温暖……

这样的场景成为后来生活的一种常态。因为报纸的定位和贴心，老领导们格外关注，我也留着心思，默默关注，并开始着手文学创作，同时尝试着向其投稿。当带着油墨香的报纸在手，心中升腾起无比的幸运，生活里自从有了这缕相伴，并且亲自参与后，生命的质量就厚重起来，正依托着报纸，书写丰富的生活经历。

2010年3月，《天津老年时报》改成《中老年时报》，并且全面改版,容量和内容大幅提升,成为全国首份面向中老年人的日报,散发着文字的芳香,向着"要闻、焦点、评论、声屏、颐寿、法治、岁月、休闲、副刊"等各个领域扩散。这样一幅景象,贴近中老年人群体的生活,氤氲出来的气息,与他们的身心紧紧契合,成为他们日常的需要,以及颐养天年的一方平台。

这之后,我军转到地方,因多年文学艺术的熏染,选择进入一家文艺管理部门工作,开始深度关注津城及历史人文,也便有了更多、更直接的理由和《中老年时报》亲近,从中寻找与津城同频共振的旋律,在翻阅中凝聚精华,在淘洗中汲取精髓。而副政委及他的老伙伴儿们依然坚持订阅报纸,成了资深的读报人,经常受邀参加报社的相关活动,他们的晚年生活因此而异常精彩。

随着改革开放不断深入,津城步入老龄社会,《中老年时报》紧密关注老龄、服务老龄的初衷一直未变,还不时注入新鲜的时代气息,将一份坚守和情怀呈现,让人心生敬重。

这份敬重,一直延续了近三十年的时光,着实不易。这样的一份报纸,和这个时代,这个城市发展一起同呼吸,共进程,也便有了质感。生命自从有了这份质感后,清晰地显现出它的厚度。

一路的景象绚丽,满是芳香。故乡不在身边,他乡即故乡。庆幸津城给了我一切。我的乡愁,在《中老年时报》开花,馨香飘逸,成心底最踏实的慰藉,并在这一路的花香里常开常新。

岁月留痕

杨世珊

假如《中老年时报》创刊三十周年要搞一次庆祝会,那么这便是我在庆祝会上的祝酒词。

从小爱看报纸,每当拿起报纸来,必先看报纸的副刊,往往评价一份报纸也是以副刊是否好看为第一标准。所以每每看副刊就细致认真,当然也会爱看体育和文艺的版面,挑挑拣拣地浏览一番而已。其他不管再有几版,我一般基本搁置。

这个观点在一次读书交流会上,我在发言的开头就是这么说的,没想到爆发热烈鼓掌,与会者皆用掌声表示他们与我同好。

我是在 2000 年,在天津的多份报刊中无意间看到当时的《天津老年时报》的,在此前十来年,我认为我四十多岁的年龄和老年还不搭界,那是专为老年人定制的报纸。但在第一次看见,这份报纸就让我眼前一亮,它别开生面,版面都令人耳目一新。我当时觉得这份报纸大有不同,它堪比国内那几份以副刊而闻名的报纸。及至后来,它成为《中老年时报》,我步入老年行列,它的风格在延续,我也和它越走越近。

从版面设计来说,都是中老年人喜闻乐见的内容。焦点、国际版是新闻版,却没有冗长重复,而是简明扼要,国际国内的新鲜事寥寥几笔,几分钟看过明了新闻的焦点、热点。颐寿版看时是要花工夫的,养生保健内容娓娓道来,话不在多,点到而已,但开眼界、长知识,读者受益匪浅。记得那时的"颐寿"两字是向广大读者征集的,我的几位老友以书法作品能上报而荣耀,着实显摆多日呢,那是他们苦练书法最好的回报。

生活、讲述版是邻家的哥们儿姐们儿畅谈家长里短的地方,解除烦恼,怎么开心快乐地处理家庭矛盾、邻里纠纷,都能在此找到答案,这里像过去串门子传递正能量的温馨小屋。

岁月版的文章最好看,像是几位老者围炉夜话,品茗促膝长谈;像小酒微醺,拍着胸脯讲过往,或惊或险说过去的故事。曾经的苦难往事,一帧帧不连贯的片段,经你说他说,尽量还原着已经回不去的时光,多少个人的"拼凑"成为历史画卷。

知青版也是我的最爱,众多的下乡知青在那个年代经历一次暴风雨的洗礼。尽管有兵团以及插队生活之差别,有上山下乡地点之不同,人们经历各异,心路历程却是共通的。尝遍了苦、辣、酸、涩,都被冷静平和一带而过,只有感同身受的知青们能通过文章体会当年的风风雨雨。那些苦涩真的被嚼嚼咽了,苦能被消化,转为甜蜜使人热爱生活。

《中老年时报》成为我爱不释手的报纸,我也有由读者转变为作者之一的过程。当初看报的冲动,和我要讲的那些老人、老事、老村、老物交织,我细致的观察,深刻的感悟,不在此处抒发,还能到哪里去说？何不用自己习惯的语言，不事雕琢、原原本本地写自己最熟悉的事物。记得最初写的文章是《我们演秦香莲》，被刊登在 2014 年的岁月版。后来经吕金才老师之手，编辑了我多篇文章，以写农村的老物件为多，从此一发而不可收。我写的文章刊登之后，招朋友跟我互动，2021 年写《昔日窖冰》一文尤为如此，朋友提醒我并为我提供许多可写的生活细节。于是有了《再说窖冰》《还说窖冰》。我的长子杨仲达根据他所发的朋友圈转发后多位师友的留言，居然也记成一篇谈窖冰的文章，他在北京的朋友赵新炎，又因为他的文章，为此撰写北京北海的窖冰往事。在《中老年时报》的副刊版上也有另一位作者刊发了关于窖冰的文章。我的老同学文茹，因为知道我为报社撰稿，为我口述了多个知青版的故事，为我的写作提供素材，只要是记录我们那一代人，谁写又有何妨呢。

互动，这是可喜可贺的现象，这是深度的交流，也只有在《中老年时报》上才会有，他充分提供了中老年回忆往事的平台。记忆在某个人的脑子中是千真万确的，但视角不同，又加上难免有误的时候，文章的表达也许不尽相同。不要紧，允许个人记忆碎片的拼凑对接，也是复原丰富原生态的生活场景最好的办法。《中老年时报》做到了，能还原历史的本真，善莫大焉。

别的报纸副刊引人入胜，而我看《中老年时报》能做到版版精彩，中老年读者不用挑选，都是令人回味的精品。作者、读者与报社紧紧地团结在一起，才有这份报纸的振兴。在此，我也要向我的新老编辑，吕金才、齐珏、董欣妍和吴熹诸位老师表示由衷的谢意。愿《中老年时报》越办越好，我们干杯吧。

亦师亦友

信 捷

1992年,沐浴着改革开放的春风,各行各业解放思想,实事求是,开拓创新,新闻界也非常活跃。时任《今晚报》总编辑李夫同志极具前瞻性地组织创刊了子报《天津老年时报》。这是全国第一张专门为老年人办的报纸。《天津老年时报》一经问世,便以其专业的老年话题和1角钱一份的惠民价格,深受老年读者的欢迎。

当时社会学家已预测不久的将来,我国将进入老年社会。可是现实社会生活中人们都还没有意识并感觉到老年社会的到来。老年工作尚未纳入政府工作之中,老百姓生活中也没有明显地感觉到老年社会将遇到很多问题。此时我供职于《家庭报》。这是一张以家庭生活为主题的报纸,创刊于20世纪80年代中叶。当时《家庭报》涉及的内容有夫妻(主要是青年)感情、育儿知识、生活常识等,基本没有老年内容。《天津老年时报》创刊后,1角钱买四开四版,很合适。下班后我常在报亭买一份。有时还售罄，买不到了。《天津老年时报》看多了，大大地启发了我的工作思路，我发现老年的话题很丰富，老年人的诉求很多没有被社会所了解、所重视，他们成了一个被社会边缘化的群体。于是我提出《家庭报》在保留原内容的基础上，增加老年人的生活内容，比如老年养生、如何处理代沟、黄昏恋等话题。这些内容增加了以后，深受读者欢迎，又赢得了一批新读者。

1997年底，我调到一个涉老单位，编辑内部刊物《天津老干部》。此时我对涉老的话题已经很熟悉了，在设计栏目时，我既照顾到离退休老干部的特殊性，又关注老年人生活内容的普遍性。三年里刊物由双月刊发展到单月刊，页码由32页逐步增加到48页、56页。刊物热情讴歌了离退休老干部离岗不离党，在社会上关心下一代教育，弘扬党的优良传统，深入基层在众多的领域里发挥作用，老有所为。并且广泛宣传他们老有所乐、老有所养、老有所医的幸福晚年生活，深得离退休老干部的青睐。和平区一位离休老干部来信说，每月《天津老干部》一来，哪怕读到深夜，我也要从头到尾把它看完。

办好《天津老干部》这些成绩的取得，除了《天津老干部》编辑部同仁的辛勤努力之外，我始终不忘《天津老年时报》率先开拓老年社会生活的宣传对我的启迪。时报换过几任总编辑，他们的办报思路深深地影响着我。时报是我工作中的老师。

2001年，我的工作转向全市老干部工作的对外宣传。时报是我们投稿宣传的主要舞台，和《天津老年时报》（后改成《中老年时报》）的宣传渠道不仅畅通，而且交集很频繁。我们投稿有报告文学、通讯、消息等体裁。我们的稿件在各个版面上"畅通无阻"。这一方面得益于我们对其各版面内容的了解,找到了与我们工作的契合点,也得益于各版面编辑、记者对老干部工作的理解和支持。我由衷地感谢他们。长期的相互支持与磨合,使我们和很多编辑、记者成了好朋友。

到今年我退休已十二年,我不但是《中老年时报》的忠实读者,并时常为之写稿。三十年来,《中老年时报》的总编、编辑、记者一茬又一茬的更替,但我和这个报亦师亦友的关系从没间断。我祝愿《中老年时报》越办越好。

回娘家

张德录

上学时，我把学校当娘家；入伍后，我把部队当娘家；上班时，我把工厂当娘家。退休了，我去哪儿找娘家呢？正在迷惘与困惑的时候，《天津老年时报》闯进了我的生活。

我从小喜欢文学，语文老师自然喜欢我，毕业几十年了我们仍有来往。他知道我上学时就喜欢写作文，还给报社投过稿，他当然也知道，我是"瘾大技术差，退稿一大沓"。他得知我退休后，就把报纸拿过来给我看，他语重心长地对我说："我觉得这份报纸挺适合你，你可以试着投一投。反正也退休了，有很多时间写。"说完把一沓报纸塞到我手里，我一看是《中老年时报》。

不看则已，一看便离不开了。每次打开时报，就像走进许多人正在聊天的"四合院"，里面的文章有的像老师在循循善诱，有的像长辈在谆谆告诫，有的像邻居大哥在促膝聊天，有的像亲热的姐妹儿聊家长里短，既有"诗和远方"，亦有"颐寿""益康"。这不就是我要找的娘家吗？从此，我天天跑到楼下报刊亭，坐等时报到来,之后,索性开始订整年的时报。那些日子,每天等着拿报纸成了我生活中的重要环节,报纸一到手,就贪婪地读起来,读着读着心里就开始发痒,为何不像老师说的试着写一写、投一投?

按照老师教的方法,先把自己喜欢的文章认真研读,找出作者的风格和特点,再把每个版面的定位与特色弄清楚,然后照猫画虎写一些习作。过了一段时间,感觉下笔比以前"溜乎"多了,就开始按照各个版面的风格"投其所好"。投出去的稿件像待产的婴儿,从此怀揣一颗惴惴不安的心,等待她们出世。

有一天我正在读报,忽然觉得一篇文章的题目很眼熟,好奇心驱使我立刻把文章打开,只看了几行就觉得心跳加快、热血沸腾。不会吧,刚发出去十来天的稿件难道就见报了? 当看到自己的名字出现在作者栏时,激动得我不敢相信,揉了揉眼睛再看,没错儿,是我用了几十年的名字。难道孕育多年的"处女作"就这样诞生了? 泪眼蒙眬地把文章全部看完,才敢相信文章的确是我写的。时报送我这份"礼物",让我更加坚信:我的后半生不可能再离开它了。

在时报举办的各种培训班里,我如饥似渴地吸吮着养分;在几代编辑不厌其烦的帮助和指导下,我慢慢弄清了这份报纸的办报宗旨,以各个版面所具备的特色,这样我写文章时也就能做到有的放矢,在投稿过程中知道了稿之所属。在多位编辑老师的鼓励和支持下,我的写作热情如同积聚太久的火山一触即发,是他们给了我焕发第二青春的动力。

我的许多老年朋友都是时报的"忠粉",他们和我一样,把时报当知音、当娘家,他们鼓励我多写接地气、冒热气、聚人气的文章。每有我的文章在时报发表,他们就会通过微信或电话和我交流,并对文章剖析点评,共同提高、分享快乐。是时报这个大家庭把我们聚拢到一起,让我们尽享夕阳的从容与美好。

和煦清风扑面来

赵德明

时光荏苒，倏忽间时报已走过三十年光辉历程。在这不平凡的岁月里，时报经久不衰，备受中老年读者的青睐，成为须臾难离的良师益友，其中的奥妙很值得深思与探讨。敝人作为一名读者和作者，对此也感慨颇多。

首先，办报方向明确，坚守正确的舆论阵地。时报始终将传递党和政府的声音放在首位，多方面为特定读者群了解国内外大事、本土的市情，以及法律法规，提供丰富的信息，极大地开阔了读者的政治视野和对知识的渴求。尤为可贵的是从版面安排到标题设置和文字处理，都规规矩矩，严谨认真。从来不搞哗众取宠、花里胡哨的内容。打开报纸，一股和煦的清风扑面而来，具有鲜明的实效性与新闻性，充斥在字里行间的是满满的正能量。

其次，报纸内容丰富，全方位、多角度地满足并适应特定读者群的精神文化和养生保健需求，注重科学引领，言之有物，发挥了报纸"百科全书"的作用。时报拥有庞大的"集报群",视报纸如珍宝,悉心收藏,就说明了读者对报纸爱不释手、沉甸甸的挚爱之情。

难能可贵的是报纸一直坚持"从群众来到群众中去"的路线,通过"编读",每月一期的"读者最喜爱的稿件"评选等栏目,强化了与读者的互动,广泛地听取读者的意见与建议。时报的几次改版,体现出与时代同步、不断进取的精神,极大地反映了读者的诉求,报纸越来越贴近群众。辛勤的报人、良苦的用心,报纸不断创新的内容和形式,焉能不赢得读者的青睐!有一件事情不大,却使我感触最深:就是报纸的字体放大,便于老年人阅读这件事。这种做法不知有无其他类型报纸的先例,但时报此举确给老年读者带来极大的便利。这种情系读者,视受众如亲人的炽热情怀,是值得赞许也是令人十分感动的。

为了活跃中老年读者的文化生活,时报还多次联手专业艺术团体,举办免费观看文艺节目活动,都受到读者的欢迎。其中2015 年 2 月、2017 年 6 月,由笔者与时报记者付殿贵牵线,以时报与天津市评剧白派剧团名义,联合举办了"邀请读者免费看大戏,为戏迷搭建艺术舞台"活动,在读者中引起强烈反响。发票时读者清晨四五点钟就从四面八方赶来,在报社门前排成长龙。由剧场提供的每场千余张戏票,不到半小时就领取一空,可谓盛况空前。此举不仅满足了群众的文化需求,彰显了时报的感召力与凝聚力,也扩大了剧团的影响。时报的创新举措,更拉近了同读者的距离,取得"双赢"效果。

由于工作原因,我有幸结识了许多时报编辑、记者,建立了亦师亦友的关系。如赵胶东、刘纪胜、沈露佳、吕金才、付殿贵、董欣妍等老师,他们多方面的帮助与指导,提高了我的写作能力,我们经常就稿子内容中的标题确立、人物生卒年月、专业术语解释等展开讨论。勘误改正、字斟句酌、非常负责,他们严谨认真的敬业精神,平易近人的人格魅力,给我留下深刻印象。正因为有这样一支精干的队伍,支撑起时报不断走向辉煌,令人钦敬不已,永难忘怀。

渊源深厚

李殿光

《中老年时报》创刊30周年之际,邀请我写一篇文章,我抑制不住内心的喜悦,因为我与时报有着多年渊源不断的情怀,我是时报的忠实读者,又是时报的通讯员。

我由一名漫画作者、通讯员到时报做了几年漫画栏外聘编辑工作,处理全国各地来稿,与报社和作者搭起桥梁,使我学会、懂得了不少编辑工作。时报开创《漫说法律》一栏,说来也有上百幅作品,图文并茂地向老年读者解译述说法律常识,是一种易懂易解的普法挂图,深受老年朋友的欢迎。

"文明生活、美丽天津"是由时报主办的中老年文化节活动,历届活动丰富多彩:组织老年读者书画展、收藏专题剪报展、传承民间手艺文化展,还特请我带去"全国读书漫画大赛作品展""全国连环画创意精品展及肖像漫画作品展"。

由我率领的天津美协漫画专业委员会朱森林、邓连志、江元海、李宝森、刘二励、李志平、庞平、杨自明、杨树山、郭忠、梁翔等漫画家多次到现场为银发老年人画像,吸引了很多读者积极参加,每次听说有漫画家到现场为他们画像,大家就早早地聚集到今晚大厦中老年文化主会场,排起长长的队伍等着漫画家的到来。几位漫画家年龄均超过六旬,也属老年成员,能与老读者顺畅沟通。他们到会场后受到了大家的热烈欢迎,有找画像的,有签名合影留念的,有咨询漫画叙旧的,还有带着孙子求教的。

当年68岁的读者赵铁栓带着老伴儿,还有7岁的外孙来向画家们"求"画,每位画家都给画了一张。手中拿着的一幅幅夸张的漫画,逗得老人笑了半天,高兴地说:"非常感谢时报组织的文化节活动,能叫我们这么开心地和画家零距离接触,以后这样的活动我还要多参加。"

75岁的刘春生老人从我手里接过自己的画像,看了又看,非常激动,高兴地和我一起合影留念,并说:"中老年文化节办到我们老年人心坎儿上了,几年来我总想请位画家为我画个像,可总是和机会失之交臂,今天在今晚大厦终于圆了这个梦,我一定好好珍藏起来!"

读者李学武说:"《中老年时报》组织的文化节每次我都参加,都能得到漫画家画的肖像,他们画的风格不同,画技也不一样,但画得很像,都能抓住人物的特点,非常的好,我很喜欢,比拍照更有意义。"

市老年人大学生活艺术系教师苗淑珍说:"这是我第一次请画家画肖像漫画,虽然画像有些变形夸张,但觉得很有意思,也很开心。"不到2分钟,画家就能完成一幅肖像漫画,惟妙惟肖,熟练的手法让人叹为观止。

每次活动,几位漫画家现场为读者就要送上100多幅漫画速写作品。看到读者一脸喜悦地带着自己的画像离开,我觉得自己的付出是值得的,能为老人们做一点事儿,心里格外舒坦。我们参加活动,还能为读者画像,既锻炼自己的基本功,又能与人交流,还被人尊敬,何乐而不为。

老人们都很有活力,可以感受到他们对漫画的热情,我们与时报多次联合开展惠老活动,是非常成功的,身后有我们各种大赛作品的展览,前面有我们现场画像,到场的读者又排成长长的队伍,场面十分壮观,这一切有条不紊的精心布置,都离不开时报工作人员及编辑老师热情的服务。我也高兴地说:"艺术就是要接地气,要到读者中去。艺术家和大众相互促进,艺术的生命才能更好地延续。"

2016年5月28日,时报主办"中老年读者剪报展",为鼓励老年人学会动手动脑的想象力和创造力,其中有一个环节是"看精品剪报学趣味折纸",时报邀请我为读者传授现代立体折纸技艺,我出版过一套折纸丛书,简单易学,适合中老年人。

因为亲近

张之轮

前两年的一次脑 CT 检查,大夫说:"您的 CT 太好了。还没见过像您这么大岁数的人有这么好的片子的。"老伴儿笑了:"再不用担心你会患老年痴呆了。"我想了想,给自己总结了三句话:我眼睛不懒,总爱观察各种事物;我脑子不懒,大事小情,总爱思索一番;我笔头不懒,总爱将自己的感悟记录下来。而这一切,都来自我与时报的结缘。

最初接触时报,还是在 2007 年。一朋友把他订阅的时报拿来几份给我看。那朴实的文字、真实的情感、睿智的思辨,一下子便吸引了我。不能说时报的文章篇篇精彩,字字珠玑,但编辑老师匠心独运的版面安排和栏目设置令我爱不释手。时政版舒展大气,可以在不多的文章中读到最有价值的新闻和老年人最关注的信息;焦点版聚焦社会的热点和焦点,启发人们思考世事和人生;生活版家长里短,飘荡出浓浓的人间烟火;健康版讲医祛病,介绍健康颐寿的理念……我好文史,更多关注岁月版。从那一篇篇不长的文章中看到了自己亦曾走过的道路,重新"复习"起昔日青春的激情。有些文章还如镜子,照出自己少不更事的窘态;像鞭子,拷问自己的良知……多么真实亲切!那是一段段人生的起伏跌宕,那是一曲曲呜呀作响的小调,那是平头百姓趔趄前行的足迹。

因为亲近,我也想把自己的所见所闻和我对世界的认知与老年朋友们交流,便有了写作的冲动。于是,我给时报的第一篇稿发出去,见报了。那一刻,我内心涌出许多感动。此前有人告诉我:"你得先跟编辑搞好关系,或投上个十篇二十篇的稿,让编辑头脑里有个印象,才好发表。"但这种情况并没有在我身上发生。我明白了,时报选稿的标准是文章的质量、文章的丰满度,它不因我的寂寂无闻而稍有慢待。

这种认识在我被聘为时报"第一读者"的那段时间中得到强烈的印证。除文摘版外,时报发表的文章大多是普通的中老年人所写。这就给编辑老师的选稿、改稿带来了更大的工作量。岁月版的吕编辑曾说过:"有些文章的写作水平虽不高,但有亮点,可读性强。我就要替他改好后发表。"纪实文学版的王道生老师曾几次将稿件改成"大脸"也要发表,有一次他说:"这位作者现正躺在病床上,让他见到了报上刊发了他的文章,对他战胜疾病是个鼓励。"我还见过生活版编辑冯老师果断回拒某学者欲将他的长文发表的要求,为的是给普通作者留下发表文章的空间。时报是一份有温度、有着平民情怀的报纸。

我在时报里一边校对,一边学习,学会了如何将长文写短,如何让枯燥的文字变得滋润。而在这一过程中竟也不知不觉地改变了自己的许多毛病。比如"好读书不求甚解",比如小有成绩,便沾沾自喜。

校对和写稿"逼"得我必须多读书,多涉猎一些知识。于是,我的老年生活变得充实,每天都有一种观察外界的欲望,每天都要在电脑上写点什么。"三饱一倒"的不良生活习惯得以改变;"一瓶子不满半瓶子晃荡"的学识得以补充。我发现了一个广阔的世界。那里有浩瀚无涯的大海,有风光无限的高峰,有莺飞草长的田野,有悠远辽阔的天空。"学然后知不足",这才感觉到自己的孤陋浅薄。我学会了谦虚,懂得了深刻。

如今的时报又有了新的发展。从初识到如今,十五年过去了,我仍在读时报,仍在给时报投稿。我忘不了时报对我的深刻影响:他改变了我退休后的慵懒、散漫,让我在学识上、在品德修养上得以提高。

结缘时报

贵　翔

　　人与人讲缘分，人与报纸也需要缘分。我与《中老年时报》就很有缘分。记得1993年，《天津老年时报》（也就是《中老年时报》的前身）创刊不久，尚属推广阶段，订阅《今晚报》的市民添不了多少费用就可看全年的《天津老年时报》。作为《今晚报》的老客户，家里又有年迈的父母，我当然就毫不犹豫地订了一份。当时我对这份报纸了解不多，本以为就是刊登一些老年保健养生的知识而已，对它没有太多的指望。没承想，这份报纸的信息量、知识量很大，除涉及老年养生保健，还有新闻实事、历史钩沉，尤其是副刊更为强大，散文、随笔、杂文、文史、书画、摄影几乎面面俱到。不仅非常符合老年人的口味，就连我这年轻人也是爱不释手。那时候的《天津老年时报》还不是日报，只是每周一、三、五出刊，每周二、四、六、日没有这份报纸的时候，心里还有些没着没落的感觉。

　　我父亲也很喜欢这份报纸，那时他还不到70岁，身体健康，记忆力也非常好,看到《天津老年时报》刊登的天津卫的老故事,便勾起了许多回忆,就把他经历和知道的一些老人、老事儿讲给我听。听了一阵以后,我突然灵机一动,何不把父亲讲的这些趣事儿整理一下,发给报社呢?于是,我开始对父亲做详细地"采访",然后写成文字,再念给他听,加以补充、完善后,以"金山口述,贵翔整理"的落款用挂号信的方式寄到报社编辑部。负责岁月版的责编吕金才老师非常认真敬业,很快给我打电话联系,对稿子的事实仔细核对,对文章的文字语句也做了润色,回忆老南市戏院的一篇文章很快得以刊发。文章发表后,父亲也是格外高兴,给我讲老故事的兴趣更浓,也更加注重细节,既强身健脑,又提高了生活情趣,而我也在为父亲记录整理文章的过程中得到锻炼,写作水平得到了很大的提高。在随后的几年中,父亲回忆当年学买卖、听曲艺、看杂耍,以及介绍天津老民俗的数篇文章陆续见报,我家和《天津老年时报》的缘分也就逐步建立起来。

说起我与《天津老年时报》的缘分还有一段故事。那是2002年,我当时在单位负责新闻宣传工作,按照领导的要求,每年必须要有一些稿件在全国发行的行业报纸上发表。此项工作对于我这个新闻工作的"门外汉"确实有些难度。正在我求学无门的时候,在《天津老年时报》看到了要举办写作培训班的招生信息,真是"想吃冰,下雹子",于是我果断报名,提前进入了"老年大学"(因为当时这个班是与和平区老年大学联合举办)。上课的第一天,看到身边的学员都是满头银发,就我一个黑头发的(当时我还不到40岁),很有几分尴尬,但几节课下来,看到这些大叔、大妈求知欲极强，有几位还是《天津老年时报》的老作者，发表过许多文章，怯懦感很快就消失了。

那次培训班的规格非常高，从担任班主任的樊嘉浩，到授课的李燕捷、赵胶东、王道生等几位老师都是天津的资深报人，授课的方式亲切，讲授的内容也非常"解渴"。特别是赵胶东老师讲授新闻写作对我当时的工作指导非常大，及时为我补充了新闻报道、通讯、报告文学等纪实性稿件写作上的不足，使我的工作取得了突破性的进展，我所在单位在行业报纸的上稿率始终保持全市领先水平。

遗憾的是，赵、樊两位老师已去世，我们在深刻缅怀这些为时报做过贡献的故人的同时，欣喜地看到《天津老年时报》更名《中老年时报》后更加红火，一批年轻的编辑、记者继承和发扬前辈的办报传统，勤奋敬业，已让这份报纸成了更多读者喜爱的"天津名片"。

景美方引众人赏

张树民

奇峰、异石、飞瀑，花妍草绿，美景如画的去处，无论如何险而远，也难阻碍人们的激赏。一份引人入胜的报纸，犹如美景一般，无论纸媒如何衰颓，也会拥有众多的铁粉。

我就是《中老年时报》众多铁粉中的一员。由于大半生从事老年媒体的编、审工作，我自然对同类媒体的关注异于他人。记得那是 1992 年仲夏的一天，我所在的报社开例会，几张报纸在同仁间传阅，《天津老年时报》(《中老年时报》的前身)的创刊，似乎刺激了大家的神经，我不由眼前一亮，其版式将传统巧妙地蕴于现代感中，内容充满文化气息，副刊散发着书卷气，更有名家新作点缀其间。我说，《天津老年时报》出手不凡，将来必成气候。自此，身在东北的我，似乎对《天津老年时报》有了一份亲近感，亦多有关注。

1998 年，全国老年报协会年会在太原举行。会上，有幸结识了当时《天津老年时报》负责人马志林先生，谈办报理念，谈经营办法，谈如何开展读者活动，以增强黏性，等等，似老友重逢，相谈甚欢。更出乎我意料的是，马志林参加一次会议，居然写出一本研究全国老年报现状、发展前景的书，我甚为叹服。一家报纸，有如此勤奋、钻研业务的带头人，其产品岂甘平庸？

记不清是哪一年了，我同马志林先生一起在北京开会，我说，想去《天津老年时报》"取经"，不知方便不方便？志林笑着说："客气嘛，方便！随我们一起走便是。"到报社实地参观，交流经验，共品津酒，加深了友谊，收获颇丰。其后，通过参加全国老年报协会的各种活动，结识了李燕捷、张玲、沈露佳、王晓兰等同仁，留给我的印象是务实、钻研、勤勉、编采业务纯熟，也是时报人的共有特点。

2010年，《天津老年时报》更名为《中老年时报》，这可不是小事件，这是战略目标的大提升，是办报内容的大扩充，读者面大为拓宽，目标读者翻倍，报纸也一下"年轻化"了。时报人的眼光、格局，实力，着实令人艳羡不已。随之，时报成为不休刊的真正日报，就连春节也不休刊，纵观全国报纸，做到这一点的实在不多。而在全国中老年报林，更是独此一家。于是，我欣然撰文致贺。

有一次，时报记者要来东北采访，要我帮忙联系采访对象，提供地址、电话，我迅速办结。并说来采访时打个电话，我们会给予协助。可最终也没等来电话，人家唯恐添麻烦，时报记者的素质、作风，可窥一斑。

2019年以前，我多年主持全国老年报协会好消息的评选。一般情况下，一等奖每家报纸只能评一篇，但我认为，特别优秀

84

的不能埋没,不能囿于"平衡"而造成不公,要实事求是。于是,时报常常是两篇甚至三篇获一等奖,而且我还要着重点评,以时报为标杆,引导各家老年报补消息偏弱的短板。其实,对时报若此,绝非"偏心",而是实至名归,不这样做,良心难安。

2019 年 5 月,我卸任干了二十余年的总编辑,闲下来准备写点东西。我一直对报纸副刊情有独钟,不仅发表过很多文章,还做过副刊编辑。我挑来选去,决定向时报副刊投稿。因为时报的副刊书卷气息浓,知识性、趣味性强,常常名家荟萃,妙文迭出,倘若置文其中,不胜荣焉。更重要的是,遇上了一位团结作者、认真负责的好编辑。如今,我不仅是时报的读者,还是作者。时报三十而立,正值青春,祝愿《中老年时报》"两个效益"双丰收。

时报创刊

马志林

1992年5月份一天下午,《今晚报》编委会在一次会议上,时任总编辑李夫同志传达了市委的指示精神,要求《今晚报》创办一份老年类报纸。

当时,有人提出,要创办一份新的报纸谈何容易?要是办的话也应当由市委机关报《天津日报》承担。那时,《今晚报》才成立8年,底子薄、人员少,连个固定社址都没有,借用南开区川府新村居民楼中一处养老公寓办公。编委会有的成员表现出畏难情绪。李夫同志说,这是市委对我们的信任,有困难可以克服,一定要接下来,创办好。

由谁来领衔主办呢?李夫同志说,由他兼任总编辑,任命编委肖连沛、马志林任副总编辑,组成20人左右的编辑部,决定于当年7月1日中国共产党诞辰纪念日出版。

仅仅有一个多月的筹备时间,报名还没有确定,各项准备工作都得白手起家。至于办报宗旨、报头设计、版面安排、人员分工、稿件组织等各项工作,还无从谈起。李夫同志提出,举《今晚报》全体之力,要人给人、要物给物,创造条件,无论如何要在"七一"创刊。

当时,今晚报社虽然居无定所,多个部门分散在和平、河东、南开几处,但人心齐、凝聚力强,各项工作蒸蒸日上。6 月份,经过紧锣密鼓的筹备,各项工作基本就绪。报纸名称确定为《天津老年时报》。在报头设计上突出"时报"二字,"天津老年"四个小字摆在"时报"上面。"时报"用大号五倍黑琥珀字体,引人注目,有冲击力。这样的报头设计,是基于当时许多报纸创办"周末",以扩大发行量,吸引广告。《天津老年时报》虽然是一份老年类报纸,但也要兼顾社会效益和广告效益,力争做到政治和经济双丰收。

创办一份报纸,头一炮打响很重要。当时报纸设计对开四版,大张大气,头版"要闻",二版"焦点",三版"颐寿",四版"国际"。文风上要区别于传统报纸,突出社会性、趣味性、知识性、贴近性。文字很少用"本报讯"的形式出现,使读者在休闲和消遣中认可和接受这份新面孔报纸。

6 月的最后一周,编辑部为即将出版的报纸版面精心设计,对稿件精益求精,就像打扮要出嫁的闺女一样,对各版反复斟酌,常常忙到掌灯时刻。6 月 30 日那天上午提前印刷,李夫同志带领一班人,到设在河东区红星路的印刷厂,看报纸的彩印质量。李夫拿着《天津老年时报》创刊号,借着车间窗户射进的阳光,说:"照片选得好,邓小平和卓林及女儿的神情和悦,这是从杨绍明(杨尚昆之子)那特约的,首次披露。"新闻通讯是《上天有路,回地无门——宇航员难返人间》。

这份报纸定价低廉,每份零售 0.1 元,全年订阅价 10 元,十分亲民。在市老龄委、市老干部局、市总工会有关部门的支持下,第一年发行量突破 10 万份,广告收入 400 多万元。

由 1992 年至 1997 年的五年,《天津老年时报》的办报思路,基本上是以服务老年人的周末版形式编辑出版的,突出了休闲性和娱乐性。1998 年为了回归报纸的新闻属性,决定改版。首先是把报头"老年时报"四个字,用毛主席在同一时期内的书法,选择集字,组成了飘逸遒劲的报头。其次,由对开四版改为对开八版,增加了焦点、副刊、岁月、国际版。并且,由原先的一周两期改为一周四期。同时,从一版到八版,版版设言论栏目,以漫笔、杂谈、随感等形式,增强了报纸的政治氛围。2010 年初,又在"老年时报"的基础上,前面加了一个毛体书法"中"字,报头成为现在的《中老年时报》,报纸每天出版为日报。

心生感慨

李　仪

算起来《中老年时报》已经走过 30 个年头了，想想都让人生出感慨。我很早就知道这家报纸，但因忙于工作，并无过多接触，只是偶尔在副刊发过小文，和时报的关系走得近起来，还是这几年的事。

退休后，我把心思都放在自小就喜爱的文学上，并曾在一家老年大学教过散文和诗歌写作，后来因为疫情，这个班的学员在网上建了一个学习写作的微信群，群名还叫散文写作班，这样我就义务做了班里的辅导老师。我知道，班里中老年人多，年轻时他们是文学青年，现在他们有了充裕的时间，成为写作爱好者，应该珍惜他们对文学的这份感情和执着追求。因为《中老年时报》是一份面向中老年人群的报纸，所以在班里时常会听到学员们谈起时报，于是我就鼓励大家多练笔，多投稿。

出于这个目的，在 2020 年下半年的一天，我还把时报的副刊编辑董欣妍约到河东图书馆和大家见面，请她讲一讲报纸的办报方向和副刊各版面的上稿要求及稿件特点。作为一家报纸，编读往来和编创往来都很重要，特别是对写作者来说，更需要了解报纸对稿件的需求，所以这次与编辑的见面会成了给大家鼓劲的加油站。从那以后，这个班的学员写稿的适应性和质量有了明显提高，见报数量也明显增多，很多时候几乎每周都会看到学员写的文章上报，甚至还常见同班学员稿件同框发表的情形。毫无疑问，作品有了"出口"，将进一步刺激散文班学员的写作，促使这支写作队伍的成熟。有时我还会和董欣妍编辑沟通，了解班里学员的写稿情况，然后有针对性地在班里和学员交流，让大家明白报纸副刊的稿件和文学刊物用稿之间的区别，以及副刊文章也会有时效性的特点等情况。通过辅导和讲解，尽可能地让大家保持写稿投稿的热情。这些工作再加上每周一次的班上教学，虽然耽误了我的个人写作，但我乐此不疲，当看到班里学员的文章见报后，有时我比他们还要高兴。

当然，我也没忘见缝插针地写一些文字，每年也有文章见报上刊，其中有的文章就发表在时报的副刊及岁月、知青等相关版面。去年，时报的记者刘长海对我义务辅导中老年作者写作的情况进行了采访，并以《义务辅导写作助力快乐养老》为题，在编读版发表了采访文章，这当然是对我的肯定和鼓励。我认为，还是应该感谢《中老年时报》，这份报纸设置了十多个副刊版面，反映现代社会中老年人群的诸多生活侧面，同时也发表了大量中老年作者的作品，这是让我们的社会充满和谐、活力的一个善举。

历久弥深时报情

张桂辉

我与《中老年时报》,结缘整整二十年了。二十年前,我从闽北一所中专学校,调到南平市委机关工作。单位有个好传统,对离退休老同志,从日常生活到精神生活,都颇为关心。一天,我到离休多年的老书记家中走访,这位有读书看报爱好的长者,有意无意地告诉我:不久前,一位刚回天津安度晚年的老战友给他寄来三期《天津老年时报》,看过之后,觉得贴近老年人生活特性,搭准老年人思想脉搏……

经了解,得知创刊于 1992 年的《天津老年时报》,是今晚传媒集团下属的一份子报,创办以来,始终坚持服务老年群体,成为全国最好的老年报之一。于是,我立马让办公室同志前往邮局订了一份,放在单位阅览室。那时的我,未满五十,工作之余,走进阅览室,偶尔也会翻阅《天津老年时报》,初步印象是——办得颇有特色。2010 年更名为《中老年时报》后,定位更精准,特色更突出——从版面设计,到专栏设置;从标题制作,到文章内容,都匠心独具。于是,以写作为业余爱好的我,开始给《中老年时报》投稿,拉近了与《中老年时报》的距离。

人生如过客,岁月催人老。九年前,我到龄退休。为了能读到《中老年时报》,到当地邮局自费"破订"一份。退休后,阅读报纸成了每天必不可少的"活动项目"。日积月累,认识到《中老年时报》的"真面目",有一种"不读不知道,一读颇受教"的感慨——国事、家事、天下事,事事兼有;风声、雨声、百姓声,声声入耳。不论是中年读者,抑或是老年读者,只要用心阅读,既能从中受到启迪,也能从中获得裨益。正所谓:"萝卜青菜,各有所爱。"就我而言,对岁月、副刊、评论、颐寿、休闲、家庭等专版情有独钟。因为,不但特色明显、短小精悍,而且合乎中老年人的阅读兴趣,堪称中老年的生活伴侣、精神大餐。

《中老年时报》能行稳致远、越办越好,得益于有一批忠于职守的办报人。以副刊为例,这些年来,编辑如同架在报纸与作者之间的隐形桥梁。我受其感动,但凡手头有合适的文章,都先给《中老年时报》。比如,2016 年 2 月,读报获悉一则新闻。我读了这则新闻后,有的放矢创作了《犹见"鼪鼠"》一文,发表在 2016 年 3 月 20 日的《中老年时报》上。

文章千古事。当下有些作家,下笔不谨慎,态度不严谨,有创作之情,无敬畏之心。有鉴于此,去年秋日,我写出《创作激情与敬畏之心》,2021 年 11 月 8 日在《中老年时报》副刊发表。

时光匆匆,情意绵绵。我与《中老年时报》的感情,清正纯洁、历久弥深。

上海读者爱时报

金洪远

这两年来，我相继在《中老年时报》刊发了几十篇习作，沪上的作家朋友和群里的师友探寻，阁下肯定和该报的编辑熟识，要不怎么能对你这样情有独钟。想想也是，如今编辑的邮箱打爆是常态，凭什么你的文章接二连三刊登，不是认识，还有别的什么合情合理的解释吗？只能幽幽地回应一句：我认识他（她），他（她）不认识我。

实话实说，时报编辑在天津，我在上海，相隔千里，从未有过交集，怎么会相识。只能用一句口头禅来解释："我额骨头碰到了天花板，我遇到了一张好报纸和好编辑。"

在我浏览的报纸副刊里，直感告诉我，《中老年时报》的副刊是非常有文化品位、接地气的。抱着试试看的想法，我写了著名电影表演艺术家梁波罗《文化养老最养身》的小文给副刊，仅隔一周，文章就见报了。我没有想到时报处理稿件如此神速！版面编辑来电鼓励，还捎来时报编辑记者对梁波罗先生的敬意和问候,并希望我将样报转赠给梁波罗。我被编辑的真诚感动,他如此"爱岗敬业",我当然要不辱使命。当我和朋友德亮兄前往梁先生寓所,递上时报,转达时报读者和编者对他的殷切问候,坐在沙发上的他,高兴地捧读起时报,笑赞报纸办得好,委托我转告他的衷心感谢。眼疾手快的德亮咔嚓咔嚓拍下这个难得的照片。

没几天时报在头版显著位置刊登了梁波罗阅报的大幅照片,编辑再次来电致谢,希望我继续挖掘结识的名人,让广大读者走近名人,领略他们的风采。

两年多来,我撰写了新闻泰斗赵超构、古书画鉴定大家谢稚柳、国内久负盛名的指挥家曹鹏、著名作家叶辛、金石篆刻家高式熊、书法大家任政,当然还有我年轻时最崇敬的部队诗人李瑛等十几位文化名人的逸闻趣事,受到时报的鼓励。我的老友读了时报刊发的文章大为惊讶,想不到我和这么多名人交往而不露声色,戏称我应该到保密局工作才对路!其实在我眼里,名人也是老百姓,就像我老房子的隔壁邻居赵超构先生,不过是夏天穿着老头衫,脚蹬木拖鞋,在啪嗒啪嗒声中拎着酒瓶去酱园店打绍兴酒的老汉一个。

在专副刊版面里,家庭版编得出彩,得到我所在祥和群师友好评,这些师友见多识广,经常在市内外副刊发表文章,属于"识货"专副刊版的人,更有笔者结识的沪上资深的报刊编辑,对家庭版的版式和文章评价很高,这是难能可贵的。如果说群里师友好评是业余眼光,那能得到资深编辑的首肯实属不易,我相信专业,专业一般不会错。你想想看,精心设置的版式眉清目秀,文章内容短小精悍,看得出主持版面董欣妍编辑是精心选编,下足了功夫,当然业余和专业的评价是异口同声的了。

于我而言,虽然和董编辑从未晤面,但她是个热心人一定没有错。好几次她晚上来电,聊选题、提建议都是半个多小时,因为我订阅时报,发现她编辑的版面非常多,工作量很大,却舍得时间和一个普通的作者沟通让我暖心。发我稿件的贺雄雄和吴熹编辑虽然没有交往,但他们的认真"回复"让我心生感动,唯我只能认认真真,尽自己最大的努力,写好每一篇稿件,以不辜负编辑的热情付出。

结缘时报三年整。从读者荣升为作者,也给自己的晚年生活添加了异样的色彩,开心!我更开心的是,我所在的群已有好几位师友像我一样订阅了时报,他们的稿件也纷纷在时报各个版面上开花结果。独乐乐不如众乐乐,我在黄浦江畔向远在千里之外的时报编辑道一声:辛苦了!上海读者爱你们!

老来阅读是福报

姜维群

弹指一挥间，《中老年时报》30周年了。写此文冒出来的第一个念头就是，阅读是人的大福报。

不是人人能享受这份福报的。小时候看《高玉宝》，穷孩子高玉宝特别羡慕地主家孩子能读书，可惜他们不好好读书。

到了新世纪，人已经没有地主、贫农之分，依然有年轻人不喜欢读书阅报，是不是这样福报浅乃至没福报？

远的不说说近的，《中老年时报》围拢着几十万的中老年人，他们天天读报纸还剪报，报纸的"日读日结"的生命在他们手里得到了延长，知识得到了扩展。家庭眼界被打开，个人话题被扩大，这是阅读报纸的福报，当然更是个人的福报。

曾采访过河西区玉华里一位96岁高龄的老先生，他每天必不可少的一件事就是看报纸。家里人说，看报纸不仅让老人没有了了"家长里短"，老人更是对一些知识尤感兴趣，阅读应该是他长寿的第一秘诀。

《中老年时报》创刊至今的 30 年,是给全市乃至全国中老年人送来"阅读"福报的 30 年,是增乐延寿的 30 年。

当然"享受"这种福报需要两样东西,一是生活环境,二是心态。生活富裕或生活有基本保障,还需有社会安定这个大前提;再有就是能坐下来读的良好心态,再好的条件心浮气躁在家里待不住,书看不了,报刊也读不进去,一切白搭。

信吗?读书看报是家门之幸,是个人之福。千金能买良驹宝马,但买不来想阅读的心气儿。中国有句俗话,富不过三代。为什么说豪富之家过不了三代?因为从第二代就开始享受了,吃喝嫖赌挥霍,谁去读书?"忠厚传家久,诗书继世长",这副对联大户人家都刻在大门上,出来进去让人去读、去想、去咂滋味,阅读使人得到安静的聪慧。

有书法家写"读报乐"横幅悬于室中。读报之乐乐于心,这种快乐是一种原始的快乐。就像孩童时代玩的翻绳游戏,只一根线绳与十个指头,就能翻出许多乐趣,很原始,但乐得本真。看报纸在手机时代是不是一种"原始"的快乐?越是原始的,越是自然本真的。而且这种原始本真是长寿的要素之一。

书报能醉心,记得中学时代到一老师家中,其领我至一间屋,屋内一排排的书架放满了书,我直惊得目瞪口呆,真的有些醉了。从那时起,坚信书能醉心。日前到朋友的书房,只有一台电脑和若干光盘,虽装修得珠光宝气,但一个没有书籍报刊的书房,有种说不出来的滋味。虽然朋友一再说明,现在的科技很发达,网上什么都有、一张光盘就能装进半套《四库全书》。这很像听过的一件事,说曾研制出一种食品,似药片大小,吃一片可抵三天的饭。屋里没了柴米油盐,没了锅碗瓢盆,总是不像过的。

《中老年时报》30 年,像一列行进的绿皮火车,载着许多读者行进在知识的高川大壑中,纸质阅读依然是一种需要,依然是汲取知识不可替代的必需品,我们依然爱着这张报纸,前行,前进⋯⋯

夜半来电话时报

鲍　宁

　　多年前的一个夜晚,我正在灯下赶一个材料。已近深更,电话铃声突然响了,我拿起听筒,原来是大姨打来的。大姨说她正躺在床上看《中老年时报》,看到大明(我哥哥小名)有一篇文章登在报纸副刊上,是写宁波老家的,写得很有情感,一下子让她回忆起自己在故乡就读时的学生时代。

　　大姨是一位优秀的小学教师,平时十分喜爱阅读,退休后看了很多中外名著,时而还在电话中与我交流。大姨知道我在市民政局从事养老福利工作,特意向我推荐了《中老年时报》,说是学校帮他们退休教师订的。大姨告诉我,这张报纸信息量大,不但有天津的,更有全国及海外的,还有好多副刊,有文艺的、往事的,还有休闲游玩的,且文章的篇幅短小精悍,看了不累,真是一报在读,爱不释手。

　　我因为从事老年福利工作,知道全国各省市区民政老龄部门都办有自己的老年报,主要用以宣传老龄和养老福利工作。

但真不知,天津还办有这么一份深受兄弟省市老年人喜欢的报纸。

过了一阵,我因写材料需查资料,去了市图书馆。查好资料我特意去了报刊阅览室,找来被大姨这么夸奖的《中老年时报》,果然不同凡响。一是它的版面就与众不同,大多数老年报都是小版面,但时报是大版面,且版面很气派;二是报纸的"站位"高,立足天津,面向全国,瞭望全球,除了本地新闻外,还辟出不少版面刊登全国和各省市及海外的老龄新闻,并有专门的评论版,这在全国老年报中实属罕见;三是报纸的专副刊内容丰富,不但有文艺、家庭、岁月、颐寿、法治、深读等,还有供老年读者娱乐的休闲、声屏版面。可见办报人的用心、精心、真心,一切为了中老年读者的需求。

后来,我休闲在家,又捡起了写小文的爱好,聊以解闷。写了后,除了发给市内的媒体外,有时也发给市外媒体,《中老年时报》就是其中之一。有一天晚上,我正在看央视的夜间新闻,住在西湖之畔的兄长打来电话,说在《中老年时报》副刊上读到我写的《在父母屋里小住》一文,看了不禁感慨万分。

原来兄长退休后,单位也给他们订了《中老年时报》。我与他说了大姨学校给退休教师订《中老年时报》的事,兄长说这份报纸办得真不错,好报大家订嘛!我说明年我也向机关退休干部处推荐此报。兄长说,现在受读者喜爱的报纸不太多,这份报纸值得推荐!

去年,我在网上偶然结识了《中老年时报》的编辑董欣妍老师,我们虽素不相识,但小董老师对人热情,尊重作者,发去的稿子,不管是否可用,有稿必复,有时还像朋友一样,帮你出主意修改稿子。

年前,我想写一篇关于春节的稿子。那天晚上,构思了半天写成初稿后,时间已经不早了。要不要听听董编辑的意见?我犹豫了半天,还是把初稿发给了她。小董老师收到稿子后,立刻打来电话,对稿子提出了非常具体的修改意见,让我受益匪浅。挂了电话后,我一看手机,已近十一点了,心里真有些不好意思。

春节期间,我写的春节稿如约刊出。在读小董老师特意发来的电子报版面时,我不禁想到,在她身上所表现出来的热情、专业,尊重作者等媒体人应有的综合素质,正是时报强化新闻队伍建设的体现,也是任何一份报纸要受广大读者认可的基础和保证。

时报上的天津记忆

王振良

1992 年,《中老年时报》前身《天津老年时报》创刊,其时我刚来到天津不久。弹指一挥之间,三十个年头过去,时报所记录的天津变迁,已深深融入这座城市的历史。

时报虽然经历过名称更易,但重视副刊的编辑思想一以贯之,除了直接标以"副刊"的版面,还有岁月、知青等专题副刊,它们长期关注天津地方文化,沉淀出时报特色的城市记忆。

如果说"新闻"记录了现在的天津,那么"副刊"则记录了过去的天津。天津人的城市文化认同,很大程度上是通过报纸完成的。虽说还有广播、电视以及五花八门的网络终端,但报纸久远保存和长期传播的特性,至今仍是数字媒介无法企及的。《中老年时报》的副刊,与《天津日报》之满庭芳、《今晚报》之津沽、天津卫一起构筑了天津历史文化挖掘与传播的最重要阵地。报纸虽被界定为"快餐",但实际上并不尽然。副刊的本质固属"新闻纸",可在中国报业传统里,长期坚守的"新闻主攻,副刊主守"理念,使副刊在适当观照新闻与现实的同时,更多地指向了文艺和历史。在一份报纸之中,读者不仅对新近发生的事感兴趣,对所处生活空间过去发生的事同样感兴趣,这也是新闻贴近性的一种表达——于是新闻将会成为旧闻,也就是历史;旧闻也会成为新闻,也就是文化。一方地域新闻和旧闻混搭,成为读者建立文化认同的重要路径,文化自信也由此逐渐形成和巩固。

时报副刊作为天津历史文化挖掘平台,相对"静止"的选题取向,使其有条件从容不迫地做"历史之事",让版面内容日益累积为地方文化。我调至天津师范大学工作后,每年都指导硕士生研究天津的旧报,重心几乎都是报纸副刊——这些已经七八十年乃至超过百年的故纸,至今仍散发着迷人的文化气息,为天津城市留下了历史的写照。而时报副刊呢?也正在书写着今天的城市历史,积淀着未来的城市文化。

时报副刊文章短小精悍,对城市文化的记录往往从细微乃至琐屑处着眼。但细微和琐屑并不等于"小"。一位旧日乡贤的亮相,一个历史事件的还原,一部稀见文献绍介,一条新鲜资料的解读,都在构建着城市文化的大厦——完整的天津历史文化,不仅需要梁柱,而且需要砖瓦,也需要勾缝的水泥,还有装饰的油漆和涂料。从大处着眼,由小处落笔,恰是时报副刊的特色。即如知青版面,所刊多是上山下乡生活的记述,初看似乎鸡零狗碎,但这些断片连缀起来,一代知识人的面影变得清晰,并愈来愈彰显出其价值。

在关注天津历史文化的媒体中,时报尤其着意口头史料的挖掘,这不仅体现在以回忆见长的知青版面,其他后代对先辈的追怀，学生对师长的感念，还有民间的各种集体记忆，也都具有口头史料的特点，不仅朴实、亲切、生动，而且可作掌故来读，于历史文化有着补白作用。

我的天津文史研究发轫，很多稿件即刊于时报。早期的文字难免粗浅，因此真名都不敢用，一直署曰"杜鱼"。此后我编辑《天津记忆》，主持问津书院，更是得到时报长期扶助——重要的文史活动，相关的研究文章，还有《问津文库》的评论，问津师友的行迹等，都能在时报找到蛛丝马迹。时报之"春秋岁月"，见证了我认同并研究天津的廿载行程，每次忆及都会升腾起暖意——这种暖意不仅来自时报自身，还有我通过时报感知的天津城市记忆的温度。

正当妙龄

游宇明

　　记不清是在何时何地与《中老年时报》这份报纸美好地相遇的。之所以用美好而非美丽，是因为我们的相遇不仅包含了外在的惊喜，还带有内在的舒适。

　　2002 年 1 月 8 日，初次在消闲版（当时的文学副刊）发表作品时，家里与单位都没装网络。那段时光，我特别喜欢逛各种图书馆，也热衷于浏览街头巷尾的报刊，估计是在某处看到了此报，觉得其副刊适合我写作的风格，随手记下了通信地址，于是，便有了一份二十年始终不变的情缘。那时它的名字叫《天津老年时报》。

　　我接触的第一个编辑是刘纪胜先生，当时我不到 40 岁，而纪胜先生已近退休。最初我给他寄的都是用电脑打印的纸稿。我有一个习惯，寄出稿子，从来不问结果。不是不在乎，而是我知道编辑一般都很忙，上班得处理许多事情，你一问稿，必定打乱人家的工作思路。纪胜先生善解人意，每次发了稿，都寄来样报。对某个稿子很满意，还会打我的电话"当面"表示赞赏。记得当时报社有年终报优稿的制度，评上了有奖金，因为纪胜先生的推荐，我好几次中榜。

纪胜先生退休是告知了我的，还将迟凤桐编辑的邮箱推荐给了我。这正是《中老年时报》编辑的厚道之处。人离岗了，决不挥一挥衣袖就走，而要与作者来个温情的告别，对工作做个负责的交代。迟编与我有过交流，我也时常可从其编稿的细节中感受到他的敬业，比如某个稿子，我自己感觉好，往往会在报纸刊发；某个稿子，我觉得特别出彩，一般会上头条。

赵威编辑给我的印象是不仅副刊编得很棒，自己还能写一手漂亮的杂文，我们的文章经常同在别的报刊亮相。见了他的文字，我总会第一时间拜读，每读必有收获。

在一众编辑中，我联系得最勤、也相对更了解的还是董欣妍女士。某次从网上看到一位熟悉的北方文友在《中老年时报》副刊发了文章，其中提到董编，恰好我有小段时间与这份报纸"失联"，便向他打听董编的邮箱，文友热情地向董编推荐了我。董编与我建立了联系。她非常尊重作者，每次在微信里收了稿件，不管用不用，都会及时回复，用了，还会截版样给作者。董编用稿有个特点：从不满足于守株待兔，而是经常"主动出击"，比如她会告诉作者自己编辑的某某版是何种定位，目前急缺哪类稿子，字数多少，这样，作者下笔之前内心就有了"路线图"，自然也就少走了许多弯路。有时，董编在某个作者的公众号里"捕捉"到好文章，会跟作者打招呼，然后拿到报纸上发表，我的《盈盈一水间》便是这样走上"副刊"的。

有人喜欢用"鱼水之情"来形容作家与副刊编辑的密不可分,我觉得并不准确。鱼与水之亲密是单向的,鱼离不开水,水却可以没有鱼。而作家与编辑是命运共同体,两者在文学的园地里齐心协力地耕种,待灵魂的庄稼成熟,再将其奉献给需要的人,在传递中,编辑与作者的生命价值一同得到呈现。毫不夸张地说,一篇(部)优秀的文学作品,既包含着作家的心血,也渗透着编辑的汗水。

30 岁的《中老年时报》正当妙龄,因为拥有众多愿意倾心付出的编辑,我相信它会永远青春!

百花齐放

魏暑临

十几年前,《中老年时报》还名为《天津老年时报》的时候,我就已经订阅。当时听同事说这份报纸内容丰富,而我的母亲是专职家庭主妇,在诸多媒体中主要借电视获取见闻,于是订来供家母阅读。报纸里的社会动态、养生知识、益智游戏、诗文书画,也把我吸引为忠实读者。当时没有想到的是,十几年后我也成为时报的作者,与时报的因缘由读到写,更为紧密了。

四年前,天津社会科学院出版社出版了我撰写的《书坛巨匠吴玉如》,这是吴玉如先生的第一部评传,获得了学界和社会的一致好评,时报分数十期连载该书,算是我最早在时报刊发的作品。后来,我应约为章用秀先生的《残笺碎语》、倪斯霆先生的《文坛书苑忆往录》、王振良先生的《沽上琅嬛》以及石玉先生整理的《天津文钞》撰写书评,都刊发于时报,而万鲁建先生为我的《"津门三子"与荣园》一书撰写的书评也刊发于此。所以,我与时报的因缘,首先联系着一种书缘。时报成了我和其他师友提倡阅读，激扬书香的文化园地。

除了书缘，时报还涵育着我的墨缘和诗缘，不但刊载过我的书法、诗词，还在2021年9月开始，在副刊版开设了"延堂诗话"专栏，这对我这个青年求学之人来说是极大的鼓励。我想，我们的市民文化是多元的，市民的阅读应该包括高雅文艺的内容，甚至是具有一定学术含量的作品。作为作者，我们有义务为报纸和读者提供具有独创思考和一定文化水准的作品，少作人云亦云、东拼西凑的空头文章。而时报作为具有庞大读者群体面向全国发行的大报，充分体现了百花齐放、兼容并包的胸怀，不拘泥于报章体式，以丰富的内容、高标准的办报质量，适应了不同层次读者的需要。我从中看出了时报主办者的巨大信心，这种信心，既是一种报人的自信，也包括对读者的信心。有的报纸总是有各种顾虑，怕文章长了读者看不完，怕文章深了读者读不懂，怕文风严肃不能迎合读者休闲的需要，怕时尚太少不能吸引读者的注意。但时报本着雅俗共赏、弘扬美善的原则，将矛盾调和为统一，将多元融合为有机，不但做成了一份很好的新闻报纸，也做成了一份很好的文化读物，不但受广大读者欢迎，也成为很多集报、藏报之人热衷的藏品。

每次我的作品刊发之后，一些老领导、老同志甚至是我上学时候的老师都会拍个照片发给我，我想他们既是想告诉我他们看到了我努力的一些小小的成果，也是想借此鼓励我继续前行。至于包括他们在内的读者对我的好评与鼓励，我想更是对时报和我这个作者的莫大支持。时报的作者群其实是庞大的，在这里有很多我景仰的前辈学者、作家，也有很多知交的学界同仁，以及很多普通的市民,在纸媒面临巨大挑战的今天,我们所有这些广义的时报人,与时报的编者一同努力构筑一道不可替代的城市文化风景线。我曾见到时报的领导和编辑记者为了报社的发展,为了获得优质的新闻资源和稿件,为了更好地服务读者,辛勤奔忙,不辞劳苦,为的就是对得起读者的信任。作为读者,我很感动;作为作者,我更应努力写出优质的稿件,以回报报社与读者。

每次文章发表后,有外地的师友常跟我开玩笑:"你也步入中老年了。"但是,时报虽然名为"中老年",且主要服务于中老年,其读者群也应该包括青少年。作为一名教育工作者,我就常把时报的内容,诸如文史、家庭等,作为我教育教学的参考。例如近一段时间天津红学会赵建忠会长联袂1987年版《红楼梦》电视剧部分主创、演职人员撰写的系列文章,就是很好的资源。多年来《红楼梦》经典阅读始终受人关注,现在又成为学生阅读的重要著作,也是高考命题的热点。我想,像这样的文章,教师和学生都应该多读一读,有助于增广对原著的见闻和理解。

无论是书缘、文缘、诗缘、墨缘,这种种学缘其实都是时报提供给我们的生活机缘,让我们在创造生活、品味生活的过程中,守住报纸的墨香,守住每天等待送报的期待,守住我们心里对社会文化和人生前景的美好愿望。

我爱我家

苏连雄

20 世纪 90 年代,情景喜剧《我爱我家》热播。今天,众多天津读者、撰稿人也要说,"我爱我家"。这个家就是《中老年时报》。

时下,电视、互联网猛烈冲击,纸质平面媒体式微。走过三十年艰辛之路的《中老年时报》却独辟蹊径,现在是天津市自费订阅数最多的报刊。其办报方针一以贯之:贴近生活、贴近读者。《中老年时报》设有数个栏目,时政、文艺、科普、怀旧、家庭、生活等无所不包,堪称中老年朋友的良师益友。

我与共和国同龄,曾是一名体育记者,对新闻很敏感。1992年 7 月 1 日,一张散发着墨香的时报在手,契合老年人阅读习惯的版式、适合老年人口味的文章,时年 53 岁的我亲切感油然而生。与《中老年时报》深度结缘是退休后。刚退下来两个月,我突然脑出血,右半身偏瘫,天塌下来了。积极治疗、主动锻炼,病情好转,我自忖:不能消沉,应继续做些对社会有益的事。

我爱体育,更爱写作,尝试着用左手大拇指在手机上打稿,自嘲为"一指禅"。没病前,我手写稿一小时一千字,电脑敲稿一小时一千八百字,残疾后一根手指在手机上"蹭"稿,一小时只三五百字,但乐此不疲,最初是自娱自乐,后来萌生了"再作冯妇"念头。联系时报编辑,受到热情鼓励和指导。数年来,几位年轻编辑都是精改精编稿件,表现出极高的职业素养。我在职时,以写动态体育新闻为主,足球赛甲队 2∶0 胜乙队,进球过程、现场气氛,文风短平快,距《中老年时报》静态文章要求有差距。编辑们不厌其烦,耐心指出版面特点,使我由"动"趋"静",逐渐"入境"。我给自己的报纸写稿,得偿所愿,这些年在时报刊发的稿子计有《天津击剑五朵金花今何在》《中国女篮与天津》《(金庸的)布衣精神》《起士林与食堂》《我的体育新闻实践——入句》等八十余篇,反响良好。

不仅如此,编辑还知人善用,发挥我的主观能动性。2007年 9 月,中华人民共和国第 13 届运动会在海河之滨举行,天津人民奔走相告、欢欣鼓舞。早在那年 4 月,具有新闻意识的《中老年时报》编辑就找到我:"苏老师,给您个任务,写写全运会的系列稿子,提前为盛会预热。"一拍即合,我们立即研究,定下了每周一期,共二十余篇稿件的大方向。是年 4 月下旬始,"大苏侃全运"专栏出现在《中老年时报》报端,"全运会由来""天津各运动队实力""观赛指南"等话题娓娓道来,一直到 9 月中旬才完美收官,受到读者欢迎。举一例:我用交响乐著名指挥家郑晓英在一次演出中,向上猛横指挥棒,全场灯火通明停演,使迟到者羞赧满面的事例,提醒体育爱好者,网球等比赛中不能迟到、走动。

我当过工人、教师，历尽坎坷，36 岁才成为体育记者。据此，我写了一本自传《半路出家》，一是总结自己前半生，二为启迪后学奋发。没承想，《中老年时报》编辑对拙作十分感兴趣，决定连载部分章节，精挑细选后，一个文学青年、体育爱好者的奋斗过程跃然纸上。我衷心感谢《中老年时报》给一个普通记者如此殊荣。

《中老年时报》还使我和中学语文老师刘福祺先生在版面上喜相逢。1962 年夏末秋初，河北大学中文系毕业的刘福祺和刚升入初中的我，成了相守三年的亲密师生。小小少年苏连雄爱看课外书，虽然还没学习正式的语法、修辞知识，但语感好，作文竟也文从句顺、有模有样。经常在报纸杂志发表文章、古学尤其出色的刘老师每每给小苏同学"开小灶"。及至小苏变大苏，大苏成为体育记者后，学养深厚的老师仍潜心帮助学生提高文字水平。世纪之交，刘老师全家客居加拿大多伦多，仍笔耕不辍，经常给时报投稿。我也给时报写稿，师生成了"同框"文友，并经常通过微信沟通。去年 8 月 15 日，刘福祺先生发稿《耄耋师生撰文喜相逢时报》。9 月 13 日我也写《感恩与感谢》一文，81 岁老师和 72 岁学生共同感谢《中老年时报》创造了一段师生以文相会佳话。

我常对喜爱文字的中老年朋友讲：给《中老年时报》写稿，就像写家信一样，既认真严谨，又轻松自如，是一件乐事，因为我爱我家。

耳濡目染的良师益友

南北萍

结缘时报近二十年了。那时我刚刚调到单位人事部门，正赶上年末报纸征订。当时单位按标准每年给离退休干部订一到两份报纸，种类自己选。汇总出来一看，选择订时报的占大多数，让当时年龄尚处青年尾巴、没留意过这份报纸的我有点吃惊。

当时是纸媒的黄金时代，仅天津就有十几份报纸。"各村有各村的高招"，竞争激烈，报刊亭也跟着红火。中午休息时，我遛到最近的民园邮局报刊亭，想买份时报，却被告知"卖完了"。我记得往右不远的成都道口还有个报刊亭，到那一问，还是"卖完了"。一份面向中老年的报纸，卖这么快？再次吃惊之下，又走到外语学院附近的浦口道报刊亭，再沿马场道走到二十中学旁的报刊亭，一再失望。看看还有时间，索性一不做二不休，过南京路，到了滨江购物中心旁边的报刊亭，回答好像商量好了似的异口同声。腿儿遛疼了的我忍不住说："找一中午，没买到一份时报!"摊主笑了,说:"您这点儿买时报?这报纸特受欢迎,早晨来晚了都买不到。"

回单位和同事念叨,同事说他父母家订时报了。第二天拿来两份,说您看完还得给我,我父亲剪报,还得给送回去。我一边答应,一边迫不及待看起来。岁月中的如烟往事,家庭里的温馨亲情,知青时代的难忘记忆……也许中年以上作者居多,文字没有常见的浮躁,充满亲切平和的温暖气息。也有很多养生保健类小文章,既有知识性,又简单易行,如红枣切片炒后泡水喝调理脾胃,哪些蔬果榨汁喝可以预防血压高等。我被深深吸引住了,一口气读完几张报纸后,不由想到年过古稀的老父亲。父亲一生看重文化,虽然年少时因家境等原因读书不多,一生劳碌辛苦,还是努力培养我家兄弟姐妹都有了一定文化,成为对社会有用之人。晚年生活条件好转,衣食无忧,父亲一有闲暇就看书学习。想到这心里一动:给父亲订一份时报,老人家一定会喜欢!

不出所料,订阅的时报得到父亲的由衷喜爱,而出乎意料的,是父亲对报纸的充分学习和运用。他也准备了大本,把喜爱的文章分门别类剪下来贴好,生活常识类的居多,而且活学活用:早晨熬小米粥加红枣、山药、核桃碎,红糖炒面开水冲着喝治胃寒,等等,都是父亲从时报学来做的。体弱的母亲 86 岁安然辞世,现已 95 岁的父亲依然头脑清晰行动自如,应该说他从时报上学习实践的养生知识起了很大作用。更出乎我意料的是,文化水平不高的父亲,竟对天津社会科学院王辉老师"王老汉乱弹"专栏的哲理性文章情有独钟,剪裁粘贴、多次翻看不说,还时常和我说起读后认识上的收获,让我惊讶又佩服。

　　耳濡目染,时报渐渐成为生活中的良师益友,渐入中年的我也试着给它写稿了。成长岁月,工作生活,师友亲情……每当一篇小文在编辑老师的精心编排下见诸报端,我的心情总是在欣喜中更有欣慰——从读者到作者,我幸运地加入了这个吸引无数人同行的大家庭,也终于让九十多岁的老父亲在熟悉的报纸上读到了献给他和母亲的文字。

结识文化名人的桥梁

韩吉辰

1992 年对于我来说是个重要的年份,这年我正式调入红桥区政府地方志办公室,开始研究运河名园水西庄,这年我五十岁,与刚刚创刊的《中老年时报》(当时叫《天津老年时报》)结识,并一直陪伴我渐入老年。

通过时报使我结识了不少文化名人。著名武侠小说作家金庸金大侠(本名查良镛),在我参加红桥区地方志编修工作时,发现建于清雍正元年的查氏水西庄是金庸先生祖业,于是开始了与金庸先生十余年的书信联系,多次寄去时报上面发表的有关水西庄文章,1996 年时报一版刊登的《金庸与津门水西庄》一文(由赵胶东编辑),金庸先生不但认真阅读,而且保留下来。

2001 年夏天,金庸先生来到天津。下榻宾馆后,已经深夜,请秘书打电话与我联系。第二天年近八旬的金庸先生偕夫人来到红桥区,听取了水西庄研究成果。金庸先生现在香港寓所中悬挂的条幅,就是水西庄查为仁的遗墨。金庸先生专门拿出

1996 年时报一版刊登的《金庸与津门水西庄》剪报，表示感谢。尽兴之余，金庸先生当场题诗一首："天津水西庄，天下传遗风。前辈繁华事，后人想象中。"并欣然为我题词鼓励："韩吉辰先生：研究水西庄，长期有贡献！"

吕金才编辑的文章《新邻居是国家副主席》（发表在《天津老年时报》2009 年 5 月 4 日），反响很好，时任全国政协副主席张梅颖阅后寄来回信。她就是国家副主席张澜先生的孙女，我的文章引起她的美好回忆。她写来热情洋溢的信并打来电话，希望时报能够多发表这样的回忆文章，并感谢报社的编辑。

由赵威编辑发表我写的两篇回忆文章《陈毅元帅为我们颁奖》和《郭沫若为红桥区实验小学题写校名》，反响极好。陈毅元帅的儿子陈丹淮将军（我中学的同学）看到后与我通电话，感谢时报岁月版发表怀念陈毅元帅的文章，并寄来两部将军的新著，专门为赵威编辑题签盖印。赵威编辑还专门抽出时间拜访了黄显亚校长，就是当年与郭沫若先生通信请求题写校名的当事人，当年已经八十五岁高龄，还有李玉存校长一起忆及当年办学之艰难和郭沫若题写校名的前前后后。这篇文章和采访照片寄给了郭沫若先生的女儿郭平英女士，她是我的校友，担任郭沫若纪念馆馆长，发来感情真挚的来信，并寄来再版的郭沫若《女神》赠送赵威编辑。

我在时报上发表了多篇有关水西庄与《红楼梦》研究的文章，红学泰斗周汝昌先生非常感兴趣，与我联系二十余年，书写诗："藕花香散水西庄，说到红楼意味长。独有痴人心最挚，夜深考索待朝阳。"

我在时报上发表了有关重建桃花堤的文章,寄给台湾陈立夫先生,当年陈立夫在"北洋大学"学习,看到这些文章、照片热泪盈眶,寄来怀念诗,与我通信十余年,题字多幅。

时报是我结识文化名人的桥梁,充实了我晚年的生活,提高了文化品位,是老年人的良师益友!

收藏知识的宝库

张金生

集报、剪报的收藏是我的爱好，同时我也是中国报业协会集报分会的理事。剪报辑书是我集报收藏的一种方法。《中老年时报》是我集报收藏主要的媒报。我觉得报纸既具有时效性的特点，又具有珍贵的收藏价值，更具有证明史料的作用。

由此，我是时报的忠实读者和追随者，订阅中老年时报三十载，从感性认识升华到理性认识，达到难舍难离，亦师亦友的忘年交。时报是我关注和喜爱的报纸，经过三十年的拜读感觉到在报刊栏目上，享有新颖、独特、醒目的特点，排列有序，相互衔接组成新闻、生活、副刊三大版块系列，所刊登的具体内容呈现出版版有惊喜、版版有佳作的特色，是三十年剪报收藏的知识宝库的来源。三十年来，我边阅读、边选材、边剪裁、边筛选，伏案工作每一天，年复一年的劳作，达到了如醉如痴、废寝忘食的地步。经过日积月累，我已累计取得剪裁分门别类数十万张，剪报辑书的原始资料。我也体会到"读时报是基础，剪时报是过程，编辑成书是成果"。在大量原始资料基础上已经陆续粘贴、编辑、装订完毕,"剪报辑书"数百册。

从 2013 年开始,时报多年来开展"读者问卷调查"的活动,"开门办报"的创举是时报发展历程中成功的经验。我自 2013 年至 2017 年连续五年,积极参与时报开展的"读者问卷调查"活动,以严肃认真的态度填写个人对时报各个版面栏目设计及内容的看法和建议。五年间累计书写数十页稿纸,近两万字的答卷资料,有的建议已经被时报采纳,我感到非常欣慰。2015 年 10 月 8 日,我在时报 2015 年度读者问卷调查活动中,很荣幸获得了年度大奖,奖励豪华游轮"中老年时报号"出国旅游。

时报从 2014 年开始多年来主办"剪报展进社区"活动,是时报开门办报的延伸,是记者与读者交流互动的一项措施,剪报展让社区居民在家门口就能参与剪报活动,让在居民阅读剪报中获得养生保健等方面知识。我积极参与时报主办的"剪报展进社区"活动,并根据每次剪报展的展示作品内容不同,携带相关的剪报辑书数十册及剪报长卷展示,尽心尽力完成时报主办的"剪报展进社区"的工作。

2016 年 11 月 8 日,我参与了由时报记者付殿贵老师带队,在天津市第一老年公寓举办的"剪报展进社区"活动,现场参观的老人们非常喜欢剪报作品,有的用手机拍照,有的还抄录剪报有关内容。我出于敬意,当场赠送给歌唱家于淑珍、书法家张璞奇每人一册"津城美景行"剪报集,并赠送给曾参加抗美援朝战争的离休军医潘世勋一册"注重健康关注中医"剪报集。借此机会,我也感谢时报为我们剪报人搭建了很难得的展示平台。

　　三十年来,我作为时报一名通讯员,除积极参与投稿外,还为提高时报的知名度和拓宽时报的品牌,做些力所能及的宣传工作。比如,2014 年 2 月 12 日,趁着全家去印度尼西亚旅游的机会,我携带时报赠送给在印度尼西亚当地的旅游者和服务周到似亲人的导游,受到他们的喜欢。又如,2018 年 9 月 8 日,我去山西省平遥市参加中国报业协会集报分会召开的第四届理事会议,全国各地的理事都捐赠所在地的报纸,以便交流,增加友谊,当时我携带所收藏的 200 份时报,交给大会会务组负责发放,反馈效果极佳。

　　在时报创刊 30 周年之际,我表示衷心祝贺,希望在时报奋进新征程,创建新佳绩,我要倾注全部精力,支持时报各项工作,并祝愿时报青春永驻,璀璨闪耀,精品报越办越好。

助我登上新台阶

张 建

如今，《中老年时报》成了我的挚爱，以至于要是不花上个把小时在它的字里行间走上一程，好像这一天连筋骨都没伸开。有朋友问："你是怎么喜欢上这份报纸的？"我一时不知如何作答，只得回应一句："她更适合我。"说实话我年轻的时候，不怎么关心时报，偶尔翻翻，没什么特别感觉。但是，我对办报人还是比较熟悉的，那时我与他们在同一个区域办公，有几年还同属一个党支部，交往自然就多了起来。渐渐的，我发现时报的编辑记者更朴实、更贴心，他们对读者总是那么的和善可亲、毕恭毕敬，尤其接待年龄偏大的老读者，必定先让座、后沏茶，继而像与长辈那样轻言慢语地交谈，临别时还要搀扶着护送到楼下或大门外。这看似微不足道的举动，正体现了时报一以贯之的办报宗旨、办报理念、办报风尚。有一次，我感慨地对一个同事说："看看人家时报的编辑记者，个个能称得上敬老爱老的模范。"

本来我是个专职摄影记者，闲暇之余却喜欢动动笔，撰写一些小文小稿,结果陆续写了两年多,竟完成了十余万字的《流行岁月》。之后,就有点耐不住寂寞了,恨不得找个机会张扬一下。因稿件内容多涉及岁月过往,似乎接近时报的文风,于是忐忑不安地向编辑部做了一次自我推销,没想到很快就有编辑与我对接,又很快开设了"岁月留影"专栏,就这样一篇篇见报了,梦想变为现实,同时也让我对时报有了进一步的了解。这真是一张充满温情的、朴素无华的、平心静气的、丰富有趣的优秀纸媒,只要看进去就会被深深地感染。怪不得每个采编身后都拥有无数"粉丝",怪不得那么多剪报高手,把精彩的图文收集起来,经过装裱变为独特藏品。

2015年,编辑部约我给时报摄影爱好者写一组兼具实用性、指导性的稿件。起初我有点为难,虽说从事摄影几十年,但用文字系统地、循序渐进地、通俗易懂地讲清其中的要领及技巧还是第一次。结果,我边学、边试、边写,一周出一期,坚持两年,刊发专稿96篇、图片120余幅。正是抓住了那次机会,我才能在摄影理论与实践的结合方面登上了一个新台阶。从此,时报带给我诸多好运,2016年至2019年,先后连载了我的多部"口述史"专著,不仅受到读者的欢迎,而且引起地方史专家的关注,这分明是时报再次助推我登上新的台阶。

退休这几年,我没有丁点的寂寞,精神状态依然饱满,因为我有时报相伴,有时报的激励和熏陶,进而打开了我广阔的视野,激发了不尽的灵感,使我在快乐中有所作为。当下,我继续承担和主持每月一期的摄影话题,另开有"图说老物件"专栏,偶尔还写一点随笔或回忆性文章。曾有文化学者开玩笑给我冠以"华丽转身",其实我这"身段"更多的是在时报这个舞台上得以历练和展现的,编辑们用自己的肩膀给我搭建登高的阶梯,让我一步步遥望到远方的风景,让我一次次赢得掌声。今年正值时报创刊 30 周年,而立之年必将蓬勃向上。祝愿时报前程似锦,永远成为中老年读者的良师益友。

有缘千里来相识

刘福琪

"有缘千里来相识，无缘隔面不相逢。"我与《中老年时报》彼此相隔太平洋，但结缘甚深。

30年前时报创刊时，名曰《天津老年时报》，宗旨显然是面向老年族群，服务老年读者。本人当时五十岁出头，自视中年。孜孜矻矻备课，兢兢业业讲学；读业内书籍，写相关论文；行有余力，为故乡和第二故乡两家报纸《河北日报》和《天津日报》副刊投稿，日复一日劲儿劲儿的。知道有这样一张报纸，但觉得离自己还远着呢。年纪轻轻的整天学养生保健、延年益寿之类的知识，不算是未老先衰吗？直到出国前某天造访一位老年朋友，等待家宴的间隙，看到案头放着几张时报。信手一翻，很快便忘了家宴。厨房里锅碗瓢盆的交响乐和强烈刺激味蕾的股股饭香，不知不觉离我远去。临到握别，巧取豪夺了三四份。回家遍读副刊，但觉耳目扩开。历史钩沉、艺海撷珠、风土人情、闲文杂书……三百六十行面面俱到，且短小精悍，精彩纷呈。但我当时忙于出国,冗务缠身,何暇呈递稿件?

定居异域之后,握管撰文之事,渐渐与我无关。况且,即使想与国内报刊联系,通信手段和投寄方式早已面目全非。直到那年回国,将闲时陆续写就的几篇散文交给老同学尧山壁,托他方便时送达他所熟悉的报纸。无可无不可,没抱啥希望。忽然有一天,一位老弟子国际电话告诉我说:"几天前,《中老年时报》副刊显要位置刊登有恩师的大作,长长的一篇《浓浓的书香》。"阔别多年之后,这是我第一次在国内报刊露面,同时也才知道,《天津老年时报》早已更名为《中老年时报》了。

几经曲折,终于接通了编辑赵威的电话。电话那端说:"我正发愁找不到《浓浓的书香》的作者呢。"

一旦互相"找到了",基于往日的积习和自诩为社会责任感的一丝情愫,"刘福琪"三个字便时断时续地出现在《中老年时报》上。单篇短文,隔三岔五;两组系列性散文竟还有幸占据了《中老年时报》珍贵的版面,每周一篇——"恩师谱" 16 篇,"妙趣杂忆" 14 篇。前者怀念从上小学直至读大学期间的恩师们;后者追忆往昔岁月十年间亲经亲历的荒唐事。

聚沙成塔,集腋成裘。正式出版的《加拿大风情》和《应怜屐齿印苍苔》两个集子百余篇正式发表的文章中,叨光于《中老年时报》者为数最多。由衷感谢赵威、宋昕、齐珏、董欣妍诸编辑。

《天津日报》资深体育记者苏连雄,是我原先教中学时的得意弟子。出国定居前,师生们时常往还,切磋文章。后来天各一方,竟至鸿雁停飞,青鸟敛翅。十余年后煞费苦心地接通信息,方知连雄乃《中老年时报》老作者,经常有体育新闻类文章见于报端;几个系列性体育述评,不发日报发时报。作为《中老年时报》的一名新作者,老朽每有短文发表,必给连雄发微信,说"供弟子一哂"。连雄有文章出来,必发微信给我,说"请老师斧正"。2021 年 9 月 13 日,耄耋师生各有文章一篇,肩并肩刊登于《中老年时报》编读版。连雄的老同学们,我的老同事们,盛传一时。2021 年 8 月 16 日,还是编读版,我曾出现了一篇《耄耋师生撰文喜相逢于时报》文章。而 9 月 13 日连雄那篇美文,题目就叫《感恩与感谢》于编读版现身。心有灵犀,不约而同,各自满怀深情地追述毕生师生情,发自肺腑地感谢编辑们的仁心与善举——事体不大,但不失为天津报界一段小佳话。

还有一段小佳话。

《加拿大风情》出版后,轮椅上的苏连雄,指挥腿脚灵便的老同学,举办了一场三十多名老弟子出席的"刘福琪先生作品研讨会"。《中老年时报》所作的专题报道,评价之高,让远隔大洋的老作者羞容满面。

坊间谈人生:"二十岁,力不全;三十岁,正当年。"2022 年,《中老年时报》创刊 30 周年,正当年呀! 愿《中老年时报》永远年轻!

长相厮守

孙加祺

岁月如风。时报从 1992 年创刊启航到今天,已经 30 周年了,我作为时报的忠实读者,为它的"三十而立"表示由衷的欢喜,热忱地祝贺!多年以来,时报伴着我从在岗到退休,从中年到老年,如同一位无话不谈的知己,温情而体贴的一路走来,一起走过。我怎能不为它的成长、它的成就而高兴呢。

在我的眼中,时报就是一个天天厮守在一片屋檐下从不缺席的家庭成员。每天与我评说天下事,了解津城事,念叨身边事。每一个版面都从不同的角度,展现中老年人的精神面貌,反映着他们的生活状态。上到党和政府对老龄事业发展的关心重视,传递对老年人"老有所养"的政策信息;中到表达中老年人在当下多元的现实生活,展示他们不断提高的物质与文化追求;下到走进家庭生活之中,描述代际关系中的儿女情长,以及每家都有的甜蜜与烦恼的那本经。真是"一报在手,全知天下老年事"。

在我的眼中,时报是我提升老年生活质量的重要帮手。在这里,我了解到许多处理好家庭关系、代际关系的好想法、好做法。在如何当好老辈人的家庭角色上,维护好邻里间的和谐关系上,处理好生活中的突发矛盾上,把握好老同学、老同事的相处之道上,那些活生生的事例、正反两面的经验教训,都在字里行间展开着,由人及己,令你深有感触,深受启发。特别是与子女在价值观、择业观、婚恋观上出现矛盾与歧见时,学会了换位思考,兼顾了引导与包容。不再认死理,倚老不卖老,以豁达胸怀从主观上争做一个快乐的老人。

在我的眼中,时报是我不可或缺的精神家园。我作为有过下乡经历的老知青,对时报开办的知青版始终怀着深情的谢意和深深的庆幸。多年前,自时报有了"知青"栏目和专版以后,我就一直是"追版人"。不仅是我,许许多多当年下乡天南地北的海河儿女,都兴奋地在这里聚集,回首他们蹉跎却难忘的青春岁月,述说道不尽的知青话题,倾诉返城以后从头再来的奋斗经历,忆恋与第二故乡结下的依依乡情。就这样一年又一年,在时报的旗下集结了一大批知青读者和文友,形成了一个"铁粉群"。许多知青人在阅读他人作品中唤起了自己的青春回忆,拿起笔来,投书时报,记述难忘的往事,引发青春的共鸣。我有许多外地的知青朋友,他们对天津有这样一份报纸,有这样一处知青的精神家园,真是羡慕极了。时报对知青文学社的创作活动,给予了关注与报道,有力推动了"文化养老"、做新老人的理念。

多年以来,我从读报人到投稿人,读写结合地在知青、副刊、岁月、家庭等版面发表了一些作品,诉说我的心事、往事,讲述我的感知、认知，与时报的读者们沟通，与同龄的朋友们交流，并依托时报的舞台，走进了市作家协会的大门。特别有幸的是，在时报创刊 25 周年的纪念活动中，我作为读者代表参加了研讨会并发言。我发言的题目就是《时报把报纸办出了温度》，这是我的心里话。时报自己提出的"以儿女情怀办报"的高标准，时报人做到了。

2018 年是中国改革开放 40 周年。时报从元月 1 日推出"我的 40 年"系列报道，"通过百姓生活中的一件件往事，一个个片段，串起人们改革开放 40 年来的回忆，展望更加美好的未来"。我的"40 年"荣幸地以《改革开放改变了我的命运》为题，在元旦作了第一篇报道。记述了我从 1978 年考上大学到投身改革开放，立足国企在市场中拼搏的经历。我深知，我的 40 年只是一个时代的缩影，因为，它也是与我并肩一代人的 40 年。

我由衷地祝愿三十而立的时报，再启航，再扬帆，我定继续与你风雨同舟，再阔步走向一个新的三十年！

父亲替我投稿

党雅芬

在全国很有影响的《中老年时报》，三十年前创刊时叫《天津老年时报》，那时我还很年轻，感觉自己不属于老年人的世界。然而这样一份老年人的报纸和当时年轻的我紧密相连了。

父亲每天必读《天津老年时报》，生病住院时，我每天都要给父亲去买报纸。父亲一版一版地读着，我陪护着父亲，也跟着一起读上面的小文章，有时也会一起探讨评论，我们的探讨总会吸引着病房里的其他人，那时的医生、护士和病友都昵称父亲"说书先生"。也正是从那时起，阅读《天津老年时报》成了我的习惯。我自幼对古诗词感兴趣，对于报上刊登的与古诗词有关的作品总是会多加赏析和评论，父亲就鼓励我把赏析和评论写成文章，自信满满的我总会递给父亲一篇"独家论文"。

偶尔我会在报上读到父亲的文章，一边读着一边仰视父亲的笑脸，我们一起骄傲着、自豪着。忽然有一天，我惊讶地在报上看到我的文章（那是父亲替我投稿的）。从此，我在文学的沃土上开始了辛勤的耕耘。

时光荏苒，几十年如弹指一挥间，退休后的我又开始与《中老年时报》重续前缘。

真不敢相信，我的退休生活竟是从一场大病开始的。远离职场的退休生活应该是丰富多彩、精力十足，可是，奔波劳碌几十年的我，刚退休就倒在了病床上，那种失落和伤感使我每天无精打采，郁郁寡欢。好在儿子懂事，他知道我喜欢阅读、喜欢创作，特意给我订了《中老年时报》。每当我拿起报纸，总能想起当年我给父亲买报的情形，我想，这就是冥冥之中的一种传承吧！

在文字的润养下，我的心情好多了，身体也恢复了。从此，无论是秋冬惬意的午后，还是春夏凉爽的清晨，我坐在窗前饱览美文的那种享受至今没变。我喜欢创作，偶尔也会写几篇散文或诗歌来投稿，每当被刊用或者获奖，我就像是被充满了电一样，创作欲十足。后来开始有编辑老师来约稿，我更是不敢马虎，认真地调动灵感，排篇布局，遣词琢句，我的创作生涯充满了快乐感、成就感、满足感。《中老年时报》是我退休生活的精神乐园，在这座精神乐园里我增长了知识、拓宽了视野、修炼了品德、提升了精神境界，真是自得其乐，乐在其中。

"独乐乐不如众乐乐。"天津的人口老龄化程度较高，60岁以上的老年人占总人口的21.66%，超过全国平均水平。如何"践行积极老龄观"？如何让更多的老龄人在《中老年时报》这座精神乐园里得到快乐？如何让大家的养老需求从物质养老向精神养老、文化养老延伸？那么，老年人受教育的关注度不容小觑,而我们每个人都有责任从我做起,来开展"众乐乐"。

我退休后在老年大学任教,主讲"古典诗词赏析",我的课程都在下午,下午正是犯困的时候,可在我的课上从来没有人打盹。每当看到学员们孜孜求学的认真态度,看到学员们向我投来信赖的目光,听到学员们送来赞誉和认可的语言,我便会使出浑身解数,努力备课,让我的课程更加精彩,让学员们的收获更加丰富。我也会鼓励大家主动创作、积极投稿,我设想着他们都能站在我的肩膀上让我仰视。我给每个人创造投稿的机会,让大家在精神乐园里享受耕耘与收获的幸福。现在我的班上很多人都是《中老年时报》的忠实读者,也有学员的作品被报社刊用。大家彼此鼓励,乐享成功,坚持不懈地追求文学梦想,文笔越来越流畅。

每个人都会有步入老年的那一天,人老了,名和利都不用放在心上,唯独快乐绝不能丢掉。

是啊,让我们一起,在《中老年时报》这座快乐的精神乐园里尽情地享受吧。

爱报一家人

雅　娴

"阿姨，您看的是什么报啊？"同乘电梯的邻居好奇地问我，我告诉她是《中老年时报》。邻居又说："阿姨不会用手机吗？上网啥都有。"我笑着说："手机我玩得也很熟。可你不知道，时报的内容是网络信息不能比的，各方面的内容都有，适合我们中老年人。况且上网时间长累眼睛不说，可信度还得自己来判断。"另一位当教师的邻居接茬说："我家也订这份报，父母喜欢看，有国内外大事，生活知识，求医问药，应有尽有。"说完又补充一句，"都订了多少年了。"我已经养成了每天取完报，在等电梯或乘电梯的间隙翻阅报纸的习惯。像这种议论报纸的事，在电梯里常有发生。

是啊！时报适合各类群体读者，这话一点不假。我两个小孙子还是小学生，他俩没事也喜欢翻翻。去年一个假日，饭菜摆上桌，可我俩孙儿躲在书房硬是不出来。这让我很奇怪，平时贪吃的两个小东西，闻到饭菜香味竟然无动于衷，推开门一看，沙发上、地板上、电脑桌上，铺天盖地，到处是报纸。"你们这是干什么呢？把屋子弄得这么乱。"我没好气地喊着。"奶奶，你听我说。"小孙子跑到我跟前，着急地拉着我衣角问："这报纸你有用吗？""干啥？"我问。"奶奶，你帮我挑一挑，我喜欢这类型。"我顺着他手指的方向看去。走迷宫、找不同，原来是时报休闲版，孙子正翻到下期答案，核对自己做得对不对。从那以后，每期休闲版我都给小哥俩留着。没想到，一份报纸，惹得我们全家老幼都爱。我老伴儿喜欢追剧，有时因事耽搁剧情，"剧情撷取"帮他续接上故事，令他满足。

我与时报结缘，始于一次和时报编辑的见面。几年前，我从外地退休随老伴儿来天津定居，含饴弄孙之余，很想发展一个自己的爱好。2019年6月，闻说二宫开设诗歌散文写作班，我便报名参加学习。为激发学员写作兴趣，班里有一次专程找到编辑讲解时报各版面的写作要求等。后来，我多方打探，在王荣珍大姐帮助下，成功订阅了时报。当我拿到报纸后，那丰富的报纸内容，精彩的版面设计，引起了我的兴趣。

我读报除了整体浏览，当然也有关注和细看的内容。副刊"画中有诗"是我每期必读栏目，一幅幅意蕴深厚的国画、油画，令我看到生活的美妙意趣。于是，我试着诗配画，把我的意愿写进诗里。岁月、家庭、讲述版我也必看，那一个个动人心弦的故事，就发生在我们身边，你我他都是故事的主角。

读报也促使我拿起笔来投入写作。我是知青，读到知青版，往事历历在目，怀念那逝去的岁月。于是我禁不住把我的知青经历写出来投给时报，当我的文字见报后，心里充满了感激，原来我的故事也可以上报,让更多的人了解我们这代知青的往事。

感谢时报,我们的贴心人。

时报接地气

赵建忠

1992 年时报在天津创刊,岁月如梭,而今时报整整走过了三十年的历程。古语云:"三十而立",经过三十年岁月的淘洗,时报终于"立"起来了! 今年 7 月 2 日晚,天津地标建筑天塔为此举办"云端庆生灯光秀"表演,十幅流光溢彩的画面点亮了津城夜空,路过行人纷纷驻足观看,送上对时报真挚的祝福并合影留念,包括著名作家蒋子龙在内的文化名人积极撰写纪念文章,就是对时报高度的认可。

三十年对人生而言既漫长又短暂,在历史的长河中更是光阴一瞬,但时报能在三十年中屹立不倒,获得广大读者的青睐,我认为有以下几点原因:

《中老年时报》是全国首份面向中老年人群的报纸,创刊伊始主要面向老年读者,后来报纸内容不断丰富拓展,又将中年人纳入读者对象范围。在视觉中心的"快餐阅读"时代,纸媒普遍受到冲击,今天的年轻人更喜欢通过"图像阅读"来了解各种信息,而中老年这一特殊人群,受传统阅读的影响,还在坚守着一张报纸、一杯清茶的休闲读报模式。在日新月异的新时代,"快餐阅读"可以提高工作效率,年轻人采取这种模式无可厚非,但中老年人群的传统"纸媒阅读",无疑是传承文化的一种方式。

时报的版面信息量大,除了国内外的要闻及焦点话题讨论外,更有"延年颐寿"这一针对老年读者的栏目。该栏目发表的文章,不仅老年人喜欢读,对于广大读者而言,也是永恒的主题。因为热爱生命、希望长寿是人类共同的愿望,与此相关的养生、饮食、医疗保健知识等文章必然被读者关注。时报"接地气",通过文字的娓娓道来,读者在描述的某件小事中悟到真情和事理,受到潜移默化的影响。

时报注重人性化,如考虑到老年读者群的特殊需要,字号比一般报纸要大,这样阅读起来更方便。与此相关的是,时报在相关报道中也注意形式上的人性化,如今年"世界读书日"前夕,时报预告了笔者在位于天河城五楼的广州购书中心天津店举办的《红楼梦》阅读交流活动。因本次活动需要预约报名,时报还配上了"预约二维码",这不是一般报纸能做到的。由于采用了这种新颖的模式,方便了不少读者的报名,活动现场招徕了不少读者,不少外地读者也从网上购买了为这次活动而签售的中华书局新著《红学流派批评史论》。

时报在传统文化传播方面,也注意形式上的新颖,如本人与《红楼梦》电视剧编导、演员的配组文章,分别开辟了"聚红厅谭红"与"大观园荟萃"两个专栏。前者是本人的红学文字,后者主要是演员们谈表演艺术的体会,从而实现了"艺术与学术的对接"。这种形式深受广大读者的欢迎,因电视剧版《红楼梦》主要演员邓婕、欧阳奋强等在影视观众中的影响加强,也更加吸引了读者的关注。

时报版面编排形式活泼,文字与画面配合,如诗词与书画艺术的同框互动,给读者以诗情画意的美感享受。时报还与电台等媒体互相配合,让声音和文字相结合,进一步拉近了与读者的距离。时报刊登的文章,不论资排辈,有文化名人,也有普通作者,但所发稿件均言之有物,令广大读者受益匪浅。

时报贴近读者,读者喜爱时报。有困难,找时报。这份报纸也确实贴近读者,提供了人性化的便民服务。作为一名读者也是作者的我,衷心祝愿《中老年时报》越办越好!

来自家乡的信息

孙瑞祥

我从事新闻传播教育与研究四十年,是《中老年时报》的热心读者、作者和研究者。我现在身居海外,时常关注着这份报纸,这里有来自家乡的信息,亲切暖人。

2017 年 6 月,我应邀参加"精品化办报之路暨《中老年时报》创刊 25 周年案例分析研讨会",国内一些知名专家学者、媒体同行齐聚今晚传媒大厦,针对该报"精品化战略"进行解剖麻雀式的案例分析。我在发言中说:在全国各类型涉老媒体中,时报出类拔萃,拥有超高的人气和品牌价值,其"内容精品化、运营市场化"的成功实践是传媒研究的好教材、好案例。我归纳了该报成功办报的四个特点:坚持正确导向,凸显社会责任;强化用户意识,坚持开门办报;崇尚内容为王,实施精品战略;深化媒体融合,开拓年轻用户。

在《中老年时报》的办报理念中,有几句话我印象深刻:精品化办报,政治家办报,内容为王,问计读者,办老年人离不开的报。我认为,内容精品化是时报的一贯追求和突出特征。举一个印象深刻的例子,2017 年"五一节"期间时报推出"津沽工匠"专栏,向读者讲述了 20 多位津城工匠的故事,引发了读者的广泛关注与好评。当时,我担任天津师范大学新闻传播学院院长,在接受记者采访时我说:这是一个具有工匠精神的采编集体创立的独具匠心的好选题、好栏目。栏目的突出特点是善于把有意义的主题通过有意思的方式呈现出来,契合时代需要和读者需求,具有可读性和启发性。对每一个人物和故事都做到了深入采访,精心编辑,在传播效果上实现了典型引领、以小见大的作用。该栏目的设立,对抢救保护、宣介传承历史文化遗产,塑造津门工匠形象和天津城市精神都具有积极意义。(见 2017 年 7 月 16 日报道)

为了实现精品化办报宗旨,做优做强内容,时报编辑们在选题策划上下功夫,多方挖掘优质特色稿源。我自己是有切身体会的,两年前当得知我退休后移居加拿大时,副刊编辑董欣妍女士立即与我联系,热情向我约稿,希望我介绍一些加拿大的风土人情。很快,我写的两篇短文在副刊头条发表。一篇题为《房前屋后话"访客"》,介绍了我在多伦多居民区所见到的野生小动物,包括加拿大鹅、浣熊、负鼠、松鼠、臭鼬等(2020 年 10 月 2 日副刊)。另一篇题为《一鞋一世界》,记述了一处非常有特色的热门旅游打卡地——多伦多巴塔鞋类博物馆(2020 年 10 月 25 日副刊)。文章内容比较生动有趣,受到了编辑和读者的好评。

客观地说,在当今全媒体时代要坚守一份报纸实属不易,纸媒"路在何方"的发问一直不绝于耳。近年来,国内外报业经营普遍下滑，靠"赔本卖报广告反哺"的旧有经营模式早已失灵。在此大环境下反观《中老年时报》却能异军突起，逆势上扬，其生存之道值得研究。时报提出的"内容精品化、运营市场化"在实践中效果凸显，其成功经验值得同行借鉴。

我现在居住加拿大多伦多，身边有不少来自祖国各地的耆老朋友，我有时会把时报刊发的一些文章推荐给他们，受到了老人们的欢迎，时报在此地也有了名气。值此《中老年时报》创刊 30 周年，遥致衷心祝贺与祝福。唯愿时报同仁发扬蹈厉，踵事增华，以媒体人的社会责任担当，助力中国银龄事业蓬勃发展。

别有一番感触

王宗征

在喜迎《中老年时报》创刊 30 周年之际,我怀着激动和感恩的心情,回眸自己与时报结缘的经历,别有一番感触。

我与时报结缘,是循序渐进的,也是日久弥深的,而且总有新鲜的感觉。回想 20 世纪 90 年代初,当我进入而立之年时,《天津老年时报》创刊了,那时我还是中学历史教师,但热爱写作和读报,并比较关注老年问题的我,对《天津老年时报》产生兴趣,成为时报的读者。

1993 年底,我的职业发生变化,成为宝坻县广播电视台的编辑和记者。从此,《天津老年时报》走进我的视野,我也尝试着向时报投寄些新闻类稿件,偶尔有反映宝坻老年工作的简讯见诸时报,这是我与时报结缘的起步阶段。

我与时报联系更加紧密起来,应该是进入 21 世纪以后,特别是 2010 年 3 月 1 日《天津老年时报》改称《中老年时报》以来。人到中年,遇到《中老年时报》这一"知音",以至于从心灵、阅读、写作上都与时报产生共鸣,我不仅是时报的忠实读者,还成为时报的热心作者和通讯员,并成为编读往来和互动的积极参与者。我以"多种角色",把自己融入时报,时报成为我心目中的良师益友,我与时报编辑老师和记者同志结下清正、纯洁的友谊。

我感到,时报报风端正、文风朴实,以儿女的炽热情怀为中老年读者办报,她紧跟时代,又深接地气,无论是要闻版,还是专刊和副刊,都与时代和读者贴得很近很紧,而且坚持开门办报,与读者互动性强,多让读者发声,体现对读者的重视和尊重。这样的时报,时代感强、人情味浓,如同磁石一般,深深地吸引着我,我情不自禁地把《中老年时报》作为我最爱读的报纸之一。

阅读时报,我以线下、线上相结合的方式,既浏览时报电子版,又细心品读纸质版的时报,而且把读过的纸质版时报保藏下来。多年来,我几乎每天都读时报,关注时报、了解时报、品味时报,成为我的一种生活习惯。记得 2009 年和 2010 年我曾先后两次到天津市委党校参加市委宣传部举办的专题培训班,其间我总是利用上午课余时间疾步走向校园外的那座报刊亭,购买当天时报,一睹为快。2016 年 9 月,我到黑龙江省参加新闻采风活动,在千里沃野的"北大荒"(其实是"北大仓")以及处于中俄接壤的黑龙江省虎林市,仍然不忘通过手机和客房里的电脑浏览时报电子版,在那里我还接到时报编辑老师给我打来的电话,告知我为办好时报所提的建议获了奖,通知我到报社领奖,远在数千里之外的我,虽然不能赶回天津领奖,但是此时此刻接到家乡时报打来的电话,心里感到高兴和温暖。当天晚上,我利用客房里的电脑把自己的感受写出来,传送给时报,这篇写自祖国边陲的文章被时报"编读"专刊登载。

我与时报结缘,更为主要的是"文缘"。多年来,我不断地为时报撰写稿件,为时报贡献一分力量。我依托时报这个大舞台,以新闻消息、人物通讯、散文、时评、读后感等多种形式撰写稿件,及时传送给时报,经过编辑老师精心修改和润色,我的文章在时报要闻版和岁月、家庭、知青、讲述、养老、法治、编读等多个版以及副刊登载出来,我感到很自豪。

"愿与时报相守到永远!"这是我内心的呼唤,我要把这心灵的呼唤更加深刻地印证在我的行动上,在未来的岁月里书写出与时报续接厚缘的新篇章,并衷心祝愿《中老年时报》越办越好!

与时报的师情友谊

甄光俊

转瞬间,《中老年时报》(前身为《天津老年时报》)走过了辉煌的 30 年岁月。自时报创刊,我既是她的忠实读者,又是长期投稿的作者,30 年来我的数百篇拙文习作,经几任编辑师友花费心血和汗水编审,得以及时刊出。在时报 30 周年华诞之际,千言万语道不尽我与时报的真挚友谊,但受篇幅所限,不能尽情倾诉,谨就感受最深的一个侧面简单回顾,聊表对时报的诚挚祝贺和感谢。

天津有史以来一直是北方戏曲的集散地,一些影响广泛的剧种、深受群众欢迎的剧目、艺术造诣精湛的艺人,形成于斯,享名于斯。20 世纪中期,受"极左"思潮干扰,优秀传统文化这块瑰宝,一度遭受严重破坏。时报创刊的时候,欣逢我国社会进入改革开放的新时期,传统戏曲在各地全面复苏,时报的决策者出于振兴戏曲艺术的责任心,不失时机地拿出版面设置每周一期的戏剧专版,辟有"名角天地""专家撷谈""说戏论艺"等栏目。

当时主管戏剧专版的陆恩来副主编派编辑李煦先生,真诚约我为戏剧版撰稿,强调宣扬天津戏曲名角,特别是为新一代名家大造声势的主张。时报关心、支持天津戏曲事业的善举和思路令我感动,一年多的时间里,戏剧专版陆续刊出我为张世麟、杨荣环、王则昭、金宝环、王玉磬、陈素真、筱少卿、裘爱花等天津戏曲名家所写的简传,以及评介刘俊英、王伯华、阎建国、杨丽萍、张传晔、李秀云、马淑华、崔莲润、曾昭娟、杨乃彭、邓沐玮、李莉、康万主、李经文、张幼麟、王立军、张克、孟广禄、李佩红、刘桂娟、蓝文云、赵秀君、张火丁、董圆圆、石晓亮、阎巍等新一代戏曲艺术家的文章,平均每篇 1500 字,各配剧照一张。在我为戏剧版撰稿期间,得到时报陆恩来、赵胶东、马志林、吕金才、刘纪胜、沈露佳、李煦、李燕捷等多位师友的热心帮助和加工润色,如今回想起来倍感亲切、温暖。

2006 年,时报克服财力、物力、人力的种种困难,与天津的戏曲表演团体紧密合作,精心举办了数十场免费招待时报读者的戏曲义演,市内的京剧、评剧、梆子、越剧等表演团体积极配合。仅 2006 年,就成功地举办了 50 多场义演,参演的大都是在全国剧坛名声显赫的团体,演的都是戏迷群众渴望观看的名剧,主要演员多是各种戏剧大赛的获奖者或具有高级职称的名角。时报挤出版面刊登消息、介绍剧情和看点,引导观众提前做好鉴赏准备。这些义演规格高、持续久、社会影响广泛。戏迷群众每得悉将有义演,立即奔走相告,到剧场领票的群众排成长队,一直排出一百多米远。开戏后,能容纳千余名观众的剧场往往无一空座。时报牵头为戏曲团体搭建演出平台,不仅活跃了天津的演出市场,而且对于优秀剧目的反复锤炼,对于青年演员通过舞台实践积累经验,收到良好的效果。

2007 年 1 月,《天津老年时报》召开关于戏曲义演的专题座谈会,时任总编辑马志林当面征求与会者的意见和建议,读者代表争先恐后发言,情真意切、发自肺腑的赞誉和感激,以及那热烈的场面,至今我依然历历如在眼前。

编读不了情

陈祥其

读报是我文化生活的一大兴趣。不惑半百之年，我开始留意"为老年人说话，关切老年人瞩目的热点话题"的时报，感觉这份报纸的版面和风格与其他报纸截然不同，她贴近中老年人日常生活，接地气；栏目设置针对性强、有创意且不断推陈出新；刊稿融文学性、知识性、趣味性于一炉，为读者喜闻乐见。尤其令我这个插队多年老知青感兴趣的是，时报为满足花甲古稀知青读者群的需求，在全国报刊中独树一帜，2012年3月1日起专辟了知青版。这个版面不仅是老知青的精神家园和知青文化的百花园，也是知青文学爱好者学习写作的课堂、发表习作的平台、以文会友增进友谊的桥梁。下乡经历和知青情结导致我对知青版情有独钟。

我将时报视为知心朋友，当它是"自家的报纸"。自家的事当然要关心、参与、捧场、助力。这些年，每逢时报组织中老年文化节（读书节）、重阳节活动和编读见面会、座谈会，我与知友都积极参加;天津融媒体粉丝狂欢节开幕,我们一进门就直奔时报展台。为支持时报征订工作,我不仅自己年年订报,还热心向亲友推荐时报,连续七年为天津出生天津长大定居上海的二姨异地赠订故乡的时报,百岁老人对我投其所好订报孝老的做法欣然接受、赞许有加。

阅读时报,感知时报亲人般高度关注老知青的"后知青"生活。为如实反映知青回城后自强不息老有所为的精神面貌,时报曾多次图文报道了天津知青在宁园大雅堂开辟知青书架、在南普公园创建换书角以及知青志愿者上岗服务的情况;报道了老知青自2012年至2021年九次参加春季义务植树的动态;付殿贵记者还专题报道了天津知青文学社概况及包括笔者在内多位知友"老有老精彩"的夕阳生活;引导鼓励老知青跟上科技进步新时代,更新观念争当新老人。

时报领导、编辑和记者都是我的良师益友。我回忆知青生活的第一篇小文《认牛》经吕金才编辑斧正,在岁月版发表。我的第一本知青文集《刻骨铭心科尔沁》2008年出版,王文军记者发了书讯。也曾在科尔沁草原插队的时任时报副总编赵胶东鼓励我将该书"自序"投稿岁月版发表;2013年时报丛书第四辑《知青年代》收录了我的几篇作品。这一切使我受到莫大鼓舞鞭策。多年来,吕金才、齐珏等责编耐心指导帮助我改稿、凝练标题,点拨我如何适应报刊用稿要求,突出主题、删繁就简,写好"短而精"的千字文;董欣妍编辑向我介绍说:"好稿件贵在有料、有味、有趣。"这不仅促使我写作水平步步提高,还让我这个编辑工作的门外汉悟出了选稿改稿的门道。2013年12月,我参与编辑的天津知青文集《春历秋思》付梓出版,时任时报社长总编张玲欣然命笔为此书作序,该书获批"时报读者丛书"书号。

因提供新闻线索、投稿、推荐新人新作,我与吕金才、葛登扬、董欣妍、付殿贵、许鑫、肖怿国等诸多责编记者加为微信好友,联系密切。偶尔,我有事急于沟通,常在非工作时间拨打电话,打扰报社老师们的正常休息,老师总是不厌其烦,耐心接听,认真作答。我也在清晨、夜晚或节假日接到过时报记者编辑来电,因为他们要在报道、定版前再次核实稿件文字内容、作者信息。从时报上拜读了吕金才编辑写的《好大一棵树》、董欣妍编辑写的《长眠在黑土地上的姑姑李肖英》,得知他俩或哥姐或父辈都曾有下乡经历,从而懂得了二位老师因"家有知青",所以对知青这代人格外关爱、深度理解;与知青作者读者心心相印、悲欣与共:承担知青版责编重任废寝忘食、倾心投入、过细认真。这是顺理成章啊!

时报长期坚持"走出去,请进来"开门办报的好作风,倾听读者呼声,经常向读者求计问策。我曾和几位知友应邀到报社参加过有关版面研讨改进的编读座谈会。亲眼见证了时报领导、版面责编与知青读者面对面切磋提升时报质量水平"不耻下问"的真诚。我还注意到2014年8月1日《时报通讯》"采编生活"刊登了吕金才编辑在时报版面研讨会上的发言。吕老师谈及知青版时,大段援引了我的建言拙见。时报领导层和编辑们如此虚怀若谷、从谏如流,这样的报纸怎不让读者信赖、喜爱?时报卅年庆,编读不了情!衷心祝愿中老年时报与时俱进继往开来越办越好!

花甲梦圆

李建营

梦,谁都有。但是"梦圆",不是一件容易事儿。得以梦圆,须有条件:主观的、客观的,还有一些无可名状的。我的梦,就是能把自己的思考、自己的见闻写出来,与大家交流。我要写春夏秋冬,我要写阴晴圆缺,我要写人间冷暖,我要写市井百态……总之,我要写的东西很多很多。当然,写出来的东西,需要发表:文章或是著述。

上小学的时候,我最喜欢上的课就是语文课,而且我特别喜欢写作文,我写的作文总是得到老师的表扬。这种喜欢,一直延续到 1977 年高中毕业。高中毕业后我插队到了农村。但我的"梦"还在继续,我坚持写日记、坚持阅读。转年,我考入了天津师范大学(当时称"天津师范学院")中文系。四年的学习中,我对"梦"的追求如醉如痴。大学毕业后,我虽留在了中文系工作,但我的具体岗位是辅导员,紧张的工作使我难以旁顾其他,精力基本都花在了事务性工作上。三年半以后,我被调离了中文系,而后工作部门又几经变化,我在大学中文系四年所涵养的情愫在这些变化中销蚀殆尽。我的"梦",不知不觉地滑向了遥远的天际……

似在瞬间,36年的教师生涯结束了。我的"梦",似乎又被召唤了回来。开始,是兴致勃勃地发微信朋友圈。退休不到一年,就写了十几篇,一篇500字,每每乐此不疲。后来,一位仁兄鼓励我给报社投稿。于是,我就开始给《中老年时报》投稿。

给报社投稿不同于发朋友圈,选题、立意、文辞都不能含糊。要给读者以美的感受,要对社会有责任心,要对是非有自己的担当。再者,几十年的教书生涯,让我的血液里流淌着对学生的爱,对善念的崇仰,对正义的求索。我要让我所写的东西,成为弘扬美好价值观的教本。若能如此,我的职业生涯就会得到延续,以至于我的"生命"都会由此汇入奔涌的江河。

2018年6月15日《中老年时报》第一次编发了我以《闲话"退休"》为题的一篇小文章。文章开头我是这样写的:"退休,犹如'新婚',一生一次,所以兴奋。"流露了我对退休生活的憧憬,表现了我对"新生活"的渴望与期待。由此断断续续,几年来我已发表各类文章了20余篇。通过写作,我感受到了我职业生涯的延续,感受到了发自内心的激越,感受到了抒发的欣喜与汇入江河的畅快。

我写过《最硬的核桃》,我劝秉性"刚直"的人"待人和颜悦色,遇事让人三分,多好?怎下得了那般狠心,给别人留一个'不依不饶'的念想儿"。我写过《紫竹梅》,我赞美她"花儿谢的时候,那粉色的花瓣,在你不留意的时候便收拢了,抱成了一个鲜艳的小球儿；绝无'凋零'的哀伤。她带给人的都是欢欣，没有丝毫的悲戚"。我写过《额尔古纳散记》，我难忘"……起初，天空渐灰，后来竟变成宝石蓝，最终慵懒地暗淡下来。偶尔，天光一现，尚可看出辽远大山的轮廓……"那令我神魂颠倒的景象。

　　"梦圆"，本不是一件容易的事儿！我却在《中老年时报》把"梦"圆了，且在花甲之年。值此《中老年时报》创刊 30 周年之际，我衷心祝愿《中老年时报》成为我们中老年朋友的快乐驿站，并期待着下一个 10 年。

我与时报,不得不说的故事

荆山客

过去媒体常用一个很吸引人的标题叫"我与某某某,不得不说的故事"。如今,《中老年时报》与我,也有不得不说的故事。

天津的《中老年时报》创刊于1992年,是国内比较早走市场化道路的都市类媒体,隶属于今晚报集团。三十年弹指一挥间,如今的《中老年时报》已成为全国相类媒体中的佼佼者,具有众多读者和广泛的影响力。记得它当时的名字叫《天津老年时报》,定位在老年读者,多年之后才改名为《中老年时报》,进一步精准定位,大大拓展了读者群体。因为我也从事媒体工作,所以知道天津有这样一份为中老年读者服务的报纸。但我一直生活、工作在东北,实话实说并没有订阅过这份好报纸,不曾见过她的真容。好在后来我与她有了交集,一睹了她的芳容。

我以业余作者的身份真正跟《中老年时报》发生关系大约在2020年。那时,我宅在家里的时间多,没事就读书、写文章。因为《天津日报》一个作家朋友的引荐,我试着给《中老年时报》

投稿。当然,我也马上要步入老年队伍了,心境和所写的内容都更接近老年人的生活。蒙编者垂爱,两年多时间在《中老年时报》的几个版面上陆陆续续发表了一些"豆腐块"文章,编者甚至还为我开辟了一个不定期的小专栏叫"荆山采玉",连续发表了我读《围城》所写的文艺随笔。专栏虽然叫"采玉",但我采的未必是"玉",就算是抛出的砖头吧,也还有"引玉"的功能。每个作家都希望有更多的读者,多一个读者就多一分成就感,《中老年时报》满足了我这份成就感,我应该郑重地表示感谢。

成为《中老年时报》的作者之后,我对这份报纸才有了更多的了解。这是一份新闻信息量大,副刊、专刊作品丰富多彩的好报纸,多角度满足了中老年读者的文化需求。我写自己和别人的故事,也在倾听别人所讲的故事时提升自己。我在讲述版上谈自己陪孙子学习和玩耍的感受;在知青版上讲述我所认识的知青的故事;在副刊上撰写我读《围城》的体会和领悟。阅读《中老年时报》讲述版、知青版和副刊版上的作品不仅能提高自己的认知,而且常常启发和拓展了我的写作思路。这几个版面上的作者总体上层次很高,一眼看去皆是闻名遐迩的作家。我就几次在副刊版面上跟天津的著名作家蒋子龙先生"同框",甚感荣幸,满足了我那小小的虚荣心。

在纸媒日渐萎缩纷纷倒闭的大环境下,时报能坚守初心,尽全力为中老年读者服务,实在难得。在《中老年时报》创刊30周年之际,我祝愿她越办越好。

相识相知相伴

张立巍

1992 年 7 月 1 日,《中老年时报》的前身《天津老年时报》在天津创刊,至今已经整整三十年了。作为《中老年时报》的一名忠实读者,屈指一算,我自己也和《中老年时报》走过了三十个春夏秋冬。

将时光倒回三十年前,那时的我还是一名小学生。每到周末,父母下班回家都要买回来一份报纸,他们告诉我,这是《天津老年时报》,上面有社会新闻以及很多优秀的文章。晚上,只要时间充裕,父母就坐在灯下阅读《天津老年时报》,有时还会念出声来。在父母的影响下,我也逐渐养成了阅读《天津老年时报》的习惯。从《天津老年时报》上,我不仅读到了不少文章,而且学到了很多知识,我觉得,《天津老年时报》是一份非常值得一读的报纸。渐渐地,我们全家人都成了《天津老年时报》的忠实粉丝,每周获得报纸的方式也从购买变成了订阅。

随着时间的推移,我从少年进入了青年,又从校园步入了社会,成为一名上班族,在平凡的岗位上奉献着自己的光和热,不过阅读《天津老年时报》的习惯依然没有改变。工作之余的我有写作的爱好,一有空就会拿起笔,将自己的心情和感受通过文字表达出来,希望有一天能在《天津老年时报》上发表。2009 年 5 月初,我抱着试试看的心理给《天津老年时报》投了一篇名为《关爱生命》的文章,万万没想到,就在当月的 22 日,《关爱生命》一文竟然真的在《天津老年时报》上发表了。文章变成了铅字,意味着我的愿望变成了现实!当我拿到当天报纸的时候,激动的心情简直难以形容。是啊,这篇"豆腐块儿"是我在《天津老年时报》上发表的第一篇文章,能不高兴吗?

《关爱生命》的发表,大大增强了我在写作方面的信心。我利用工作之余的时间博览群书、勤奋笔耕,坚持给《天津老年时报》写稿、投稿,即使是《市井百态》《新闻热议》《我建议》这些篇幅很小的栏目稿件,我也会认真撰写。转年,报纸更名为《中老年时报》,我仍然继续坚持为报纸写稿,一直没有中断,稿件见报的频率也开始增加。2018 年,我结识了时报编辑董欣妍老师,她时不时地为我传授写稿的经验,更不断给予我丰富的意见和指导。与编辑的交流使我受益匪浅,我继续在写稿的道路上奋力前行。终于,功夫不负有心人,我撰写的《教儿子唱爱国歌曲》《"陆太太"当不得》《冤家路也宽》《过年的压岁钱》《我说老年人高考》《"月下老人"当还是不当》《重拾儿时老游戏》《老人忙年莫太累》……一篇篇文章相继在时报上发表,也使我的写作水平得以提高,更使我和时报结下了深厚的情缘。

光阴似箭,一转眼时报三十岁了,我自己也从翩翩少年步入了不惑之年。这三十年，我不仅见证了时报的起步、成长和发展，更见证了自己和时报相识、相知及相伴的经历，这些都是我一生中永远割不断的深厚情缘。

面对"老"关心"小"

高俊才

很早以前，我就有幸与时报结识，且伴我一路走来。同时报有缘相识是与我很早养成的爱读书、爱看报、爱剪报的习惯有关。记得 20 世纪 90 年代末，我当时在区机关工作，有一年新年上班头一天，在办公桌上翻看书报杂志，一份《天津老年时报》（《中老年时报》的前身）的报头，立刻映入眼帘，打开报纸给人一种清新的感觉，从此结缘。

后来，我就成了时报的忠实读者。每当收到报纸杂志，先找时报翻阅，大有先睹为快之感。2013 年退休后我继续订阅了时报，此后，我就与时报天天见面，结下了深厚感情。读时报和给时报投稿，让我的退休生活充满乐趣，身心得到康养。

时至今日，时报已经成为我须臾不离的"精神伴侣"，每天总想及早闻到时报的墨香。我与不少中老年读者交谈中，普遍认为时报是我们颐养天年、养生健体、陶冶情操、修身养性的一部"小百科"。

　　时报已经成为我退休生活的良师益友,激发了我晚年的写作兴趣。2019年深秋,我家门前地栽了一棵红石榴小树苗,由于移植时就发现小树苗根须不多且没带土团,担心难以越冬成活。果不然,这棵小石榴树苗竟经历了秋冬春夏四季漫长时间,见人家石榴树都落花挂果了,它才滋芽。这棵小石榴树苗顽强生长的过程令我感慨良多,惊喜之余,我写了一篇短文,在一些老友的鼓励下向时报投了稿。令我意想不到的是,董欣妍编辑以时报人的情怀和热忱,对一位老同志描写日常生活的身边小事所投的小稿件,给予倾心指教斧正,并将其刊登出来,让我备受感动和鼓舞。

　　这些年来,我在时报上发表的那些散文、随笔、诗歌等,还引起了几位区级离退休老领导、老干部的关注。他们告诉我:"我们已经将你在时报上发表的稿件存入个人剪报册珍藏了。"特别让我感动的是,有一位老同志给我打电话说,时报登载的《冬小麦礼赞》一文,看了几遍很受教育,让他第一次领略了冬小麦精神,这篇文章对于要把饭碗牢牢端在自己手中和教育青少年珍惜粮食、刻苦学习都将会产生影响。

　　尤其是,我感到近年来时报不断有新创举,不但面对"老",而又关心"小"。由于我退休后至今仍然从事关心下一代工作,让我非常欣喜的是:时报在始终坚持"以儿女情怀办报"服务中老年读者的办报宗旨基础上,以创新精神同市关工委合作,于2020年7月1日倾情推出了关心下一代专版,又开辟了一个服务青少年的"五老"工作平台。这项举措,使本市从事关心下一代工作的广大"五老"(老干部、老战士、老专家、老教师、老模范)们深受鼓舞和鞭策。从时报与市关工委"五老"情系朝阳、共向未来的角度看,我同时报的接触更深了一层。

给读者以想象的空间

秦和元

第一次知道天津《中老年时报》，是 2016 年秋。在一个微信群里，文友说，《中老年时报》副刊的文章短小精悍、文质优美，耐读，编辑不厚名家、不薄新人。于是我将手头的小稿投寄到报社邮箱。

那是一篇题为《欢欢的泪花》的微散文，五百多字，写的是两位老人带着小狗欢欢送别外孙女的难分难舍之情。小文通过一只小狗惜别时的泪花，表现一种"狗且如此，人何以堪"的艺术效果。借欢欢的泪花、老人的无奈，揭示出空巢老人的孤独艰难是社会之痛这一重要主题。稿子发送后，收到编辑赵威先生的回复："此稿可用，近日见报。"文章发表后，赵老师还特地给报纸拍了照，发给我。

后来，我不再写微散文，也没有适合的稿子，就没有再给时报投稿。直到 2020 年 8 月 5 日，忽然有人加我微信，就是编辑董欣妍老师，她说是赵威老师推荐的，希望我能多给副刊投稿。

像我这样默默无闻的业余作者,居然有编辑约稿,确实有点受宠若惊。三四年了,赵威老师居然还记得我,太意外了,令人感激。

我爱好旅行,喜欢写一点小游记,这类稿子手头有现存的,就问董老师游记可不可以,董老师说可以,800 字至 1200 字。我是以感激之心投的第一篇稿子——《情迷歌娅思谷》,写的是广西南丹白裤瑶族的一个度假村,被誉为"中国最美泥巴酒店"。字数是篇幅上限。董老师以头条编发,给我以极大的鼓励。由于内容独特,写法上也有别于一般的游记,读者的反应较好。

编辑是不为名不为利,甘为人梯,默默为人作嫁衣的红娘。其实,我的稿子有的是经董老师修改,文章有了看相。俗话说,题好一半文。可我往往拟不好标题,董老师就多次帮我更改。譬如有一篇通过回忆家乡的乌桕树,表达浓浓乡愁的稿子,我用的标题就是"乌桕",董老师以文章最后一句"梦中回到了故乡"作标题,提炼出文章的主旨,加深了文章的情感,激发了读者的兴趣,耐人寻味,使文章更有"嚼头"。另一篇,写学校的老校工,在师生们都放了暑假,一个人在酷热干旱的假期为学校的花草树木浇水,使它们没有干死,秋季开学后,校园充满桂花香。我就以"校园桂花香"为标题,平庸俗气。董老师改为"桂香弥散",加深了文章的内涵,拓展了文章的外延,给读者以想象的空间。可举的例子还有,篇幅所限,不再赘述。

我们国家已进入老龄化社会,关注老年人,让上了年纪的人老有所为,老有所乐,老有所养,已成为广泛的社会共识。20 世纪五六十年代出生的人都已步入老龄行列,他们都是有知识有文化的老年人,不少人都有阅读纸质报刊的习惯,所以还要加上一条:老有所读。时报作为优秀的中老年读物,深受广大读者喜欢。从编辑赵威先生和董欣妍女士身上,可以看到报社同仁敬业奉献的优秀品质。

"老夫喜作黄昏颂,满目青山夕照明。"衷心祝愿《中老年时报》越办越好。

两代人的时报情怀

李艳敏

20 世纪 90 年代初期,父亲从工作岗位上退了下来,单位为父亲提供了一些供他老人家学习的报刊资料。每次回娘家,我帮母亲忙完家务,便会翻阅起堆放在父亲书桌上的那些书报杂志。

一天,我在这些刊物中忽然发现了一份《天津老年时报》,我惊奇地对父亲说:"还有专门为你们老年人发行的报纸呀?现在的老年人真是太幸福啦!"父亲笑着说:"是呀,政府现在非常关心老年人,为老年人办了许多实事,这份报纸就办得非常好,贴近老年人的生活。"父亲还很遗憾地说:"只是每周才出一期,要是多出几期就好了。"我发现父亲除了通过时报了解时事新闻还对时报刊登的养生知识非常感兴趣,并做了剪报处理。父亲将时报上刊登的养生小知识、小偏方用剪刀剪下来,仔细地贴在旧杂志上整理成了"养生手册",还常常让我欣赏他的"杰作"。

一次父亲住院我去探视,走到半路突然想起父亲让我带的时报和杂志忘带了,我赶紧回去取。我返回医院想和父亲开个玩笑,就将时报和杂志放在了身后,果不其然父亲见到我的第一句话就问到:"我要的时报和杂志带来了吗?"我故意说:"唉,都怪我一时走得急忘带了。"父亲不高兴地埋怨着:"怎么能把我的精神食粮断了呢。"看着父亲着急的样子,我忙从身后拿出了父亲的"精神食粮"递了过去,父亲的脸立刻由阴转晴露出了开心的笑容。

随着时报的不断与时俱进,不但增加了期刊,内容也更加丰富多彩,父亲的阅读兴趣也越来越浓了,他的愿望也变得越来越强烈了,总是自言自语地说着:"要是一天一期就太好了。"但是父亲没有等到这一天,病魔无情地夺去了他的生命。

时光如梭,我也从中年向着老年迈进。受父亲的影响我对《天津老年时报》也产生了浓厚的兴趣,上班的路上路过报刊代销点总忘不了买上一份。

2010年《天津老年时报》全面改版为《中老年时报》,将读者范围从老年扩大到了中年。改版后的时报,内容更加生动活泼,也更加富有中老年人的生活气息,大大增加了读者的阅读量。为了减少忘记购买看不到时报的遗憾,我开始订阅全年的时报。通过阅读时报我不仅可以了解国际国内及我市的新闻动态,并和父亲一样通过时报掌握了许多健康的小知识,在副刊版面还能经常欣赏到许多名家佳作。追随着岁月、家庭、知青等版面的好文章,我常常回忆起在我们生活的特殊年代发生的那些难以忘怀的往事。特别是家庭版,一篇篇短小精悍的小文,富有哲理充满生活乐趣。在不知不觉的阅读学习中,我也萌发了学习写作的念头。

　　退休后,我参加了天津市老年人大学写作班和李仪老师的
"二宫写作班",跟随管淑珍老师和李仪老师学习写作。在两位
老师的帮助指导下,我的写作水平有了很大的提高。在老师们
的鼓励下我开始鼓起勇气向时报的家庭版投稿。经过董欣妍老
师的严谨编辑,当我的第一篇稿子见诸时报,我高兴得一晚上都
没有睡好觉。我想,如果父亲还健在,他看到女儿的小文发表在
了他喜爱的时报上,父亲会是多么的高兴啊!

　　今年是《中老年时报》创刊三十周年,三十年的风风雨雨凝
结了多少"时报人"的辛勤付出与汗水,也承载了我与父亲两代
人对时报难以割舍的情怀。

　　我衷心祝愿《中老年时报》越办越好。

飞跃·园地·纽带

谭汝为

　　《中老年时报》创刊于 1992 年 7 月,初名《天津老年时报》,以"新闻""怀旧"和"健康"为三大主打内容,个性鲜明,卓然自立,紧紧贴近广大中老年读者,使之成为"一旦拥有便不放手"的文化生活必需品。2010 年 3 月《天津老年时报》更名为《中老年时报》,将为数众多的中年群体揽入怀中,形成又一次历史性飞跃。《中老年时报》原为每周出版 3 次,于 2012 年初改为每周出版 5 次,至年底改为每日出版,成为全国唯一面向中老年读者的"日报",实现了又一次历史性飞跃。从 2010 年开始,为适应广大读者的需求,陆续推出《时报丛书》(第一至第四辑),包括《春秋广记》《春秋评论》《百年风景》《津沽旧市相》《读心有约》《知青年代》《津门孝子传》《相约王老汉》《唐风时评随笔集》《非遗访谈录》《疾病防治》《健康宝典》《验方集锦》《中年诊所》《益康苑》等分册,深受广大中老年读者喜爱,形成第三次历史性飞跃。经过以上三次飞跃,《中老年时报》赢得读者接地气,长盛不衰再扬帆。

　　我是《中老年时报》热心读者兼作者,30 年来先后搬了三次家,但作为自费订户始终不渝。时光荏苒,报社的社长、总编和各版面编辑,虽然换了一茬又一茬,但其真诚、兼容、大气的编辑风范不变;视读者、作者为至爱亲朋的热忱不变;在这里,无论作者或读者所感受到的,是相互的尊敬和心灵的共鸣,确实难能可贵!我为时报写稿的热情从未因人事变动而稍减。多年来,感谢时报辛劳编辑始终如一的厚爱,笔者先后在时报的岁月、副刊、编读等版面先后开辟了"天津地名漫话""津沽俗语""满目春光来新夏""谭谈天津话""人名与文化""读诗心解"等多个栏目,连续刊发系列文章,受到读者的关注和鼓励。30 年来,笔者在《中老年时报》发文总数在 500 篇以上。近年来,已出版或将要出版的以天津方言、地名、民俗,及诗词鉴赏、人名文化、节令文化等多部专著的主要内容,多是在《中老年时报》发文基础上的细化生发或理论升华。因而《中老年时报》成为笔者学术研究和写作的重要"园地"。

　　多年来,在市区两级图书馆或档案馆以及问津书院的学术讲坛或科普讲座结束后,总有一些《中老年时报》的热心读者围拢上来,带着他们多年积累并制作的剪报专辑,让我签字并合影留念。这些读者,有的是老年大学学员,有的是返津知青——当年的文学青年。翻看这些精心剪编的厚厚文册,不禁为之心动,感慨良深。精装封面端庄地书写着笔者姓名,每一页都凝聚着乡思乡愁以及隆情高谊……仅从这个侧面就昭示时报深受广大读者喜爱的程度,也标志着时报已成为连接读者、编者、作者的一条无形的文化纽带,把人们的乡情聚拢过来,传递出去。

弘扬笔耕精神

袁瑞华

我与时报自创刊到现在一直互相陪伴,已经三十年了。现在我已经成耄耋老人,八十四岁了,时报一直陪伴着我,我爱时报,我天天读它,它给我知识,给我力量,一直陪我到老。

三十年间,我写过不少稿,也发表过不少书法作品,也为时报做过不少事情。请听我讲几个故事吧,我是一个三支笔写书法的人,年轻时当教师,用粉笔育人;中年当记者,用钢笔写人;老年用毛笔为人,传播祖国传统文化。我从四岁练习书法,如今已写了八十年。六十岁退休后,我成立了中国书画艺术家沙龙,组织五十多名书画家做公益,到企业,部队、学校、敬老院去,不收一分钱,希望把书画送给工人、学校、部队、老人等。

我忘了是哪年了,李燕捷担任时报总编辑的时候,我找到他,希望在时报一版刊登一条通知,内容为某年某月某天,书画艺术家团体在天津百货公司一楼,为时报读者写"福寿"书法,无偿送给全市老年同志。有意参加活动者带着本人身份证即可当场领取书法家送上的"福寿"书法。

那天早晨刚八点钟，人群从百货大楼一直排到渤海大楼，上万人等待领取书法家的作品。九点钟活动正式开始，书法家四十多人为在场群众写送书法，场面十分动人。

当天不仅有来自市内六区的老人到场参加活动，更有来自环城四区的老人前来领上一幅书法作品"添福添寿"，讨个好彩头，参与活动的老人们纷纷表示感激。老人们积极参与，书法家们更是写得卖力，即使写得满头大汗仍觉得浑身充满干劲儿。这一活动不仅是为老人们送"福寿"，还传播了祖国的传统文化，正所谓"送人玫瑰，手留余香"。当天的活动一直持续到中午，但耐不住群众持续高涨的热情，书法家们留下老人的地址并约定将写好的书法邮寄到家。天津电视台的记者也在现场进行拍摄、采访，将这一令人难忘的场面以另一种形式记录下来。

还有一件令我难忘的与时报的旧事，当时张玲同志任时报总编。时值春节，我们书画家艺术团体走进天津市的南开大学、工业大学、外国语大学等高校为学生及留学生送去书画作品，张总编派人与我们一同前往。除送上作品外，更有艺术家现场写书作画，让学生将作品中饱含的新春祝福带回家。学生们收到作品后非常开心，纷纷表示要将作品送给父母并向艺术家们与时报致以谢意。外国语大学的外国留学生们收到充满浓浓中国味儿的祝福更是表示要和回国和家人过个中国年。这次活动不仅为学生们送去了新年祝福，更是无形中宣传了时报。同时，书画家们的笔耕精神也借时报加以弘扬。

为满足书画爱好者的阅读需求，时报专辟相关版块，这一举动又在一定程度上激发了书画家们的投稿热情。愿书画艺术家们与时报携手共进,为弘扬笔耕精神贡献更大的力量!

良师益友

邓 恒

退休之前，我就有了周密规划人生下半场的美好愿望。其中读书、读报、进一步充实自己，提高文化素养成为人生规划的主要努力方向。退休十几年来，自诩不负光阴，实在是得益于《中老年时报》这个"良师益友"。

古人韩愈说："师者，所以传道、授业、解惑也。"2021 年是中国共产党成立的百年华诞。党中央召开了"党史学习教育动员大会"，各级党委也作出了相应部署。那时，我作为一个入党 30 多年的老党员，每天都在思考一个问题：我该做些什么？我能做些什么？是《中老年时报》的即时报道启发了我，利用红色文物来串联、来宣讲党的百年光辉历程，岂不是更鲜活？更生动？由于爱好，多年来我收藏了 70 余枚不同历史时期的徽章。其中有大革命时期、土地革命时期、抗日战争时期、解放战争时期、抗美援朝战争以及社会主义建设时期上至国家级，下至省军级颁发的勋章、军功章、奖章和纪念章。在这些徽章都记录着党率领人民军队奋勇前进的足迹，都经历过革命战争血与火的考验。有了这个想法，我撰写了发言提纲，包括不同时期徽章的出处、背景、史实和相关故事，向社区党委做了汇报。

社区党委十分支持和重视这项工作，不仅出资制作了展板，使徽章有序展示、一目了然，还专门安排了以"军功章里学党史"为主题的党史学习活动。据悉社区几十名党员参加了此项活动。即时，天津电视台还派出记者采访了此次党史学习、教育活动，并在稍后的新闻节目中予以播出。

其后，"军功章里学党史"还受邀来到河北区消防救援支队开展活动，受到指战员们的欢迎并录制视频。该视频同样得到国家应急管理部的好评，并向全国所属各个消防救援单位播发。

《中老年时报》的各个版面都很有特色，让读者爱看、耐看。岁月版既有名人轶事，又有百姓家常。家庭版既有子女培养教化之方，又有齐家理财之道。副刊版中诗书画印摄影作品群芳荟萃、推陈出新，堪称艺术伊甸园。作为一名当年的军垦人，我尤其青睐的还是（据说）全国纸质媒体独苗的知青版。个中内容每每都会在知青读者群体中引起强烈反响。我所在的天津知青文学社众多古稀成员，他们都特别关注时报刊发的知青文章。不管文友间是否熟悉，从清晨到傍晚，从网上到坊间，这些文章始终是这个群体各种形式沟通的主流话题。

《中老年时报》特别接地气、特别有温度的办报特色也激发了我写作、投稿的热情，经过编辑老师的指点润色，去年我就有多篇稿件在《中老年时报》上发表，丰富了我们这个群体的文化生活。今年是《中老年时报》创刊30周年，我和我的家人、朋友们衷心祝愿《中老年时报》越办越好！亦师亦友相知、相伴到永远！

年富力强正当年

韩铁铮

董欣妍老师发来一封短信,让我写一篇"我与时报 30 周年"。见到这封信感到很为难,我年事已高,许多往事已经不复记忆。

说来凑巧。我到楼下报箱取报回来发现有篇发表在岁月版,题目为《"孙八"》的文章,感到非常惊讶。孙八是"文革"期间调入我校的伙房管理员。一看文章作者,原来是书法家陈启志老师。陈老师是我的老同事,文学功底深厚,在师生当中威信很高。再一看编发这篇文章的恰巧是董欣妍老师,于是我简略地把情况介绍给了董老师,她在征得我的同意以后把我的信转给了陈老师。

以上可以算作"我与时报 30 周年"的小插曲。

我在职的时候学校每年订有上百种的报纸杂志,其中包括当时的《天津老年时报》。陆续读过一些文章后,我感到这份报纸反映老年生活,很接地气。于是我试着给报纸投稿。

没想一炮打响,没过多久,我在《天津老年时报》见到了我寄发给报社的小文《收集签字封卡记事》(1995年3月7日)。我在二十世纪八九十年代热衷集邮,有段时间陈铎主持《邮票上的科学知识》节目,这篇小文记录了我请他签名留念的经过。过了一段时间,我先后收到报社寄来的样报和汇款单。随样报寄来的还有一封简短的信函,鼓励我多写稿,今后多联系。钢笔字写得非常漂亮,帅气,落款"天津老年时报"。一晃20多年过去了,我不知道写这封信的编辑老师是否还在报社,这封信让我至今心存感念,也给了我写稿的信心和勇气。后来报社接连又刊登了我写的《小儿催我奋进》《收藏纪念币》《我与集邮》等多篇文章。每篇文章见报时隔不久就能收到报社寄来的样报和汇款单,编辑老师对工作认真负责的态度给我留下深刻印象。

我是1998年退休的,退休以后又在几所私立高中任教,一直又干了将近10年。有的学校在外地,常年往返奔跑,加上私立学校没有订阅报刊,这将近10年的时间和时报断了联系。

再次和时报"结缘",是通过20世纪80年代初的我校一位老校长王江。有次我去看他,见他的茶几上放着几张《中老年时报》,我拿起来一看,这不是"似曾相识燕归来"吗?我就像他乡遇故知一样,"漫卷诗书喜欲狂",匆匆地看了岁月版几篇文章,感到时报改版后比原来更加生动活泼、内容也更加宽泛了。

赵威、宋昕、吕金才、齐珏、吴熹几位老师对工作兢兢业业、精益求精,对编发的稿件认真推敲、句斟字酌,堪称质量上乘。时报所刊文章文字精练,涉及多方面的知识领域,使我获益匪浅,读了神清气爽。

更值得一提的是,时报还是一位辛勤的义务交通员,在我和老同学、老邻居和陌生的读者之间架起一座座无形的空中桥梁。有一次,赵威老师通过信箱索要我的手机号,说有读者见到我的一篇文章想和我联系。果然,第二天我就接到一位老太太打来的电话,我猜想一定是赵老师打电话把我的电话告诉了她(她不会使用电脑)。她说从时报见到我的一篇文章提到的我的小学同学齐宝珍是她的老邻居,还通过她认识了包括班长沈鸿芬在内的住在附近的其他几位同学,并成为儿时的玩伴。我异常高兴,后来我们又通过几次电话,她说受到我所撰小文的启发,她也写了一篇文章送到报社,并且见诸岁月版。

还有一次,赵老师通过信箱告诉我说,我的一位老邻居希望和我联系,并且留下了他的电话。

我家老宅黄家大院是一个居住着近百人的大杂院,20 世纪80 年代初这一带拆迁改造,老邻居们各奔东西,分散到天津各地。这位老邻居是大院的老住户,姓张。岁月版编发过我的一篇《张二爷的洋车》,他是张二爷的孙子,如今也是年近 80 的老人,从此我们取得了联系,并且通过他了解到其他老邻旧居的一些情况,《中老年时报》真是老年人的贴心人。

《中老年时报》30 岁,自称老年并不老,年富力强正当年。愿继承传统,青春永驻。

视角广阔

程新建

我与《中老年时报》的相识始于 2000 年,那时它还叫《天津老年时报》,于是在时报 30 年的历史中,我们的"交情"有 20 多年。

与许许多多的"老三届"一样,我走过曲折的人生道路:1966年夏下乡,而后被推荐上大学,毕业后工作在外地,再以后是为了孩子放弃个人发展机会,继而辗转回到心中难以割舍的家乡。

刚调回天津工作时,我安家塘沽,21 世纪之初迁入市区新居。新年后的一天,在路边报亭见到《天津老年时报》就买了一份,就这样,我与时报相识了。

回到家,读起时报,备感亲切。感动之余,便随手写了一篇短文投寄,名《五彩饺子》。短文说的是当知青第一年在农村过春节,初一那天煮饺子,垫着"盖帘"的广告纸也随着入锅,结果煮成五颜六色。没想到,几天后短文便被吕金才老师编发了。此后,不时有文字继续刊用。在今晚报大厦见到吕老师是多年以后的事,只有简短交谈,眼见他十分忙碌。近两三年来,从写知青内容的文章拓展,我也写了数篇契合岁月版的文字,蒙齐珏、贺雄雄和董欣妍老师不弃,被刊用,而时至今日也不曾谋得一面。拙作经他们修改而增色,我也从中得到学习和提高。借此一角,表示衷心感谢。

时报确实依照其宗旨,做到服务好中老年人群。内容针对性很强,我多有受益。医学科普中,我把糖尿病的治疗与养护剪报集成一辑。印象尤为深刻的是,糖化血红蛋白是检测糖尿病的"金指标",这一重要概念就是读时报获得。于是,我坚持用"金指标"来监测病情。我还把菜谱剪报,这些菜谱体现日常与大众,可操作性强。时报与我见过的其他老年类报纸不同,亲民风格突出。

《中老年时报》的另一独特处是辟有知青版,据说是全国同类报中的仅有。这个版面既是那一代人发表记忆与感言的平台,也是众多读者(不止知青)关注的一片园地。知青一代人现已成为老年群体的重要组成部分,希望这个版面坚持办下去并越办越好。

区别于专业性的报纸,如《中老年时报》这样群众基础扎实的报纸,版面与栏目的设置固然是重要环节,作者的广泛性也很重要。我希望有更多的人加入到作者队伍,用更多人的经历提高报纸内容的多样性,从不同的视角收获更多的读者。

感谢《中老年时报》与我相伴走过20余年,衷心祝愿祝它越办越好!

送给妈妈的好礼物

李 军

1992 年,《天津老年时报》创刊了,位于海河之滨的天津报刊界有了新成员。喜欢阅读的百姓又多了一份精神食粮,我又有了一份送给妈妈的好礼物。

去看妈妈,我特意绕路到设立在鞍山道的报亭给她买一份报纸。年逾七旬的妈妈看了之后甚是喜欢。有时去晚了,《天津老年时报》卖完了,感觉空落落的,不知怎么跟妈妈说。这时,丈夫提议说:"快过春节了,咱们给妈妈订一份报纸,作为新年礼物送给妈妈。"我和女儿拍手称赞,从此有带着油墨芳香的《天津老年时报》落户妈妈家。

暮年的妈妈,自从订阅《天津老年时报》便爱不释手,整天翻来覆去地看 1 版的要闻、2 版的焦点、3 版的颐寿、4 版的国际。遇到不认识的字她就用红笔圈起来,等我们去了教给她。妈妈还经常把《天津老年时报》放到提兜里随身携带,与老街坊、老姐妹一起遛弯时,走累了坐在公园的石凳上一边休息一边取出报纸阅读,既学习了新的知识又密切了邻里关系。那些年,《天津老年时报》成了寡居妈妈的好伴侣。

2001 年,我们居住的商品房 6 楼的屋面漏雨。维修后,因维修费邻里之间产生了争执,经居委会多次调解无效,让我们陷入了困境,不知怎么解决为好? 这时,给妈妈读报时,我看到《天津老年时报》的"为民服务"栏目有法律咨询,就抱着一丝希望拨打了热线。编辑耐心听了我的倾诉,帮助联系一中院的黄法官。在黄法官的帮助下,我们依法起诉,打赢了官司,妥善解决了邻里纠纷,避免恶性冲突。

从此,《天津老年时报》成了我们全家人的读物,三代人成为她的忠实读者。休闲时,全家人抢着看报、读报、剪报,多位记者采访的新闻、编辑的故事,丰富了我家的生活,尤其是传播"正能量"的社会新闻,让上学的女儿及时了解人间冷暖,学习助人为乐。她拿出压岁钱与读者一起向贫困的人群伸出援手,捐款捐物,奉献爱心。

《天津老年时报》于 2010 年更名为《中老年时报》,成为全国首份服务于中老年群体的报纸。随着《中老年时报》的发展壮大,她也成为我的良师益友,引导我从读者到作者,20 余年发表散文、随笔、科普文章近 20 万字。还记得时任社长兼总编辑张玲曾邀请我们多名骨干作者到报社与编辑见面、座谈,赠送新出版的书籍。张玲社长在座谈会上诚恳地说:"《中老年时报》要走报纸精品化之路,要实施以内容取胜,减少广告版面,用可读性、实用性黏住读者……"张玲社长还主张开门办报,特别设计"假如您是总编辑"一栏,请读者和作者当"总编辑",令我动容。

从此，我在从医之余，尽心尽力地采访、撰稿。2009 年 9 月，编辑沈露佳邀请我为"心理诊所"主持人，坚持每周供稿数年。除此之外我还在人到中年、岁月、知青、副刊、颐寿版面发表文章，其中 2014 年 3 月 25 日讲述版，我写的《择时生产害惨了我家》一文，被评为优秀文章，受到好评。回首往事，于璐璐、付殿贵、董欣妍等编辑，曾不厌其烦地为我修改稿子。经常与我见面、电话沟通，就读者的需求提出主题和要求。2019 年的仲夏，董编辑跟我足谈了 150 分钟，彰显了新闻工作者的敬业。他们的一言一行，体现了"全心全意为读者服务"的办报精神。

与《中老年时报》相伴的春秋，是我人生的宝贵财富。

回报之回报

苏开省

岁月如梭。转眼间,与我们中老年朋友朝夕相处的良师益友——《中老年时报》已步入了"而立"之年,伴随着伟大的社会主义祖国,昂首阔步,雄姿英发。我,作为时报的一名读者、通讯员、评报员,从2002年开始,与时报结下不解之缘。如今,我已是年届耄耋老翁,回首二十年的沧桑岁月,尤其不能忘怀的是,为出版《通讯员》和《时报通讯》两个合订本,我与时报结下的"回报之回报"的情缘。

那是2016年11月份的一天上午,我突然接到时报编辑冯增贤老师打来的电话。她说,时报应广大读者、通讯员的要求,决定出版《通讯员》和《时报通讯》两个合订本。但报社保存下来的资料不完整,问我有没有完整的资料。我当即回答:"有!"并答应尽快送去。

我是时报评报员,每月都要写评报稿子,刊登在《时报通讯》上。所以每月我都会收到编辑寄来的样报,细心地保存着。

　　时隔一天,我把整理的 85 期《时报通讯》(也就是 85 个月的)送到了时报编辑部。冯增贤老师接过资料,高兴得连连道谢。我说,这些报纸资料都是编辑老师逐月寄给我们的。如今报社有用场,这也算是"取之于时报,用之于时报"吧。作为一种"回报",理所当然!

　　离开编辑部时,冯增贤老师一直送我到电梯口。她还告诉我:等合订本出版了送你一套,也算是回报吧!

　　转眼几个月过去了,这件事渐渐淡出了记忆。可是,就在 2017 年 3 月的一天,我又接到冯老师的电话。她说:"《通讯员》和《时报通讯》两个合订本出版了。感谢你对时报工作的支持,送你一套。可于近日同李璐编辑联系,到他那里领取。"

　　当我拿到装帧精美印刷精良、散发着油墨芳香的厚厚的大开本的两个合订本时,我轻轻地摩挲着、翻看着,久久舍不得放下。"回报之回报"让我心里暖流涌动,洋溢着编读同心合力,共同打造让读者离不开、放不下的精品时报的浓浓深情……

让我焕发第二青春

张凤琴

接触时报是在 1994 年,那时我负责退委会的工作,时报是指导我们工作的指南,单位每年都给订。每期一到不仅老年人爱看,那些年轻人也抢着看。

那个年代,时报的健康板块也就是现在颐寿的版面,是单位职工的健康指南。技术部的刘工就是时报迷,把报纸分类粘贴,一些小偏方、防病治病的妙方粘贴成册,生活趣事粘贴成册。哪个职工有个小病小灾都爱找他咨询,他一边翻着报纸,一边耐心地回答!大家都管他叫"万事通"。《中老年时报》也是大家法律政策的咨询站,单位有位退休职工返聘后摔伤,做了髋关节置换,找到时报咨询有关政策。负责解答政策的庞老师中午都顾不上吃饭,耐心地解答各种疑惑。最终这位职工的问题得到协商解决。许多离退休的职工都把《中老年时报》当法律顾问。

我们也经常用《中老年时报》的要闻政策、各地的先进经验充实我们,完善我们的各项制度。在工作有疑惑的时候,我们就向时报咨询有关政策。单位的退委会不仅年年获得先进集体的称号,还是市级、全国的先进单位!从那时我就与《中老年时报》结下了不解之缘。

真正和《中老年时报》近距离地接触还是 2007 年退休以后,我参加了通讯员的培训学习,在学习班里,聆听了各位报人老师的经验,学写作的技巧,开始练习写作。虽然心中想写的事情很多,却找不着重点,我这才体会到写作可不是件容易的事。那时我认为编辑大都有着一副傲慢冷酷的脸孔,他们高高在上,神圣不可亵渎!带着几分冒昧、几分虔诚,带着几分忐忑的希冀,把自己的几篇拙作迫不及待地寄送给编辑部。没想到稿件邮去没多久,2007 年 12 月 10 日,第一篇文章——由李燕杰老师责编的大工匠征文《天车师傅》刊登在《中老年时报》上。当看到自己的文章变成了铅字,欣喜之情难以言表,从这一天,退休后的全新生活开始了。编辑就是老师,这一点在自己的投稿过程中也深有体会,通过投稿和编辑的交流使笔者受益匪浅。《中老年时报》已成为我的良师益友,成为生活中不可须臾离开的一份精神文化食粮。

4 月 23 日是世界读书日,也是中老年读书节启动的日子,是中老年时报读者年年盼望的大喜日子!每年举办的读书节我都会参加,并多次代表读者在会上发言,每次都有新的收获、新的体验!在读书节中我不仅收获知识,还得到许多编辑、老师、朋友们的帮助,在阅读和学习中增长本领、提高素质、提升能力。记得最难忘的是 2014 年《中老年时报》征求读者的建议,我写了自己的想法给时报邮了过去,没两天突然收到时报时任常务副总编孙诚老师的亲笔信,我愣住了!一个副总编每天非常忙碌,我一个花甲老人仅仅是给报社提了些建议,孙老师就亲笔书写回信,怎能不令我感动!在信中,孙诚老师对我的建议一一解答,那流畅的书法,真诚地探讨,对读者的感情溢于言表!时报的每一位老师都像我的家人。与张玲社长偶遇,张社主动加我微信;和沈露佳总编经常在微信互动;编辑部齐珏主任每次活动都提前告知……更让我感动的是董欣妍编辑经常征集办报建议,现在编辑的版面越来越得到大家的认可。时报开门办报,为老年人说话,让我们出谋划策,越来越贴近老百姓的生活,同时还做到让老人说话,说老年人听得懂的话。时报是我们表达心声的平台,是我们生活的助手和精神的伴侣。时报接地气的工作作风让我感动。在时报编辑老师的帮助和指导下我曾获得八省市科联优秀征文奖,获得市委宣传部、市文明办、市科协、天津支部生活、老干部杂志等单位举办的征文奖。不仅是天津市作协会员,还成了中国散文学会会员。

在读书节活动中,我积极响应中老年时报为残疾儿童捐书的号召,时报记者采访了我,并在头版头条刊发。我还获得《中老年时报》颁发的"好建议荣誉证书",《中老年时报》全体采编人员还在荣誉证书上为我签字留念,鞭策鼓励我!这本荣誉证书成了我的至宝,编辑老师也成了我的好朋友。

30年来,《中老年时报》越办越好,越来越贴近老百姓的生活。《中老年时报》是我们生活的助手和精神的伴侣,与生活同步、与读者结伴。更可喜可贺的是《读者生活馆》的诞生,它带来各种生活信息,让读书读报以更为多元的方式展现在读者面前,读者与报刊的互动更接地气。读者不仅有了表达心声的平台,文学的交流也让读者得写作水平更上一层楼。

多年来,《中老年时报》是我每天必读的刊物。我爱时报,就像爱自己的家人。写文章写感想,其乐融融优哉游哉！是《中老年时报》改变了我的生活,是《中老年时报》让我焕发了第二青春,《中老年时报》给了我快乐！我对《中老年时报》的各版编辑心生感激！是她们的帮助指导让我增强了信心。我爱时报,就像爱自己的家人。是《中老年时报》为退休了的我拓开了新的思路,开始新的生活。感谢《中老年时报》！祝《中老年时报》更上一个台阶,越办越好。

时报园门永开

赵铁玉

我进入"知天命"之年后的 1992 年 7 月,《天津老年时报》诞生了。自那时起我就对她产生了深厚的情感,成了钟情于她的挚友,既是她的忠实读者,又是她的热情作者。自 1965 年起,我的作品就经常刊发在多家中央、省市级报刊、杂志上,创作时间很紧凑。即便如此,自 1993 年始,我就在新诞生的,每周三刊的《天津老年时报》刊发了稿件,延续至今近 30 年。最多的一年刊发稿件达 14 篇,既学习、受益,也将自己的心得见地与大家交流、分享。

当时时报的编辑都是从《今晚报》抽调的骨干,既有老报人吴会增、范夕河等各位贤达及已作古的戚永馨、赵胶东等诸先生;也有当时年轻新秀李燕婕(研究生毕业后,来到时报工作)和徐红珠等从《今晚报》调来的同志们,原来在晚报各版,就与我有很好的文字合作,刊发作品十分熟悉。20 世纪 80 年代,我就经常在今王晓兰副总主持的"生活与科学"中的专栏刊发稿件。时报组建后,我又经常去当时《今晚报》及新诞生的时报(前后院)所在地川府新村,向编辑们学习,与之沟通、交流,对时报殷殷情深、亲切如己。

时光荏苒,随着形势的发展和需要,2010 年 3 月 1 日,《天津老年时报》面向全国,更名为《中老年时报》,从每周三刊、五刊而至每日一刊,成为教育部主办、今晚报业集团旗下的国家级报纸,唯一一家涵盖中、老年读者群体的报纸。我赞赏新的领导集体,加上的这个一字千金的"中"字;欣赏她,敢嚼前人未嚼过的馍、敢为人先的开拓、创新、锐意进取精神。她扩大了读者的群体,科学地将中年和老年两个人生阶段衔接起来。因为人们无论心理上还是身体上,都要为从中年进入老年做好准备。她填补了人生中年的空白。这样,少年报、青年报,加上《中老年时报》,涵盖了完整的人生。面对新形势,我下定决心一定加强向各位编辑的学习、交流,尽己所能为时报撰写质量较高的稿件。

我欣喜地看到更名为《中老年时报》后,时报的跨越式、朝气蓬勃地发展。她由四个版扩大为八个版,还增加了电子版。创新为魂,使之具有大报风范。我向亲友们积极推荐,得到了热烈的响应,许多朋友纷纷订阅。我在天津的姐妹也订阅了,成了她的忠实粉丝,就连北京的妹妹也在阅读她的电子版呢。

《中老年时报》因接地气而本固枝荣、参天伟岸;因接地气,是我们学习最需要的百科知识、各种信息的最好平台;也是我们编、作、读者相互亲切交流、展示、互动的最好平台;更是关心体贴我们中老年人并为之服务的最好平台。《中老年时报》已经成为我们中老年人不可一日或缺的文化盛宴;成为在全国中老年群体中影响力最大的报刊。我为我目睹三十年时报取得的巨大成绩欢呼、点赞！衷心感谢全体编创人员、台前幕后工作人员的辛勤劳动和无私奉献。

时报园,百花绽;门永开,心相连;情相依,永相伴。与时报一起走过了我知天命后,30 多年中老年的人生之路。相信今后前进的路上,咱们的《中老年时报》一定会走得更好,与我们携手终生。

指点迷津

李克山

　　《中老年时报》是中老年读者十分喜爱的报刊。我是一个老文学爱好者,不但爱读书读报,还爱给报刊写稿。20 年前我见《中老年时报》(2010 年 3 月前为《天津老年时报》)岁月(2011 年 4 月前为春秋)版上的内容很适合自己写,就给该版撰稿。可是最初,一连写了好几篇也未见发表。

　　然而,就在我对写稿将要失去信心时,却意想不到地收到编辑的一封退稿信(那时手写稿不被采用一律回退,且附有印好的或编辑写的短信)。信上说:"文章立意新颖,语言通畅,层次分明,还有些文采。只是'专版'要求写的'往事'是从头到尾的'往事',而不是写'现时'内容所穿插的'往事'。"信后署名"刘纪胜"。看了编辑的来信,我明白自己稿件不能被发表的原因了,那就是我写的往事,只是为"现实"主题服务的材料,而不是原原本本"旧事"的再现,所以与专栏要求不符。我遵循编辑的意见,改写一篇题为《忘年交》的散文,很快就被采用了。

文章得到发表,我写稿的劲头又大了起来,可仍是写得多发表得少。这是为什么呢?我是按照编辑要求写的呀!我终于憋不住,按报眉上提供的电话号码,怀着忐忑的心拨通了编辑部的电话。当我自报家门后,编辑很快把我和我的稿件联系起来,并且首先肯定我写的文章有不少优点。然后结合具体稿件说:"'专版'上的文章,要求言简意赅、娓娓动听地叙述事件,当然有点儿表现艺术更好,但不可过多地议论和抒情。"并且告诉我他姓"吕",刚到报社不久,希望我多写稿件给予支持!吕编辑的话不多,却正中我的要害,而他的平易与热诚,更给了我写作的信心和勇气。于是我改写了一篇退稿——《从"大包干"到责任田》,发表时题目被改成《当年"大包干"》,显得比原题更加精当了。

自己写稿本来就有些功底,又从编辑那里得到一些要领,自以为再写稿已万无一失了,谁知我的投稿仍是退得多用得少!我又一时迷失了方向。后来,我的一篇散文——《翠园》在"天津市第十五届文化杯"评奖中获奖。领奖会上,偶遇跟我通过电话的吕金才编辑!他的身材和我差不多,但比我年轻许多,十分热情和健谈,两眼闪耀着智慧的光芒,在谈话中很自然地谈到了他的版面。他说:"稿件尽量短些,并且最好围绕一件事用简洁的语言写清楚、写完整;差头不能太多,扯得不能太远,语言更不能太空泛和太'诗化'。"他虽然没有直接指出我稿件中的问题,我却听出了弦外之音。我在写稿中,常不能抓住一件事集中笔墨来写,又因为写过诗,常是思绪飞扬,海阔天空,只想到自己的感情抒发,没把广大读者放在眼里。

　　通过专栏编辑耐心指点迷津，我对岁月版有了比较深入地了解，整体写作素质也有了一定提升，稿件由"毙"得多用得少，变成了用得多"毙"得少。我想，写作也像路和登山一样，有人携手扶植才能大踏步前进。在这里，我对岁月版编辑以及曾经给过我帮助的编辑和领导深表谢忱！

薪火相传续情缘

王雅鸣

回顾与天津《中老年时报》的情缘，我竟找到了 20 世纪 90 年代发表在《天津老年时报》的部分剪报，让我一下就回忆起了当时写稿投稿的情景。

我在时报发表的第一篇作品是一条新闻。当时，我区一位抗美援朝老兵高福田老人发明的鱼羽画，获得了中国专利局发明专利引发轰动。鱼羽画即用鱼的鳍、尾、皮、翅等废弃物部分，经过特殊处理在纸上或绢上作画。于是，我想，老人这种老有所为、废物利用的精神，正是我们所要提倡的。

当时，我不认识报社的任何人、更没关系，但我仗着胆子将《高福田寄情鱼羽画》寄了过去。谁知，1995 年 10 月 10 日竟发表了。高老是离休干部，看到发表了十分高兴，第一时间打电话告诉我。这也是他发明鱼羽画以来第一个报道他的市级媒体，令他终生难忘。每次见面，他都感激地说："还是雅鸣第一个报道我的呢！"

20 世纪 90 年代,我在汉沽报社当记者。天化退休干部曲宛中在 1995 年举办的首届中国京剧艺术节上,被评为"天津市百名戏迷"之一,还组建了汉沽工人文化宫剧团并担任团长,为弘扬祖国的传统文化、振兴京剧艺术做出了贡献。为此,我写了一篇通讯,时报以《戏迷"大腕"曲宛中》(1996 年 4 月 27 日)为题将其发表。多年来,曲老与我们成了好朋友。

时报不仅注重报道城市里的老年生活,对于农村涌现出的先进人物、先进事迹也一视同仁、不吝版面。汉沽大田村有位德高望重的老书记薄殿伦,他公而忘私、廉洁自律,深受百姓爱戴。老书记去世后百姓自发举行悼念活动,以表达他们对老党员的怀念。我深受感动,当即写了一个通讯稿发给时报。时报以《乡亲们怀念老书记》(1996 年 6 月 1 日)为题发表,体现了时报接地气的精神和鲜明的办报宗旨。

由于工作调动和其他原因,我有段时间没有给时报写稿,但我仍关注着时报。尤其是时报的言论栏目,立场坚定,观点鲜明,弘扬正气,言之有物,读来如清风徐来,耳目一新。于是我尝试着给时报的"龙门阵"写稿,发挥自己政论性强的优势,写下了不少时论性的作品。能找到的在时报发表的作品《过渡是金》,是当时一个比较满意的代表作,被我收入由上海三联书店出版发行的散文集《归去来兮》一书。

这篇作品我也是有感而发。我的一位忘年交是一个单位的领导干部,退下来后无所适从,几乎到了崩溃的边缘。这里既有他个人的原因,也是一个普遍的社会现象,为此我写下了《过渡是金》。这篇文章能够得到编辑认可,是抓住了带有共性的矛盾,也提出了解决这些问题的方法。现在读来,此文仍具有一定的教育和指导意义。

时光荏苒,虽说我退休了,但我仍然笔耕不辍,这里就离不开时报编辑薪火相传、不离不弃的精神,在温暖着我们这些业余作者。今年,我的《脱大坯》《缘起"熊猫血"》等作品陆续见诸副刊,足见时报的年轻编辑平易近人、不唯名人的精神正在发扬光大。而我与这些编辑素昧平生,从未谋面,只在版面上见他们日复一日,辛勤躬耕,从而拥有一大批读者和作者群。在这里恭祝我们的《中老年时报》越办越好!

时报让我延年益寿

亓秀芳

不知不觉中，我与时报已经结缘三十年。这三十年啊，我从一位意气风发的中年女性，变成了一位两鬓斑白的耄耋老人，整整八十岁啊。因为与《中老年时报》（有一段时间名曰《天津老年时报》）经常打交道，我不仅每天都高高兴兴、快快乐乐，而且还积极向上、愉快生活、积极工作、健康快乐。为什么呢？因为时报是面向广大中老年读者的一份报纸，阅读她、关注她、支持她，为时报的兴旺发达激动，为时报赢得周围读者称赞高兴，为时报时不时地广泛开展各种各样活动而兴奋不已，也经常为能够在时报各个专版上发表我的文章而高兴好一阵子。有时候，我的文章在时报发表，同事们对我说："你还真行，经常在时报发表文章，业余生活好充实啊！"我当然心里美滋滋，因为每写出一篇稿件，就意味着我的业务水平提高一次。教书育人的工作，不只是对学生提出要求，还要在实际生活的磨炼中提升自己的业务能力。这方面，我是真正尝到了甜头。

如今,时报从创刊到今天已经走过了三十个春夏秋冬,三十年的不离不弃,我与时报的感情越来越深。时报创刊三十年,我呢,已八十岁高龄,年年订阅,时时为时报撰写文章,我与时报永不分离。有人说:"都这么大岁数了,该歇一歇了,看看电视、玩玩手机,到外面精彩的世界逛一逛,什么问题都解决啦,何必读报写文章呢?多累人哪!"我微微一笑,心想:报纸的作用无法替代,读书看报写文章,不仅能够让精神生活充实,而且还能够陶冶情操,延年益寿,让人变得年轻有活力。

确实如此,时报1992年创刊,到今年整整三十年。三十年间,我坚持订阅时报,每年不掉队,订阅时报,用好时报,为时报的发展壮大奉献点点滴滴,哪怕只是一点点。众人拾柴火焰高,大家都来关注时报的成长,让时报成为优质报纸、成为广大读者喜欢的一流报纸,不仅天津市的读者喜欢阅读时报、外地读者也能喜欢上阅读时报。这样的报纸,能够为精神文明建设贡献一份力量,能够为"人民报纸人民办"提供有益的经验。我的关注与参与也许微不足道,然而,大家都来关心时报的发展,形成合力,那么时报的未来必将更加兴旺发达。期待时报未来可以成为优质报纸、一流报纸,成为广大中老年读者,乃至年轻读者也喜欢阅读的黄金报纸。

三十年与时报结缘,我认识了时报的一些编辑和记者,也与两位总编辑打过交道。总编辑对我当面的表扬,总编辑在百忙中给我的来信,一些编辑在电话沟通中的语重心长以及善心爱心,都让我终生难忘,铭记于心。记得有一次,我给家庭版写了一篇稿件,责任编辑给我打电话,让我对某些段落进行修改,因为急用,非常抱歉地对我说:"麻烦您了,最好转天一大早就能够把修改稿发送给我。"当时我正在公园游玩,就赶紧回家修改稿件,当天晚上我就把修改稿发给了那位责任编辑。这位编辑非常感动,转天打电话表示感谢,还说:"能够有您这样的热心作者,我们报社感到荣幸。"

如今想起来,当我的第一篇稿件在时报发表之后,我就一发而不可收。那是 1998 年 10 月 6 日,我的一篇稿件,题目是《老人读报小组好》,在《天津老年时报》第一版言论栏目"云峰阁"发表,简直把我高兴透了。我在《天津日报》《今晚报》《人民日报》,还有一些杂志发表文章,从来没有在时报发表文章。这回有了第一篇,就会有更多文章发表。果然,功夫不负有心人,二十多年与时报打交道,前前后后,我一共在时报发表了 400 多篇文章,涉及时报的各个专版和大大小小栏目。这是一笔宝贵财富,是我的所爱,我把这些发表在时报上的文章一一珍藏,时常翻阅。

感谢时报三十年来对我的关心与帮助,感激时报各个阶段的编辑与记者对我的真心实意,也要感谢时报的发行工作者及时把时报送到家。需要提一提的是,时报一位名字叫刘纪胜的编辑,我与他从未见过面,也就是曾经在他责编的版面上发表过文章,然而他却没有忘记我,还给我写了一封信、邮寄一本书。这样的好编辑还有很多。一句话,我与时报结缘三十年,我下定决心,还要一直与时报结缘,订阅时报,为时报撰写稿件,坚持下去,直到永远。

永久的珍藏

王守训

在纪念《中老年时报》创刊 30 周年之际,我拿出了珍藏的有关时报的三样"宝贝",忆起我与时报结缘二十年的往事,心情久久不能平静。"宝贝"充分证明,时报与读者的关系是真诚、融洽,密不可分,可算是编读齐心,共铸精品。

一张奖状:荣誉证书。那是 2013 年 5 月《中老年时报》编辑部,本着"开门办报问计读者"的精神,向读者发出百余选项的"读者问卷调查"几万份,并还要评选出 10 名"好建议奖"。两个月后收回答卷,并有来自本市和全国十几个省市自治区读者的 700 余份复信,信中不乏具有建设性的意见建议。报社于 11 月 30 日在今晚大厦一楼大厅,举办"开门办报编读互动"赠书活动日。活动开始,举行了颁奖仪式,我和亓秀芳、杨俊明、宁书和等 10 人荣获"好建议奖",并颁发了荣誉证书。这张奖状,这个荣誉鼓舞着我继续读时报、评时报,提建议。

两份时报:元旦特刊。一份是 2014 年 1 月 1 日 5 版"元旦

"特刊"版面顶端通栏套红大字标题:《中老年时报》全体员工恭贺读者新年快乐!喜庆、醒目、感人!标题下中间部分是时报员工的全家福照片,照片下面是"出版序列表"。照片、序列表两侧则是33位员工给读者的贺词。有新年祝贺、来年办好时报等内容。张玲社长:真诚做人,用心办报;副总编孙诚:通过精神文化赡养,替天下子女尽孝,将孝亲敬老的博爱种子播撒到千家万户;记者孙桂龙:满怀诚挚、敬老之情,心甘情愿时刻为中老年朋友服务;编辑于璐璐、刘燕:祝广大读者马年好运!祝您及家人幸福安康!他们视读者为亲人,句句温馨,字字真诚,感人心弦。

另一份是2015年1月1日第5版的"读者新年寄语"。版面左侧从上到下套红大字贺词"《中老年时报》全体员工感谢读者对本报的厚爱",版面顶格上方通栏是"昨日,时报工作人员与读者代表在今晚传媒大厦前合影,共迎新年"的大照片,前排是张玲社长等编辑记者,后边几排百余名热情的读者。编读合影下,版面安排四周是上海、山东、南京、河北等外省市及市内各区45位"读者新年寄语"。寄语有夸奖,时报是"良师益友""新伙伴""精神食粮""感人的心曲";有希望,愿"时报永远把读者装心里,办得更加接地气、有底气、聚人气、扬正气,让人看着养眼又大气""坚持主旋律,传递正能量,讲好中老年故事;有祝福,"新春时报添彩虹""时报越办越好";有感谢,"谢谢时报编辑记者们""辛苦了"。

三封回信。其中两封是时任常务副总编孙诚在2014年、2015年,时报"读者问卷调查"附建议后,给我的手写的复信。其一,是他答复我《让时报的"中年味"更浓一些》的建议。一是表示感谢,二是肯定了建议有见地,三是告诉我"建议"已刊登在报社内部刊物《时报通讯》上,得到了读者的支持。四是说"今后要增设更多中年人喜爱的栏目",并表示今后将加大"中年"的关照力度,让时报的"中年味"浓起来(后来,时报真的进行了改进,我又写了《"中年味"浓起来了》发表在编读版上)。另一封是答复我对"要闻"要精的建议,同样是言辞恳切,努力改进报道。

第三封则是时任编读版责编的于璐璐在2016年"时报读者问卷调查"附建议,给我的手写复信。她使用的是报社专用的稿纸,按格书写,一笔一画,绝无潦草,规规矩矩,难为了年轻编辑,难得了的真情!内容是表示感谢,并提出对我提出办好"编读"版的5点建议认真研究、改进。

报社的社长、总编、副总编、编辑给提建议的读者复信并不稀奇,稀奇的是"手写"太难得了!可见,时报对读者建议的重视、尊重、感谢、真情、真诚!什么是"读者至上"、什么是"一切为了读者,为了读者一切",手写复信一事可见一斑!

意想不到的惊喜

赵仁近

《中老年时报》(她的前身是《天津老年时报》)1992 年创刊,我当时还在岗工作。听说天津市又增添了一家报社,报纸名称叫作《天津老年时报》,我非常高兴。一位在报社当编辑的老同学给我打电话,告诉我这个消息,并且让我经常为时报写稿。虽然老同学在今晚报社工作,然而,《今晚报》与时报的关系密切,既然我是《今晚报》的写稿常客,那给时报投寄稿件也不会是难题。于是,在经过一段时间的熟悉、了解和思考之后,我经常为时报投寄稿件,竟然命中率很高,几乎每年都会发表文章数十篇。因为我有个习惯,不管工作多忙多累,每天都要为各种各样的报纸杂志写稿,时报的稿件也占很大比重。

近一段时间,想到时报创刊 30 周年,我又有了写一篇纪念时报创刊 30 周年文章的冲动。便在书柜里把我在报纸杂志发表文章的剪报本统统拿出来,在 140 多本剪报本中,把数千篇文章一一翻看。竟然在时报发表的文章几乎占了我全部发表文章的五分之一,有 700 多篇,还真的很有收获。在时报发表的文章,每一篇都可以讲出一段小故事,这些小故事串联在一起,就是我与时报三十年的深情厚谊。其中有我与一些编辑记者的友好往来,也有编辑给我的来信以及电话内容记载;也有我与一些笔友的写稿交流,情况沟通;更有一些著名的社会活动家对我的帮助。

在阅读我的发表文章剪贴本的过程中,我的视线定格在第 65 本剪报本上。那是我发表文章的剪报本,时间是 2001 年 7 月 3 日至 2002 年 1 月 4 日在报纸杂志发表的文章。其中第六篇引起我的反复思考,让我想起了 2001 年 7 月 21 日那天,我写的《我爱读"王老汉杂话"》一稿在时报发表,这篇两千多字的文章发表之后,我的朋友打来电话,表示祝贺;更让我兴奋不已的是王辉老同志给我打来电话表示感谢。那天我在日记中写道:"上午 11 点钟,王辉同志给我打来电话,对我在《天津老年时报》上发表的《我爱读"王老汉杂谈"》一文表示感谢。我对王辉同志说:'您是深受大家尊敬的老前辈,值得我很好学习。'王辉同志给我打电话,让我深受感动。"2001 年底,王辉同志有一本新书正式出版发行,书名叫《社会聊斋之二没有赢家》,由社会科学文献出版社出版。新书出版不久,王辉同志委托一名年轻女同志专程到我所在工作单位和平区委找到我,见面就对我说:"我受王辉同志委托,给您送一本他新出版的书。"我接过这本新书,沉甸甸,情切切,感动得热泪在眼眶里打转。我对那位年轻女同志说:"谢谢您专程给我送来了王辉同志的新书,谢谢王辉同志,请您转达我对王辉同志的问候。"

　　此事虽然已经过去了二十多年，然而，我却永远铭记于心，永远为之动情。这是意想不到的惊喜，这是时报给我带来的惊喜，这是时报编辑给我带来的惊喜，也是时报创刊三十年大合唱之中的美丽插曲。我赞美王辉同志的平易近人，王辉是位社会活动家、离休老干部、著名作家，却从来不居功自傲，与我们小辈打成一片，受到众人称赞。时报编辑能够把我的文稿发表，而王辉能够深情对待像我这样的无名之辈，真的让人感动。

　　我与时报打交道三十年，故事多多，喜事多多，想要讲述的事情也是多多。说明一个道理：时报与广大读者心连心，时报的开门办报深入人心，扎根在广大读者心目中。借时报创刊 30 周年的东风，我期盼时报越办越好，攀登新的高峰。

陶冶情操

崟　祥

受父辈的影响,我在上小学五六年级时就养成了每天要看报纸的习惯。20 世纪五六十年代,市区居民比较集中的区片都设有公益性的阅报栏,每天都有专人更换新的日报、晚报。只要不是雨雪天气,我一天必去看半个多小时报纸。

不承想刚步入半百之年,幸运地发现了一份新创刊的《天津老年时报》。该报仿佛是为我们这两代人量身定制的,后来更名为《中老年时报》;从每日四版到逢周一至周五每日八版;从报业常态到迅速实现跻身于全国为数不多的几个大副刊报纸的前列,成为已经突破天津地域的抢手读物。三十年我们家从未间断过订阅爱不释手的《中老年时报》。

2005 年开始,我看报不再是走马观花。一是退休后有了充足的时间,二是从工作地北京回到了天津家中。时报大副刊中很多版面都吸引着我,尤其是深读、岁月、旅游、颐寿等版面,我看得格外认真。看到著名作家蒋子龙、冯骥才等高品位的文章;

看到学者、老报人讲述如何写好文章、诗歌；看到书法家唐云来、陈启智教学书法之连载；看到收藏家们讲"国宝""说洋钱"等，我还要把它剪下来，分门别类地集中整理成册，以待再阅。

有段时日我看到几位既是读者又是作者的文章，写作水平也很高。还有两位介绍自己是怎样提高写作能力，从而不断见报的，对我启发很大。自己也想尝试一下。2007 年 6 月，《中老年时报》登出了我在时报的第一篇文章——《黄敬市长和工人书法家》。

记得那年 4 月，我带着文章初稿去时报编辑部，时任总编马志林、副总编赵东胶和编辑吕金才热情地接待我。认为我送的稿子题材好，写得也不错，同时提出了修改意见。修改后再次送到时报社，我向几位老师提出了一个请求：2007 年 6 月 13 日（农历四月十八日）是我父亲于梦飞，又名于崇斌（即文章标题的工人书法家）百岁诞辰，希望文章在父亲诞辰日前登出。时报社果然满足了我的请求。在岁月版的"沽上人物"栏目中以醒目的标题登出了此文。我们大家庭的人都抢着看这天的时报，父辈中唯一健在的老姑兴高采烈地说，这是我们对黄敬市长的赞美，也是对你父亲最好的怀念。

最近两年，我又在编辑部主任齐珏等老师帮助下，发表了《我和三位老班长》等多个作品。我深信三十而立的《中老年时报》一定会越办越好。在时报的熏陶和引导下，我力争做一位名副其实的普通读者又是业余作者。

从中汲取营养

张国元

提起我和《中老年时报》结缘，这与父亲的耳濡目染有关。当年我在沧州鞠官屯村上小学，父亲在沧州铁路机务段上班，他经常把北京铁路管理局主办的《京铁工人》报带回家阅读。这是我见到的第一份报纸，我渐渐养成了读报的习惯。有一天，我躺在炕上看报纸，不慎失手报纸落下，报角扎到我的右眼，导致眼角膜损伤，出现视物不清等症状。父母赶忙带我到村西头院，请陈姓老中医医治，喝了两个多月苦药汤，受伤的眼睛方趋于好转，但我好了伤疤忘了疼，眼睛刚见好又偷偷看报。因为养成了读报这一良好习惯，我走上了写稿之路。

《中老年时报》原名《天津老年时报》，它是读者的良师益友，深受大家欢迎和喜爱。我一直自费订阅《中老年时报》，我既是忠实读者，又是热心通讯员，时报伴我走过了 30 年的历程。我和老伴退休以后，读报成为每日雷打不动的任务。读报和写稿是我的爱好，让生活变得更加丰富和充实。

多年以来,我坚持读报和用报,不断从中汲取营养,结合报纸版面笔耕不辍,年年都有多篇稿件被采用。在读报过程中,发现有很多好文章,我就写成读后感,投到家庭版和编读版,供董欣妍老师选用。每逢稿件刊发后,我要和原稿加以对照,以此提高自己的写作水平。因为写稿的年头多,陆续发表了不少稿子,编辑冯增贤老师曾对我说,在她的通讯员通讯录中,第一个就是我的名字。

《中老年时报》"以儿女情怀办报"为宗旨,坚持开门办报的方针,经过报社同仁的不懈努力,已经成为全国第一张以老年人为主体的日报。在 30 年中,我先后参加报社组织的 5 次座谈会,报社领导、编辑、记者和读者,大家齐聚一堂共议办报。每逢参加座谈会,我都要提前做好准备,征求十来名读者的建议,将诸如版面设置、字号大小、照片处理、发行投递等,加以整理形成文字,以供编辑和记者参考。与此同时,通过参加座谈会,结识了许多编辑、记者以及文友。

2014 年 7 月 16 日,报社约请 8 名读者参加座谈会,会后大家一起合影留念。王守训特意到照相馆洗印十几张七寸照片,按照与会者的通信地址,到邮局用挂号信寄出,由此引发出一段故事。挂号信寄出后,大家很快就收到了照片,我却始终没有见到。此时,对方以为我见到了照片,没有及时打电话告知,我想中间不知出了什么差头,也不好意思在电话里挑明,两人都把此事埋在心里。过了一个多月,王守训收到一封退回挂号信,原来因投递员工作失误,寄给我的挂号信没有妥投,又转手退给了王守训。误解并未影响友谊,两人更加了解彼此,我们多年一直保持联系。

天津铁路办事处津铁夕阳文学社,均是退休职工文学爱好者,疫情前每季定期活动一次,我们在给《人民铁道》《北京铁道报》《老铁路》《晚情》撰稿外,路外主要给《中老年时报》写稿。大家聚在一起,交流写稿体会,未刊稿集体点评,不断提高刊稿率。我和周运亨、李雨生、杨茂江、侯相国、周梅等人,结合自身写稿特点,在家庭、副刊、岁月、讲述、法制、天津老干部等版全面开花,年年都有多篇稿件见诸报端。有的文友刊稿需要剪报,我留意保存好报纸,开会时再交给文友。有时碰巧两人在同版刊稿,我就请第 13 发行站投递员齐桂秋帮忙,再送一份《中老年时报》。

《中老年时报》设置的栏目多,颐寿版刊载文章的同时,并刊登"颐寿"刊头题字,彰显中华民族的瑰宝,给书法爱好者搭建平台,同时活跃美化了版面。记得在六年前,我到北京市延庆探亲,得知内妹田慧珍喜欢书法,并参加延庆老年书画研究会,该研究会定期开展活动,有的作品在国家刊物发表,多次荣获北京市的奖项。于是,我便详细介绍《中老年时报》,希望大家提供优秀书法作品。延庆老年书画研究会积极组织,推荐出十多件书法作品传到报社,其中多数书法作品被刊用。

在庆祝《中老年时报》创刊 30 周年之际,衷心祝愿时报越办越好!

赠人玫瑰，手留余香

崔会霞

退休后，我考取了国家二级心理咨询师证书。那年，天津师范大学"老年心理研究所"刚刚成立。吴捷院长找到我，希望我去帮忙管理图书报刊资料，这正是我喜欢的工作环境。

2012 年，《中老年时报》创办了"倾诉空间"心理专栏。报社找老年所约稿，所长把任务交给了我。我欣然接受了这个任务，我愿用所学的知识服务于大家，服务于社会。

2 月 22 号，我写的第一篇稿件《焦虑让爱紊乱》发表。看到自己写的东西变成了铅字很是高兴。所长和编辑的鼓励增添了我继续写下去的信心。

为了发挥这个专栏的作用，报社开通了倾诉热线。每个周一的下午，我负责接听电话。随着《中老年时报》发行量的增加，知道倾诉热线的人越来越多了。倾诉热线，让我收集到了大量的生活素材。了解到退休后的人们，遇到的各种生活问题和情感困惑，也深感老年群体太需要心理援助和社会的关注了！

那时,我心理学方面的知识掌握得很少,除了看书写东西外,我到处去听心理讲座。随后,我投稿的次数多了起来,有时一个月 4 期的专栏都用我的文章。

几年后,这个专栏改成了"心理诊所"。责任编辑找到我,让我做这个专栏特约撰稿人,随着自己心理专业水平的提高,读者反响越来越好。

最近,翻看自己以前发表过的文章,竟有近百篇之多。回想那段时光,很忙却很充实。有很多事让我难以忘怀,一天我接通了热线电话,对方还没说话就哭了起来,她说:"我太难受了,不愿意让人知道,更怕别人笑话……"倾诉者有两次婚史,第一次是因为丈夫出轨而离婚。她独自把儿子养大,等儿子成了家,自己也想找个老伴儿过日子了。经人介绍,和第二任丈夫成了家,婚后感情还可以。因为对方儿女不太同意她们的婚事,所以每次老伴儿的孩子来,她总是远接高迎,临走还要给他们带上东西。她小心翼翼地想把关系搞好,可时间长了又生出一些矛盾。前些天下雨,她去看儿子,刚到就接到老伴儿的电话,让她不要回去了。开始她还以为老伴是怕她雨天摔倒,后来才听明白是要和她离婚。办完离婚手续,她哭了整整一天。她觉得自己一生太失败,太傻了,人家算计她,竟一点儿没有察觉。一个女人两次离婚,别人一定觉得是她的问题,真没脸见人,也不想活了……

几次沟通后,她的情绪才平复下来。她的倾诉,让我内心无法平静,提笔写了《女人,别让婚姻毁了你》的短文。没过多久,她打来电话说:你写的文章我看了,你说得对,离婚不是什么丢人的事儿。离开一个不爱自己的人，也是一种解脱，女人不要总想着找个依靠过日子。我退休金不少，能养活自己，即使没有爱情，我也要好好地活着。我为她走出困境而高兴！

接听倾诉热线的几年中，我听到中老年人太多的苦闷。"倾诉空间"和"心理诊所"小版块儿大社会，它是现实社会的镜子，也是中老年人的心灵驿站。

那几年，我把报社给的稿费都买成了学习资料。大量的阅读使我理论水平有了很大提高。我写的稿被《老人世界》杂志和网上《夕阳红》节目选用。我非常感谢葛登阳和于璐璐两位编辑对我的指导和帮助。《中老年时报》让我在付出的同时，也得到了成长，这真是赠人玫瑰，手留余香！

难忘的杂文大赛

戴冠伟

《中老年时报》自创刊以来，特别是办成日报以后，一直对刊发杂文，包括杂谈、言论一类的文体情有独钟。记得在一次市杂文研究会年会上，时任时报总编辑的马志林就不无自豪地讲："我请大家注意一下，我们的时报现在基本上做到了每个版面都有言论方面的栏目，诸位杂文作家尽可以大显身手。"他的话一点儿不错，副刊上的"龙门阵"已成品牌自不必说，就是要闻版上的"云峰阁"、岁月版上的"烟雨楼"（后改为"岁月絮语"）等也是颇有名气，言论栏目五彩纷呈，可谓百家争鸣。

然而，杂文创作日益被边缘化的情势却是不争的事实，杂文只能无奈地依托纸媒赖以生存，处境艰难可想而知。此外，杂文家还需不求闻达、甘于寂寞。更为众所周知的道理是，真正的杂文是要得罪人的。然而，就是在这样的背景下，2015年时报逆势而上，在京万红药业的协助下，决定在全国范围内举办一次京万红杂文大赛。

当年 3 月 30 日，我作为杂文作者的代表，应邀参加了在今晚报新厦会议室召开的筹备会议，研究策划杂文大赛的主题与相关事项。张玲社长主持会议，副总编辑王晓兰参加，特约老同志马志林、姜维群出席，青年编辑迟凤桐、吴熹、赵威等参加。

张玲社长开门见山，提出借这样一次难得的机会组织作者队伍，有利于提高杂文创作水平，扩大时报影响。由于接下来的四月就是读书节，姜维群主张在微信时代要把大赛活动与全民阅读结合起来，让杂文大赛成为提高报纸阅读率、传阅率和收藏率的推动力。马志林主张，征文作品一定要接地气，多多争取名家参与，多出好稿子，让人喜欢读。我则从作者的角度，建议将征文的范围扩大，凡本年度在晚报、早报、时报上发表的杂文作品，是否都可以列入参赛范围？再有，大赛的主旨、立意一定要有公共性，即不能太偏，以吸引更多的作者参赛。最终，大家共同议定了现实、小康、距离的主题诉求。意思就是面对现实，探究和分析我们与全民小康的宏伟目标还有多远。显而易见，如此宽泛的题旨要求，便于让人人有话可讲，人人有文章可做。

征文期间，我也阅读了部分来稿，并就自己的鉴赏水平向责编进行了推荐。我看到在参赛作品中，像朱铁志、肖荻、陈鲁民、汪金友、冯景元等名家都发来了杂文作品，显示出大赛的号召力和凝聚力，空前地提升了时报的影响力。大赛营造出的杂文写作氛围异乎寻常的热烈，杂文作家表现出来的参赛热情让组织者始料未及。同时，我也身体力行，在此期间撰写了十多篇稿件，其中有六篇在征文专栏刊出，有一篇获三等奖、一篇获优秀奖、四篇获入围奖。

最后，所有见报作品汇编成书，名为"京万红杯"全国杂文大选粹——《现实与距离》。不能不说，这是《中老年时报》令人瞩目的高光时刻，正如张玲社长在该书序文中说的那样："一篇篇直面现实的文字，字字珠玑，读起来让人怦然心动、如梦初醒、刻骨铭心，读者好评如潮。而在众多的来信中，最能打动我的就是'感谢时报'！"

是啊，这些亦庄亦谐、妙趣横生、清新隽永、给人启发的美文，谁能不爱呢？

"这本书有长久的价值"

贾长华

我在退休之后，才开始给《中老年时报》写文章，并且一发而不可收地写了不少。

其中，从 2017 年 11 月 25 日起，至 2018 年 11 月 26 日止，我在《中老年时报》的岁月版，开辟了"与名家交往印记"专栏，先后发表 49 篇文章。在这些文章中，我回顾了与全国各地名家交往的一桩桩往事，抒发了难以忘怀的感悟、感慨和感动。后来，我将这些文章结集出书，定名为《名家的睿智》。

著名作家、学者冯骥才看罢这本书后，特意给我发来一张自拍的照片：一手捧着这本书，一手挑起大拇指。同时，还写下这样一句话："这本书有长久的价值。"

冯骥才是中国文化界的领军人物，他所取得的成就，实在太丰硕了！

在文学方面，他创作了大量的作品，有的被拍成电影，有的被拍成电视剧，作品译本遍及 20 多个国家，还是当代作品入选中小学课本最多的作家；在绘画方面，他在多个国家和中国多座城市举办画展，将传统的文人画注入现代气息，以一种"不一样的画"在画坛独树一帜；在文化遗产保护方面，他做了大量富有成效的工作，鉴于贡献卓著，被誉为"民间文化守望者"；在教育方面，他在天津大学建立"冯骥才艺术研究院"，承担多项国家社会科学基金和研究基地的工作，科研成果十分丰富。

每每历数他取得的成就，我总感到很难说得全面、说得深刻。在他 70 岁时，我曾听过他的一番表露："一个人在 70 年里能做和所做的事情太多太多。这里，只能简单地选来我最重要、最倾心的四个方面，即文学、绘画、文化遗产保护和教育。"也就是这四个方面，被他比喻为"四驾马车"。

这本书能够得到冯骥才这般评价，不仅实属难得，而且让我十分感动。在感动之余，我又不禁产生这样的感想："这本书中的文章，首先在《中老年时报》发表，这足以说明这份报纸有品位、有格调、有气派，是一份很有分量、很有影响的报纸！"

还让我非常高兴的是，我所写的这些文章，深深地受到《中老年时报》读者的欢迎。

我未曾谋面的读者王宗征，特意给《中老年时报》写来一篇读后感，发表在编读版上。他写道："我像'追剧'一样，不断地追读《中老年时报》岁月版中'与名家交往'系列文章……这些系列文章，蕴含着人生的哲理，跃动着艺术的音符，滋润着我的心田，让我在获得美好享受的同时，得到了深刻的启示。"

与我比较熟悉的读者于江云，在一天晨练时，突然给我打电话说，每逢我所写的文章一发表，他那些在公园晨练的朋友，总要纷纷议论一番。他还说，通过阅读这些文章，勾起了大家青少年时期对名家景仰的美好回忆，感到分外亲切。

我非常敬重的一位老市领导，一连几次跟我说，对于我所写的文章，他很感兴趣，每篇都要看，感到有深度、有可读性，会让人们从中了解名家取得成功的经历，从而受到教益。

如此等等，不胜枚举。

我心里清楚，这些文章尚有不足之处。然而，这些来自各方面的反馈，又让我得到这样的领悟："这些文章发表于《中老年时报》，都是读者看《中老年时报》后所做出的反应，这足以说明《中老年时报》很'接地气'，是一份深受广大读者欢迎的报纸！"

回想起我在这些文章中所写的名家，分别来自科技界、教育界、文学界、电影界、戏剧界、曲艺界、音乐界和体育界。他们不仅在全国有名气，并且在各自的岗位上取得卓尔不凡的成就。所以他们赢得了人们的敬佩，也让自己声名远播，甚至家喻户晓。

他们的成功，不是偶然的而是必然的，是由于他们有着很高的素养，包括思想素养、文化素养、专业素养和心理素养等。于是，我将所写的文章，依次分为9个部分："胸怀远大抱负""有着高尚的品德""勤奋是本性""凡事都非常认真""以吃苦为乐""把机遇紧紧抓住""特别珍惜时间""努力保持好心态""必不可少的健身"。由此，从不同的侧面展现了他们的素养。

当我将这些文章写完并准备结集出书之际，突然萌生一个念头：这些名家既然都有很高的素养，也都是不平凡的人，无一不充满了睿智，那么这本书堪称一座丰富的、珍贵的"智库"。如果走进这座"智库"，无疑会让更多的人大受裨益，从中受到启迪、受到教育、受到鞭策……

我想，在纪念《中老年时报》创刊 30 周年之际，我结集出版《名家的睿智》一书，正是献给《中老年时报》的一份礼物！

开门办报传家宝

王遇桥

一份报纸依靠什么让读者爱不释手？当然是开卷有益，每天必读且津津乐道；一个新闻团队有着什么样的魅力让读者时常围绕在他们身边？当然是敞开心扉，直抒胸臆，成为广大读者的良师益友。

这份报纸就是《中老年时报》（原名《天津老年时报》），这个新闻团队就是《中老年时报》的编辑记者，这份深受广大读者喜爱的报纸已经走过了 30 年的历程。

《中老年时报》将"以儿女情怀办报"作为宗旨，从而树立了"开门办报"的风格。30 年中，从总编到编辑记者人员更迭，但"开门办报"的这一传家宝始终没丢。

我目睹了《中老年时报》开门办报的历程。从 1992 年至 1998 年，这份报纸的社址在川府新村。而我供职的报社在《今晚报》社激光照排，拼版的办公地点与《中老年时报》在同一层楼，相隔门卫也就 3 米的距离。当时，来访者与门卫的交谈声不绝于耳，从他们的交谈中发现上门到访的人以《中老年时报》的读者居多。许多年迈的老人甚至不惜倒几次公交车也要来到报社，春节期间也不曾中断。同是读者，找同一楼的记者编辑需要电话预约，商定时间，大厅等候。而找《中老年时报》的读者只需在门卫那登记后，就可进入报社。报社的编辑记者还会热情地迎上前去，倒上一杯热茶，与他们说报纸、谈稿子、拉家常，听取他们的意见与建议。即使在繁忙之中，也会拉上两把椅子到大厅中交谈，每个到访者告别时脸上都洋溢着笑容。毫无疑问，"开门办报"把读者当成良师益友，让读者如沐春风，拉近了与报社的距离，由此让广大读者喜爱上这份报纸。

后来，《中老年时报》从川府新村迁到南京路，如今又到现在的新址，但"开门办报"的风格一直延续着。随着通信设备的日新月异，《中老年时报》再次创新"开门办报"，在一版公布了编辑记者的值班热线电话，定时接待读者，读者甚至可以加编辑记者的微信，编读往来比以前更方便快捷了。

如果说将读者当作良师益友是"开门办报"的肇始，那么，编辑走出编辑部，深入一线、深入基层，则是"开门办报"的深化。2003 年 5 月，老城厢拆迁启动，我在听居委会汇报时了解到这样一件事：板桥胡同 52 岁的杨凤兰夫妻二人与婆婆在 12 平方米的小房内一住就是 26 年，屋中间只用布帘隔断。我觉得这是一个新闻线索，立即向副总编辑赵胶东做了汇报。他听后立即让我和杨凤兰约定采访时间，到她家进行现场采访。在此期间，赵胶东不仅当面采访，而且实地观察杨凤兰家的居住环境，在采访中，赵胶东特意用手摸了摸杨凤兰家用于挂布帘的铁丝。这一细节体现了他的敬业、细心，给我留下深刻的印象，至今未能忘记。稿子写成后，赵胶东又单独两次去杨家进一步采访、核实。我想，只有心里装着读者的编辑记者才能做到这样。

这篇《杨凤兰摘掉 26 年老门帘》在《中老年时报》一版发表，受到广泛好评，央视《新闻联播》还以此为素材进行了报道。2003 年底，在天津市好新闻评选中，该新闻获得二等奖。获奖对于编辑记者晋级、奖励、评定职称至关重要。但是当我从赵胶东手中接过获奖证书时，发现我是第一作者，他的名字排在我的后面，他还将奖金全部给了我。2006 年，赵胶东与另一位老师和我合作的作品又获市级二等奖，他们亦是同样的做法。我感悟到：正是因为有了高素质、高水平的编辑记者，才有了这样一份优质的报纸。

30 年，一个人还是青年；30 年，一棵树已长成栋梁；30 年，一份报纸还朝气蓬勃。愿 30 岁的《中老年时报》青春永驻，越来越好！

七律·《中老年时报》三十华诞致囍

王海福

今年是《中老年时报》创刊 30 周年。30 年来，《中老年时报》辛勤耕耘，春华秋实，硕果累累，为中老年读者开辟了一方认识世界、丰富知识、解读心灵、抒发感情、颐养天年的窗口和福地。幸甚至哉，不亦乐乎！值此 30 周年之际，故以诗鸣谢，长歌为颂。

追风逐日夙躬耕，拔萃群芳最动情。
图引中华山与水，文传世界雨和风。
杏林颐寿捉明月，诗苑放歌吟绿萍。
花底卅秋承玉露，回春翁妪晚霞红。

父亲与《中老年时报》的情缘

王冠峰

转眼之间,《中老年时报》创刊已有 30 年。作为多年的读者,我谨向辛勤办报的编辑记者致以敬意!感谢他们 30 年来奉献给广大中老年读者一份贴心的好报纸。

值得一提的是,我的父亲,著名书法家王明九也特别喜爱《中老年时报》。他尤其喜欢副刊和养生方面的文章,读到一些掌故逸事、中医药保健验方还要剪下来粘贴留存。直至 2001 年 3 月,父亲近九旬高龄,仙逝前已积累了厚厚三大册"剪报集锦"。

实际上,我父亲和《中老年时报》还是颇有缘分的。多年前,我从《天津老年时报》(《中老年时报》前身)中见到多篇缅怀父亲的文章以及留影。其中有天津美术学院教授王振德、文化学者章用秀的撰文,还有《天津日报》记者杨克于 1981 年 12 月在本市二宫拍摄的"王明九先生书法展"开幕式上父亲挥毫作书的照片,不胜枚举。这些文章和照片已成为

《中老年时报》对父亲生平行事与书法活动的记录。

最近，我们兄弟姐妹受有关领导、文化学者与同道朋友的鼓励，开始整理父亲留下的书法著述文稿，和他创编的书法专著及书法作品。父亲不仅在晚年创编了《章草汇编》与《草书汇编》两部大型专著，且一生都在致力于为中国文字、国粹艺术立传，为章草绝学立说。因此，许多文化学者认为我父亲以国学为根基，以毕生的文化自信，走出了一条包纳古今、自成体系的艺术道路，形成专精广博、独树一帜的艺术风范，是帖学的一代巨擘。

在此期间，《中老年时报》成为我的良师益友。在时报编辑的帮助支持下，我们陆续整理记述的有关父亲翰墨生涯的一些文章陆续被刊发，其中包括：20 世纪 80 年代，老一辈革命家陈云、邓颖超分别委托专人给予父亲亲切关怀和勉励；中央有关领导陆定一、张爱萍、杨静仁、程思远为父亲书法展题写展名；全国政协副主席汪锋在天津工作时，约见勉励父亲；父亲与书坛寿星孙墨佛的交往以及孙墨佛先生为父亲《章草书学千字歌及注释》撰写长篇序言；父亲青年时在上海学习、工作12 年，追随恩师前清太史程宗伊研习书法；与沪上书画大家冯超然、吴湖帆、吴东迈、金梦石、蒋通夫、邓散木等交往的轶事……

回想起来，我和父亲与《中老年时报》并不仅限于读者与报社的关系。对于我和父亲而言，《中老年时报》更像是一位志同道合、深情厚谊的好友。他曾经丰富了父亲的精神生活，现在又开始回忆父亲的一点一滴，仿佛始终陪伴在父亲身边。现在，每当我捧起《中老年时报》，脑海中总会浮现父亲的身影……

愿《中老年时报》这位良师益友能够永远和喜爱他的读者并行！

"分享"最是时报好

杨茂江

翻开《中老年时报》浏览众多版面，我们会看到不少"分享"中老年人内心真情实感的栏目，如岁月版的"悠悠深情""岁月絮语"；家庭版的"生活故事""心态漫谈"；副刊的某些散文、随笔和"龙门阵"，等等。这些栏目刊发的篇篇美文，与阅历广、见识多、有故事的离退休人士渴望"分享"的心理期许和精神需求十分契合。此种"分享"，既是老年人的一种需要和境界，也是一种感情的传递和思想的交流，它凸显了时报"以儿女情怀办报"的特色和优势。

我是 2010 年退休的，这年时报也从《天津老年时报》更名为《中老年时报》。此时，赋闲在家的我与其结识，大有幸逢知己、相见恨晚之感。多年来，时报每每"分享"他人蕴含着真情实感的佳作，不仅深深地感动了我，而且使我受到启迪，心灵得到净化，素养得以提升。更为欣喜的是，当年我这个刚刚退休的铁路员工，居然也拿起笔，敞开心扉，尝试着写些稿子投送时报，多年来，竟也不时有作品见诸报端，与读者"分享"。

"分享"亲身经历的情感故事。2012年8月9日，时报在岁月版头条发表了我写的《甘愿受骗的老师》一文。文中叙述了"节粮度荒"时期的一件小事。那时我上小学四年级，在一次剥核桃仁的学工劳动中，我没能经受住"美味"的诱惑，偷偷将两个拣出来不要的霉核桃吃掉了，不料被同学发现报告了老师。年轻的女班主任接报后，没有当场揭穿我编造的谎言，而是平和地说了一句"老师相信你，以后注意就是了"，并向我投来温和、信任的目光，使我得以保有自尊，自省过失，走出初始人生的困境。

老师的这一善举，对我之后的人生走向大有裨益，令我感动不已，久久难忘，但也苦于无处倾诉和以某种形式感恩老师。时报编辑像是我的挚友，深知我的所思所想、所诉所求，及时编发了此文，消除了我心中多年的遗憾，让我倍感欣慰，同时，也激发了我的写作热情。之后，我相继撰写了多篇诉说真情故事的文章，均被时报刊发，如《善行，无辙迹》《小时候父亲对我讲》《那些令人感动的目光》《母亲的告诫》等。虽然讲述的都是些自己或身边的凡人小事，但其中洋溢的殷殷之情，让人们感觉到人与人之间的温暖和美好。

"分享"切身实在的生活感悟。老年读者需要情感的呵护，更离不开理性的抚慰和疏导。2016年9月8日，我写的一篇题为《生活是打包来的》的文章，被时报家庭版"心态漫谈"栏目采用。这篇文章针对周边一些老友在住房、退休金、子女、配偶等方面的种种吐槽，从自身经历的坎坷和家庭遭遇的不测等方面，诠释了"不如意事常八九，一家一本难念的经"的生活常理，阐述了这样一个观点："这个世上没有圆满的幸福，每个人都是被咬掉了一口的苹果"，"我们每个人都要善待生活打包所带来的一切，既要有品尝幸福的心情愉悦，又要有吞咽痛苦的承受能力"。

这篇文章见报不久，时报家庭版"来函照登"栏目发表了一位读者写的读后感，文中写道："该文针对性强，说理透彻、实在，颇具说服力，读之，如品香茗，沁人肺腑，有清心醒脑之感。"他还表示，要把这篇文章推荐给他的一个屡遭磨难、心情郁闷的老友，希望能助他一臂之力，化解心中的块垒，以赢得晚年的快乐和幸福。这对我既是鼓舞和激励，也是教育和提升。

"分享"所见所闻的正能量见地。这是中老年人的初心使然，也是时报的职能所在。2013 年 9 月的一个周末，我和女儿去"水滴"观看中超京津德比大战，比赛精彩激烈，并且我的家乡球队以 1：0 获胜，按说我应该开心才是，可我怎么也高兴不起来。原因是，我在球场内外看到了太多的诸如升国旗不起立、叫骂声不绝于耳、厕所里随地便溺甚至往洗手盆里小便等不文明现象。我意识到，这是一个倡导文明礼貌风尚的好题材。于是，连夜赶写了一篇文章投给时报，三天后即被副刊"龙门阵"栏目以《竟然尿到洗手盆里》为题发表，并得到编辑的好评。

事后我才知道，当时天津市正在筹办东亚运动会，很需要在全市营造一种文明观赛、礼貌待客的氛围，而这篇文章所宣传的观点，正好契合了市领导的要求和形势的需要，因此文章得以很快见报。近年来，我写作的这类文章涉及子女教育、人际关系、退休心态、网络流行语等多个方面，相继被时报岁月版、家庭版和副刊发表，为弘扬社会主义核心价值观、改善社会风气尽了自己的一点绵薄之力。

"分享"最是时报好。作为普通读者、草根作者最好精神家园的时报，其30年来带给我们的心灵滋养和情感温暖是无以言表的。衷心感谢之余，期待时报在新征程上，不忘初心，不负众望，年年出新，期期出彩，真正把我们的自家报纸，打造成深受中老年读者欢迎和喜爱的文化品牌。

从剪报到写文章

齐士杰

我的书橱里有七八本《中老年时报》（原《天津老年时报》）剪报，整齐地排放在第二层上。类别有新闻、副刊、岁月（原春秋）、颐寿、学苑……翻看这些剪报，我心潮起伏：时光荏苒，时报已陪伴我走过了十七载。

2005 年夏季的一天，父亲兴奋地告诉我："李老师的文章《夹花篱笆》刊登在《天津老年时报》上了！"李老师是我初中时的语文老师，出于对他的敬重，我开始关注时报。很快又拜读了李老师发表的《柳溪大姐》《当年"大包干"》等文章，敬佩之余也使我产生了写作冲动，梦想能像李老师那样在报纸上发表文章。

一个周末的上午，我带着自己的三篇习作去找李老师指导。李老师看完我的习作，很快拿出一摞《天津老年时报》，选出一些文章，就像当年给我们上课一样，一篇一篇地指点着给我讲解分析，还拿出十几本他的剪报给我看。李老师的剪报每本都装订得很精致，内容更是丰富多彩，其中以《天津老年时报》的文章居多。李老师建议我也搞点儿剪报，他说："读报时把好的文章剪下来，粘贴起来装订成册，积累得多了，就是一笔珍贵的财富，写作时可以参考借鉴。"

回到家，我把积存的时报拿出来，用一整天时间把自己关在屋子里，一边听着半导体里的轻音乐，一边剪贴感兴趣的文章。在剪贴过程中，我就势把那些美文重读了一遍，不想又有了新的感悟：张兆琦的《以通俗表达深刻》，让我体会到"用通俗表达深刻、用大俗传递大雅"的语言表达境界；闫晗的《怎样写穷》，加深了我对"写作要用细节来支撑"的认识；孙玉茹的《我的知情爱人》，文字间流淌出来的真挚感情令我感动；王春晶的《苣荬菜》，唤醒了我对家乡野菜的情结……

这些剪贴下来的文章对我启发很大，成了我修改习作的重要参考资料。当我把认真修改后的《杏花雨》《生日的鸡蛋》《难忘故乡那条河》等回忆性散文拿给同事们看时，大家的眼里都流露出赞许的目光，并鼓励我向报社投稿。不想这些尚显青涩的习作，竟被《中老年时报》陆续发表了！

成功的喜悦无时无刻不在鼓舞着我。自此，我不仅跟李老师学会了剪报，还开启了给时报写稿的生涯。

从读报到剪报，再到写文章，我像幼童学步一样，在文学的广阔天地里不停地跋涉前行。在此，我要感谢时报编辑老师的耐心指导，感谢《中老年时报》这位良师益友！

我与时报的"六个唯一"

周运亨

1995 年，我退休赋闲在家，内心有些许落寞和惆怅。这时，《天津老年时报》（《中老年时报》前身）走进了我的生活。从此，时报成了我的精神家园，在这里我重拾了曾经的希望和梦想。27 年来，我年年订报、看报，并完成了从一名读者到作者的蜕变。自 1997 年 1 月我发表第一篇文章起，至今我在时报各版面发稿 92 篇，计 10 万余字。

我的文笔一般，时报却给了我许多鼓励和表彰。在这里，我列举我与时报的六个"唯一"，以深表对时报的感谢和敬意。

一、1998 年 1 月 21 日，时报社搬入今晚报大厦后不久，在新址表彰优秀通讯员，我名列其中，虽然当时我岁数已不小，却是被表彰的通讯员中最年轻的一位。二、2012 年是时报创刊 20 周年，我是铁路系统中唯一一名被时报评为"荣誉读者"的人。三、2013 年 9 月，南开大学校园内开展"孝感天地，报答父母"活动，在时任社长张玲的带领下，我作为唯

一的读者代表，向南开大学的学生们做演讲，号召学生们对父
母进行精神赡养。四、2014 年 4 月 23 日，时报组织"天津第
二届中老年文化节"，我又作为唯一的读者代表，与时任市作
协党组副书记万镜明、今晚报社社长鲍国之、天津社会科学院
原院长王辉等领导在主席台上就座，并在大会上发言。五、
2014 年 7 月 16 日，时报召开座谈会，特邀 10 名作者及读者参
加，在参会人员中，我是订报时间最长的一名读者，并在会上
发表了意见和建议。六、2016 年 3 月 18 日，时报医学顾问、
国医大师阮士怡从医 75 周年欣逢百岁生日，时报为大师举办
祝寿庆典，我作为年龄最大的一名读者代表参加活动并作
发言。

时报给了我如此多的荣誉，令我无比骄傲和自豪。与此同
时，我同报社各位编辑和记者建立了深厚的友谊，成了知心朋
友。2015 年，我给家庭版发出《火锅芳香》一文，时任编辑
付殿贵妙笔生花，将《火锅芳香》改为《火锅飘香》，虽改动
一字，但文章"活"起来了，立意和内涵都得到了升华。2019
年 8 月 16 日，我给岁月版投去《看戏聊戏》一文，文中列举
了 50 多出戏曲剧目、近 60 名演员的姓名，其中，有 3 名演员
的姓名我写错了。时任编辑吕金才知道我不会用电脑，便通过
电子邮件告知我在大洋彼岸的女儿，女儿再转告给我，这种负
责的精神令人敬佩。

时报关心和爱护作者还体现在一个方面，就是维护作者的
合法权益。2012 年 4 月 5 日，我撰写的《名言治心病》一文，
于 2016 年 11 月 2 日被人抄袭。颐寿版时任编辑冯增贤得知这

一情况后，立刻找到抄袭者本人，对其剽窃别人作品的不道德行为给予了严肃的批评教育，并按有关规定作了处理。

从1995年退休至今，时报陪我走过了27年。暮去朝来，我每每端坐在阳台，捧一份时报、品一杯香茗，似一股甘泉浸润了我的心脾。如今我已88岁高龄，阅读和写作仍是我生活的主旋律。感谢一代又一代时报的编辑记者，他们以儿女般的情怀办报，用自己的智慧和汗水，把这颗幼苗浇灌成参天大树！

让报纸扎根于群众之中

柳　岸

《天津老年时报》(《中老年时报》前身) 于 1992 年 7 月 1 日创刊。为了一炮打响,《今晚报》编委会决定, 由时任总编辑李夫同志兼任总编, 两位编委担任副总编。回顾时报的创办历程可以八个字概括:"扎根群众、服务读者。"

毛主席在与《晋绥日报》编辑人员谈话时曾强调:"我们的报纸也要靠大家来办, 靠全体人民群众来办, 靠全党来办, 而不是只靠少数人关起门来办。"《中老年时报》也是按照这一方针, 深入群众当中, 广泛组织培训通讯员, 既扩大了报社的写作队伍, 也丰富了诸多中老年人的文化生活。

20 世纪 90 年代初, 正赶上"四零五零"人员下岗潮, 许多职工回到社区。如何倾听他们的声音? 怎样把时报办成他们的知音? 办好这件事不仅能解决他们精神上的空虚, 也可以助力时报在群众之中立足。于是, 报社与市社联、市老年大学、各区老年大学合作, 分散创办了十多个通讯员学习培训班。

《天津日报》的老前辈和时报采编人员，通过参与培训班的授课和讲座与学员结下了亦师亦友的关系，增强了时报与群众的亲和力。许多提前退休的工人通过学习，捅破了"写作"的神秘面纱，成为通讯员骨干。经过四年的培训，200 名优秀作者脱颖而出，分四个批次获得通讯员证。这些人不仅成了铁杆读者，还成了骨干作者，更成了时报发行的宣传推动者。当年五十来岁的通讯员如今已到耄耋之年，仍然笔耕不辍，时报也成了陪伴他们晚年享老的精神家园。

老年群体是报纸生存的土壤，时报也应成为老年人群心中的百花园。为了广泛联系读者、服务读者，时报开展了多种多样的文化体育活动，如"黄昏恋相亲会""门球队""医学专家服务日""金秋采摘""金色快车旅游"，等等。其中，组织老年人国内国际游成为时报的品牌。

随着老龄化的加速，银色浪潮扑面而来，新一代老人对旅游的需求极大。在此背景下，时报与中央电视台《夕阳红》节目合作，组织老年人开展国际国内游。为了更加安全、高效、低价，报社与铁路部门协商，选用国际列车退役下来的小包厢软卧。同时请铁路部门在运行上予以保障，让旅行社在线路上予以优选，保证老人这一趟玩得放心、舒心。启程当天，报社以欢送贵宾的方式送参加旅游的老人登车，不仅有老年锣鼓秧歌队在天津站广场欢送，还有市老龄委领导同志上火车亲自送行，极大地提高了报纸在读者心目中的分量。

20 世纪 90 年代末，为了一睹回到祖国怀抱的香港的风采，报社连续五年冬季都要组织老年人"金色快车"专列，走大京九线。编辑记者随同采访，并通过有线广播向老年人讲解风物与典故，使旅游成为一次立体化的读书会。每次回津之后，老人们都流连于兴奋和难忘的回忆之中，纷纷书写散文诗歌向报社投稿。

一晃，时报创刊已到而立之年，同时也日益壮大，一度发行量突破 20 万份，广告年收入 2000 万元，成为全国老年类报纸中的佼佼者。这一切当然得益于时报在人民群众中深深地扎下了根。正所谓人民群众是报纸的土地，时报这枝媒体之花，永远也忘不了泥土的恩情。

时报圆我新闻梦

李耕平

30 年前，家父正式退休，回到家中订了《今晚报》，后来又订了《天津老年时报》（《中老年时报》前身）。

父亲是纺织工程师，喜爱文学，新中国成立后曾成为《天津日报》的通讯员，后来由于工作繁忙，就没再写文章。退休之后，又拿起报纸关心国家大事，读报、剪报、抄报成为他新的"工作"，特别是看《中老年时报》的时候，他特别仔细，不仅剪报，而且会把喜爱的文章用笔抄录下来。

受父亲的影响，我从青少年时期就喜欢读报，并与新闻结下了不解之缘。上高中时，计划考大学新闻系当记者，可是后来上山下乡去了大西北，记者梦也随之破灭。1996 年我调回天津以后，一直在家看《中老年时报》。后来，我看到时报举办了通讯员学习班，我的新闻梦也随之再度燃起，遂报名参加了报社的第八期新闻通讯员学习班。

一次，我得知天津某鞋厂在重阳节向全市 80 岁老人赠送健步鞋的消息，立即与时报记者王文军取得联系，相关文章第二天就在头版发表了。这篇文章在社会上引起很大反响，以致打去报社的咨询电话响个不停，甚至影响了编辑的正常工作。我知道此事后很不好意思，时任总编马志林却给予我夸奖和鼓励。从此，我背上书包、拿起照相机、带着笔走向社会采访。

2015 年 7 月 5 日，我所在社区举办清真养老食堂炸油香活动，老年人可以免费品尝。我将照片和文章传给报社，编辑觉得此稿很好，于是让我再增加一些文字说明，第二天发表。我收到电话后马上补充信息，并传送过去，至今依然记得那天直到晚八点编辑才下班，这种忘我的工作精神实在令我感动。

第二天，我看到这篇文章在时报头版头条位置发表了，高兴得眼眶都湿润了。作为通讯员，自己的文章竟得到编辑如此的赏识，心中的激动久久不能散去。

从此，我陆续在时报家庭版、社区版、岁月版、知青版上发表了一些文章，并和这些版面的编辑成了老朋友。

今年是《中老年时报》创刊 30 年。我当年熟识的老领导、老编辑大多都退休了，现在已是年轻人接班，与此同时，人们获取新闻的路径也变成了智能手机。但是，我们老一辈的读者朋友们，对时报的热情依旧没有减退，时报也依然如亲切的老友一般，陪伴在我们的身边。现在，纸媒的发展虽然陷入困顿，但我衷心希望时报能够披荆斩棘，如穿透雨后云层的阳光一般，照亮我们老年人的心，陪伴我们度过美好的晚年。

时报带给我的三次惊喜

孟宪武

我退休之前，《中老年时报》叫作《天津老年时报》。当时，我觉得那是老年人的报纸，所以不太关注。退休以后，感觉到自己已是老年队伍中的一员，就对时报产生了兴趣，不仅订阅了时报，并尝试投稿。

这些年来，我在时报上发表了数十篇文章。特别在岁月版上，我在文章中一次又一次拾取我往日的记忆：回忆童年的《童年眼里的红白事》，回忆青少年的《当年防"02"》，回忆中年的《山乡夜诊》……始料不及的是，有的文章竟引发了一些令我惊喜的人生逸事。

其一，2009 年，我所写的文章《天津报人孟震侯》在岁月版上发表。孟震侯是我的曾祖父，当年与周恩来、马千里等一起支持学生爱国运动，并在反动派的监狱里经受过考验，后来又克服困难帮周恩来出版了《检厅日录》，可谓革命的同路人。文章刊出后不久，我突然接到失联六十年，现居台北的孟震侯的孙辈、我的姑姑画家孟昭光的来信。原来，读者中有与孟昭光相识的，在时报上读到该文后，即把此情况电告她，笑称你们孟家在大陆的亲戚"浮出水面"了。就这样，我们海峡两岸的孟氏家族恢复了联系。当我曾祖父在台湾、云南和天津的晚辈一起欢聚于海河之畔的时候，大家由衷地感谢《中老年时报》。

其二，2012 年 6 月前后，岁月版先后刊登了六七篇关于回忆"六二六医疗队"的文章，都是我们曾下放到广西的天津医务人员及其家属写的。例如易浚华的《"六二六"我们去广西》、我的《记忆中的"六二六"》、路怡的《"六二六"童年往事》等，这些文章引起了读者和有关方面的关注。后来每逢"六二六"，报社领导还建议有关编辑继续约此类稿件。没想到 2019 年初，广西卫健委发出通知，要求广西各地收集"天津医生"的相关资料，以便在新中国成立 70 周年大庆之际，大力宣传和表彰天津医务人员的先进事迹和高贵精神。于是，这些《中老年时报》似有先见之明的刊登的文章，在负责这项工作的《中国人口报》记者王广涛和广西文史馆等老师的手中，好似一朵蓓蕾，逐步绽放成为一本巨型画册——《天津支边医生在广西》。该画册于广西各个地区的大型展览中巡回展出，并成为广西献给新中国成立 70 周年的大礼。这本画册的封面上印着："回望岁月，天津支边医生与广西人民早已命运相嵌，情深意长。"令我们这些曾在广西山区工作十年的天津医生极为感动。

其三，在岁月版上，我常看到一个作者的名字"赵学俭"。当时我想：这人是我在医学校的同学吗？当年我们是同一个宿舍的学友啊，他是学药的，怎么写起小说来了？后来一想，我是学医的，不也学着舞文弄墨吗？我打电话向编辑询问，得知他果然就是我的学友。我们二人从 20 世纪 60 年代毕业分开，迄今已有五十多年了。见面之时，初看不敢相认，再看才发现对方有些当年的轮廓，遂定下心来握手、拥抱，完全恢复了当年的模样，真是"青丝白发一瞬间，音容笑貌依稀见"。经过几十年岁月的坎坷，最后在《中老年时报》的岁月版上重逢，令人感慨万千。

联想到吕编辑前不久写的"我与时报 30 年"征文——《我们走在大路上》，顿生同感。我想，对于像我这样的老年读者、老年作者来说，我们走在《中老年时报》这条宽广的大路上，在报社领导和各位编辑老师的"搀扶"下，如今依旧能为《中老年时报》以及自己谱写更加幸福快乐的"岁月"，这是何等荣幸和有意义的事情。

愿我们永伴"岁月"度岁月……

时报创刊前的一次座谈会

王 戈

1991年秋天，《今晚报》上发布了一则要在转年创办一份老年报纸的消息，文中在阐明办报主张和宗旨的同时，还请广大读者为新报出谋划策，目的是拓宽报纸的栏目，丰富报纸的内容，更好地满足读者的需要。那时我尚处中年，且对报刊情有独钟，如同发现新大陆似的意识到，我们天津又要有一份好报纸了。我抄起纸笔写下自己的想法和建议，在结尾还加了一段顺口溜："今晚报社高人多，明年又有新举措，听说要办老头报，拍拍脑门我说说……"

30年过去了，当时写的什么建议和想法，我已经记不清了。但没想到的是，不久后报社居然来信邀请我去参加座谈会，并说我的建议得了一等奖！

那是我有生以来得到的第一个一等奖。今年我已七十有余，仍感觉被那个宝贵的一等奖的光环所笼罩。

座谈会由今晚报读者俱乐部召集并举办。会议在下午召开，一直持续到天黑才结束。出席会议的有 20 多位来自天津各区的读者代表，年纪都不小，有几位已是白发苍苍，只有我和另一位代表是四十多岁的年纪。社方对此次会议高度重视，从会议的规模、茶水小吃的摆放、奖品的陈列，以及对参会者的迎来送往，无不显示出报人极高的文化素养和亲切待人的工作作风。

会议主持人的姓名我已经不记得了，只记得他是读者俱乐部的主任，处级领导，参加过天津地铁一号线的施工报道，一看就是位精明强干的人。他首先热情地向大家表示欢迎和感谢，而后让与会者畅所欲言。他最后一个字还没说完，会场就一下子"开锅了"，老同志们带头鼓起掌来，然后迫不及待地逐个发言，而且说得都非常精彩。我挺身坐着，两眼紧盯着每个发言人，期盼着快点轮到我。

终于到我了，可我又语塞了，因为之前想好的东西早让人家说过了。我只好做个自我介绍，说自己以后要多多参加这样的活动、报社举办这种广开言路的活动是非常有益的。

如今，我还能感觉到 30 年前那场座谈会带给我的快乐。在那里，我得到了尊重，受到了礼遇，体会到了报社读者一家人的感觉。

实际上，今晚报社里的编辑个个都是行家里手，他们整天研究报纸，我们的建议也许人家早就想到了，这次座谈会其实是给读者和编辑面对面交流的机会。

群众路线是党的根本工作路线。以这次座谈会为开端，深受中老年读者欢迎的《中老年时报》一直走的就是群众路线，且延续至今。编辑听听读者的发言，和读者面对面畅谈，既是对读者的负责，也是对党、对社会负责。

我与时报结缘同行

简文淦

今年，《中老年时报》将迎来创办 30 周年的社庆，在此之前，天津著名作家蒋子龙先生以他的《副刊是报纸的面孔》一文，揭开了时报创办 30 周年庆生的序幕。回首过往，时报伴我日日夜夜，我也与时报共成长。作为时报忠实的读者，理应投入到活动中来，浅表自己对一直所钟爱的《中老年时报》的美好祝愿。

我与时报结缘是在退休后。记得是偶然机会去家门口书报亭买了一份《中老年时报》，当时只是将其作为消磨时间的普通读物，后来便开始订阅。从此之后，时报仿佛为我打开了一扇新的大门，丰富了我的退休生活。

2014 年时报招聘通讯员，我报名参加。在时报老师们的鼓励帮助下，我尝试给时报写稿、投稿。经过与时报编辑不断沟通与磨合，十几年来我投稿几十篇，都被时报发表。这些刊登我稿件的报纸，我都保存珍藏下来。

在一次编读活动中,在副总编辑沈露佳的推荐下,我有幸与时任社长张玲说说心里话。我做出两项承诺:一、自己要终身订报。二、要做好家属动员工作,让他们也积极订报。后来,在我的宣传鼓动下,90 多岁的三嫂和两位 80 多岁的姐姐都同时订了时报,高龄的三嫂后来还被时报评为"老寿星读者"。

编读一家亲,时报多年来坚持开门办报的理念,每年都要为读者办上几十场编读互动活动,如剪报展、摄影书画展、读书节、各种讲座等。这些活动可以进一步加深编读之间的感情和交流,有利于推动时报工作的开展。近两年由于疫情,活动暂缓,但始终没有中断。我与老伴儿积极踊跃参加所有的活动,老伴儿的书画作品多次参展,并获得证书和奖励。

2021 年 6 月 9 日,受时报编辑部之邀,我与老伴儿参加了时报编读互动,参观考察了中共中央北方局旧址纪念馆和百年劝业博物馆。我们不仅受到了爱党爱国的革命教育,还了解到天津的商业巨头——劝业场百年的沧桑发展史。

十几年来,我与时报结缘同行,成为一家人。在时报创刊 30 周年之际,我要感谢《中老年时报》,感谢时报的全体工作人员,希望我们继续携手奋进,创造时报更加美好的未来。

时报"搭石"续友情

李克山

小学语文课本有一篇文章，题为《搭石》，说的是乡野间的小溪，人们根据水的深浅，找来一些平整方正的石头，按照一定间隔横着摆上一排，以便行人从上面踏过。该文最后说："一排排搭石，联结着故乡的小路，也联结着乡亲们美好的情感！"这不由得使我想起，曾在《中老年时报》岁月版上发表文章，与失联多年的朋友和老师再度取得联系之事，而《中老年时报》仿佛就是那一块块"搭石"。

一桩有关我父亲的朋友。新中国成立前，父亲在天津北洋火柴公司当工人，有一年患重病数日不愈，请了当时小有名气的中医马壮图诊治。马医生见父亲贫困，每次都不收出诊费，还常常搭上药费，一来二去竟和父亲成了挚友。新中国成立后，父亲回老家务农，便和马家失去了联系。20 世纪 60 年代初，父亲打听到马医生的住处，于是和我提起与马医生那段难忘的友情，希望我带上一些土特产到他家看看。我趁到外地上学路过天津的机会实现了父亲的心愿。后来因为搬家的关系，我们两家又失去了联系。几年之后，父亲病故了，我一直没有忘记父亲与马医生的友谊，写了一篇题为《替父看朋友》的文章，发表在 2013 年 1 月 23 日时报岁月版上。文章发表后的第二天，我出乎意料地接到马医生二女儿马淑英的电话，她说从报纸上看到我的文章，很受感动，便从报社编辑那里找来我的电话。自此，我和马淑英在双方老人故去后又建立起新的友谊。

另一桩有关我的老师。我曾写过一篇叫《难忘灯光》的文章，发表在 2019 年 6 月 20 日岁月版上。文章叙述我在静海一中读高中时，因病晚入学一个多月，病愈到校后便奋起直追。我先是晚自习后到火车站候车室看书，后又在校园角落的路灯下看书。我的"秘密"很快被年轻的女教师钱慧格发现。她找到我说："天越来越凉，你会得病的。我家小厨房晚上闲着，你到那儿去看书吧。"于是，我每晚便到钱老师家温暖的小厨房里学习，钱老师还几次给我送去掺有白菜、胡萝卜的小米粥。大约一个月的时间，我补上了落下的全部课程。期末考试的成绩在五十几人的班里排在前五名，得到班主任刘迎的表扬。还要说的是，钱老师的丈夫吴荫培是作家，他发现我爱好写作，常赠我书刊，使我在写作上受到莫大鼓舞。

岁月淡淡地随风飘过半个多世纪，我却一刻没有忘记那段学习的经历，特别是钱老师小厨房里的灯光。文章发表后，报社吕金才编辑受钱老师委托，很快把她的电话转给了我。于是，我便和年迈的钱老师取得了联系，那种亲密的师生情，通过电波如同温泉般流进了双方的心里……

据我所知,《中老年时报》通过稿件给读者"搭石"的事屡见不鲜。因此，时报不仅是我们增长知识丰富文化生活的良师益友，更是沟通人世间亲情、友情的桥梁。

从 "粉丝" 到 "钢丝"

解继英

我与《中老年时报》结缘是在 1995 年。那一年我刚退休，每天在家无所事事，偶然间出门遛弯走到报刊亭，花五毛钱随手买了一份时报，回家以后认真翻看起来，觉得内容很不错，也挺实用。从此以后，我就隔三差五地到报刊亭购买《中老年时报》，直至开始逐年订阅。

我每天看报、读报、剪报、集报，《中老年时报》仿佛是一个多姿多彩的世界。作为 "粉丝" 的我，喜欢时报中的太多版面。比如休闲版，里面的内容有益于锻炼我们老年人的思维，每次等到答案公布后，还要核对一下自己的答案是否正确，那认真的样子像极了一个学习中的小孩子。岁月版也是我很喜欢的版面。那一篇篇精美的文章，描绘了一代代人的奋斗岁月，那一段段生动的文字，把我带回了从前的岁月……

时报的一大特点是经常举办读者见面会，我非常有幸在会上见到了岁月版编辑吕金才老师。我们交谈甚欢，在一起谈论老三届、"小六九"、当年的团小组……此情此景，至今仍深深印在我的脑海中。

时报读者研讨会还让我找到了阔别四十余年的老朋友。那是在时报主办的一次读书研讨会上，一位同志向我跑来，我们瞬间喊出对方的名字，紧紧拥抱在一起。摄影记者肖怿国老师用相机拍下了这感人的一刻。

自 2010 年后，时报的活动越来越多了，诸如读书节、书画展、简报展、座谈会、"粉丝"证书活动等。记得在一次"粉丝"座谈会上，张玲社长亲自主持大会。她面带微笑，和蔼可亲，讲了当前《中老年时报》的形势和任务，然后邀请我们为时报出谋划策。那一天，大家一起畅所欲言，共同勾画时报的美好未来。我在发言结尾表示："我是'粉丝'，是《中老年时报》的忠实'粉丝'，是铁杆儿'粉丝'。"面对我们这些热心读者，张玲社长眼含热泪，激动地说："你们是'钢丝'。"她深情地握着我的手，那一刻既温暖又感人。这一幕也被拍下照片，刊登在时报 2016 年 9 月 25 日头版。

如今，在《中老年时报》的引领下，我把自己的生活安排得多姿多彩。读报、健身、唱歌、画画，老有所学，老有所乐。每当我看着有关《中老年时报》的画册和笔记本，那动人的一幕幕，都会浮现在眼前。

如今已步入老年社会，我愿《中老年时报》能与我们一起走向未来。今年，《中老年时报》三十岁了。三十而立，大有作为！三十而立，生日快乐！

50 年后在"岁月"中重逢

赵学俭

多年前的一天，我正在四川阿坝州给当地妇幼保健医生开讲座，突然手机响了，只得关机，刚刚下课打开手机立马又响了，看来对方是有急事想尽快联系我，一看屏幕显示是《中老年时报》岁月版编辑吕金才老师。

吕老师在电话里说，有一位天津怡泰医院的孟宪武副院长，也是岁月版的作者，他在岁月版上看到你的文章，于是给我打来电话，请我帮忙联系你。听完吕老师的叙述，那尘封的记忆立刻在我脑海中浮现，孟宪武，是我失散已 50 年的老同学呀！他小我一岁，1962 年夏，我们同届考入天津卫生学校，并同住一个宿舍。

得到孟宪武的电话后，我俩立刻打开了"话匣子"。一个周五的晚上，我请吕老师牵线攒个局，一场跨越 50 年的重逢让我们二人激动不已。

在我的记忆中，孟宪武当年不仅颇有学究风度，且多才多艺，喜好京剧，能拉一手好二胡，与我们班的赵玉玺（曾任山西省药政处处长）、杨宝琪（曾任天津钢管公司医院副院长）、药 12 班的王克新（曾任天津药学会秘书长）是老搭档。

因为在校期间赶上天津"02"疫情（1964 年夏天，受第七次全球性霍乱影响，天津发生了副霍乱疫情，当时把此病称作"02"），我们中断实习去搞防疫，那年由三年制改为四年制，后来毕业又赶上动乱，打乱了一切秩序，我们各奔东西，音讯皆无……

订阅《中老年时报》后，我在岁月版上看到一篇文章，作者写到郊区工作与农民同吃同住同劳动的故事。我感同身受，引发了我在武清搞"四清"的回忆，于是给岁月版寄去习作——《吃派饭》。此文于 2012 年 1 月 6 日在岁月版上刊登。从此，我时不时把往事写成稿件，投给岁月版。

孟宪武说："我也订阅《中老年时报》，起初在岁月版上看见作者'赵学俭'这个名字，大喜，但拿不定这个'赵学俭'是不是我那个同学'赵学俭'，后来又看到了你写的《64 年防'02'》，才确认就是你。"

回眸岁月、叙谈往事是众多中老年朋友的心理需求，《中老年时报》便成了万众瞩目的平台。我的好友孟宪武也和我一样，在岁月版上漫忆往事。他的文章《"六二六"往事》，让我知道了他毕业后参加医疗队去了云南，而我的文章开启了我们二人在 50 年后的重逢。

在祝贺《中老年时报》创刊 30 周年之际，愿所有回眸岁月的读者们在岁月版中与昔日的好友重逢。

让我们一起向未来

习 津

今年是《中老年时报》创刊 30 周年。我作为一名 70 岁的老读者见证了时报的成长，见证了时报队伍薪火相传的壮大历程，还见证了诸多忠实读者成长为时报作者，而我，也是其中的一员。

20 年前我内退下岗，无所适从的我在老父亲的指点下，报名参加了《中老年时报》的通讯员写作班。如今，时报已故的赵胶东老师、文木香老师，已退休的马志林老师、冯增贤老师、吕金才老师，在当时都成为我的良师益友。经过若干年的打磨、锻炼，后来又在董欣妍编辑的帮助下，我由一名热心读者慢慢跨入作者的行列。老实说，我的文化基础不牢固，又没有经过科班培训，刚开始写作没有任何头绪。于是，我就把视角放在大众话题上，通过身边事折射社会现象，同时表达老百姓和老年人的心里话。不想这种方式得到了很多读者的关注，有一批愿意阅读我文章的朋友说："你写的文章通俗易懂、接地气，能在故事里找到你、我、他，有生活的原型，可信。"

有了编辑老师的指导以及朋友们的支持鼓励，在不到两年的时间里，我分别在家庭版、编读版、讲述版、颐寿版等版面发表了文章百余篇。那个时候的我，几乎每天沉浸在写作的激情中。有一次，为了验证一个故事的真实性，我冒着酷暑去见当事人，一谈就是大半天，对方被我的诚意打动，把从没跟父母说过的心里话都告诉了我。我听后感慨万分，回家后连夜写出《走出父爱缺失的阴影》。她的母亲看到后对我说："这些话，如果不是你引导，大概孩子要埋在心里一辈子！"

类似这样的事例还有不少。其实，我写的每一个故事都有生活原型，而读者之所以感动也是因为故事真实、有烟火气。久而久之，为我提供素材的朋友越来越多，我的写作范围也越来越广，丁克家庭、亲家关系、隔代教育、大龄未婚、养老问题，保姆与雇主的关系等都有所涉及。有不少读者看完后给我打电话谈想法，令我感到欣慰。

因为岁数的关系，我可能赶不上时报的下一个三十年。但是，我相信时报会越办越好，因为时报有牢固的群众基础，有准确的办报方针。如今，老年人口在增多，时报的人气和高质量、高水平的写作队伍也会逐步壮大。当然，我也会笔耕不辍，为时报写出更多高质量的稿件。最后，我引用习近平总书记的"让我们一起向未来"作为我对时报的祝福！

父女两代人的"时报情"

焦海梅

20 世纪 90 年代，我正值年富力强之时，记得那时《中老年时报》（当时名为《天津老年时报》）刚刚创刊发行。一次下班途中路过报亭，我好奇地买了一份。那时时报还是小开型的报纸，只有八版，而且还是每周三期，虽然形式、质感不能和现在相比，但在那个时代可是一份贴近百姓、特别是老年人生活的精神食粮。

我购买时报是为了我的父亲。父亲那时刚刚退休，母亲也去世了，他的生活一下子空虚起来。好在父亲心胸开阔、善良乐观，最大的爱好就是喝茶、看报、练太极，我便首选订报来充实他老人家的精神生活。

自打有了时报，父亲的生活好像有了新的方向。每到送报的时间点，他就立刻到报箱取报，然后带上花镜，边喝茶边仔细阅读。

父亲爱惜报纸，即便看完了也舍不得丢掉，而是整整齐齐地摞在一边，以便于回顾。父亲从时报上了解到很多信息，一些新闻趣事成了他和朋友们聚在一起聊天交流的时尚话题。有时发现一些与生活工作相关的知识性、常识性文章，还经常向孩子们推荐。受父亲的影响，我也开始阅读时报，有时还要带两份到单位午休时看。

后来，父亲年事渐高，搬家后又因病住了两次医院，因身体缘故，读报纸已有些吃力。因此，父亲十余年的时报订阅不得不中断。虽然我也不断在报亭买时报给父亲看，可父亲当年看报纸的精气神却不能再现。值得欣慰的是，在父亲年迈，但头脑还清楚的那段岁月里，正是有时报的陪伴，他的生活才得以充实。

光阴荏苒，日月如梭。年轻的时候，我把时报带到单位时都是偷偷阅读，因为担心同事笑话我看一份老年类报纸。如今，我可以踏踏实实地看时报了。退休后我订了多份报纸，其中就有时报。当我再次见到时报之时，尽管对自己即将进入老年人行列颇感郁闷，但还是像见到了久违的老朋友那样亲切。不久，报社根据读者需求，将《天津老年时报》更名为《中老年时报》。随之，我的心理也发生了微妙的变化。每每捧读更名后的《中老年时报》，总有一股愉悦的暖流由心而生。心想：本来我们也不老，干吗弄得跟真老了似的。

更名后的《中老年时报》充分体现了服务性。版面扩增了、栏目丰富了、文章字号变大、标题精炼活泼，不但增添了彩色图片，而且变成了日报。更可贵的是，时报还采取了开门办报的方针，在编读之间架起了连心桥，令报纸质量和受众率得到质的飞跃。

退休后，有《中老年时报》相伴，我的文化生活更加精彩。平常除了阅读报刊，我还喜欢写作，偶尔向报社投篇小稿或积极参加些征文活动，一旦获奖或被采用，也是蛮有成就感的。前些年我的一篇《我的"知青"情结》在岁月版发表后，很快得到了亲朋好友们的赞誉与关注。以后的几年，又有《荡涤心灵的纳木错》《书的尊严》等许多篇文章在时报副刊、岁月、编读、评论、老干部等版面发表。

至今，我订阅《中老年时报》也已经十多年了。在此，我也诚挚地感谢"甘为他人作嫁衣"的编辑老师们，谢谢你们的辛勤付出！时报是中老年读者的良师益友，也是中老年读者情感抒发的友善平台。现在时报已走过三十年，愿时报与他的忠实读者永结善缘，再创辉煌。

时报为我打开多扇窗

孙玉茹

　　《中老年时报》创办三十年了，而我与它结缘才十几年。起初我忽略了报纸名字里的"中"字，以为它是给那些上了岁数的人办的报，而自己还没到"夕阳红"那个阶段。一个偶然的机会，让我结识了《中老年时报》，从此便与它不离不弃、牵手至今。

　　在一次天津作协召开的大会上，时报编辑吕金才拿着报纸来到我们武清会员群中。他感谢老作者扬振关、李克山等人对时报的一贯支持，并鼓励我们大家积极投稿。"《中老年时报》能有适合我写作的园地吗？"带着这样的疑问我开始关注起这份报纸来。在众多版面中，最先吸引我的是岁月版，我觉得在自己的人生经历中也有很多东西可以写出来"晾晒"。不久，我抱着尝试的态度，写了一篇名为《中学时睡的"大连铺"》的小文发给了吕编辑，没想到很快就见报了。此后，岁月长河中那一个个记忆片段如浪花般在脑海里奔涌，我的写作热情一下子被点燃起来。我开始订报、读报、写稿，文章也接连不断地在岁月版上亮相。

不过，创作情绪也有陷入低谷的时候，有时觉得有意义的素材都被掏尽了，难以下笔，就想罢手。可当读了岁月版那些老作者时不时从生活中挖掘出新素材、写出的新文章时，我又受到启发和激励，新的想法就如萤火虫般在大脑中一一闪现，不写出来还会有种骨鲠在喉、不吐不快之感。写作实践告诉我，生活如海洋，是取之不尽用之不竭的源泉，只要想写，素材就会走马灯似的向你走来。

有一次，岁月版上发了一篇"假领子"的文章引起了我的共鸣，我立即动笔写了一篇《大合唱时的假领子》作为读后感，想不到很快在编读版上发表了。之后，我开始向《中老年时报》其他园地开拓。功夫不负有心人，一些文章相继在副刊、知青、老干部、家庭等多个版面发表。我发现，自己的写作道路越走越宽广。

人生的经历，需要慢慢体会；走过的路，需要仔细回味。和《中老年时报》结缘，增加了我对人生的感悟和快乐，也增加了我的获得感和幸福感。我把发表的小文剪下来粘贴在纸上，装订成册。每每打开之时，那些带着写作温度的一张张纸片，立即幻化为我成长道路上一个个精彩的瞬间，于是幸福的花儿在心中开放。

我感谢《中老年时报》为我搭建了写作平台，给了我丰盛的精神食粮。更感谢时报为我打开了多个窗口，拓宽了我的视野，也让我平凡的人生有了点点星光。岁月如歌，多年的写作实践给了我这样的感悟：经历就是财富，坚持把美好的经历写出来，不仅使自己的人生闪亮，还能照亮别人的生活。

我真诚地祝愿《中老年时报》越办越好，我愿与她永远相伴！

我与时报的美术缘

贾万庆

　　小时候我家条件不太好，一家七口人的生活只靠父母不足百元的工资维系，我基本是靠免去学杂费才读完小学的，至于报纸杂志什么的根本就接触不到。后来，我很早就下乡了，当时也只是偶尔晚上到队部，才有可能见到报纸。多年后我选调到天津港，工作室紧邻图书馆，这时我接触到了《中老年时报》。从此，时报为我打开了一扇学习的大门。

　　因为对绘画感兴趣，经过多年练习，我开始尝试在时报上发表美术作品，几次刊发之后激发了我的创作兴趣，还在"画中有诗"栏目中与名家诗作合璧刊出。2021 年，北京举行"纪念新红学 100 周年、中国红楼梦学会成立 40 周年暨 2021 年学术年会"，我有幸作为特邀代表出席，并展出拙作《大观园》手卷。后来，时报将《大观园》手卷截图并配诗刊发。这段经历成为我对时报最美好的记忆。

七律·贺时报创刊三十周年

金　梁

对象纯真主旨妍，竭诚服务老中年。

高吟晚岁谈风雨，妙语平生步圣贤。

益友故人千里道，名流知者万家泉。

津门骀荡莺啼享，卅载良师筑梦圆。

良师益友相伴而行

梁凤岗

我与《中老年时报》相伴已有 25 年，深深体会到时报是我的良师益友。

记得 20 年前，刘纪胜老师看了我的一首五律诗后给我回信，说："老同志，律诗是讲格律的。"后来，我请教了身边的诗词名家，深入学习，逐渐弄清了格律诗和填词的基本知识。这一切都得益于时报编辑的鞭策。另外，时报副刊的"百味联联"专栏，短小精悍，用通俗易懂的语言向读者讲解对联的各种知识，令我受益匪浅。

回想起来，我对诗词、对联的学习，启蒙于时报，也成长在时报。在时报创刊 30 周年之际，我要深深感谢《中老年时报》这位老朋友、好老师。

我爱这份故乡的报纸

林作华

我是老天津卫居民，今年已经 98 岁了。我在天津度过了童年和青少年时代，1943 年 10 月，我随父母逃离日寇铁蹄下的天津，流落陕西，抗战胜利后移居上海。现在天津还住着我大姐的儿孙七家人。

我虽然住在上海，但一直怀念故乡天津。

我过去订阅多种报纸，现在只订了一份报，就是天津的《中老年时报》。这是我身在天津的外甥特意为我订的故乡报纸，从 2016 年开始到现在，已经连续订阅 7 年。

我爱看《中老年时报》，时报上讲述天津日新月异的变化，讲述天津的都市新闻，讲述天津的民俗风情，还有岁月版总讲述我曾经熟悉的天津地名、历史故事。

此外，时报对读者认真负责的态度让我由衷感动。第一年订阅时，最初报纸没能及时投递，我告诉外甥，他反映到时报报社，没多久，时报的张清瑞老师就将缺失的报纸全部补齐给我寄来。

我注意到时报提出一个新理念——做新时代的新老人。我很赞同。我现在望百高龄，日常生活还能基本自理，也能读报、上网、使用手机。在家族微信群里，我跟晚辈聊天，为他们参加的某项活动投票支持。最近天津大姐家的孙媳给我发来一段视频，记录 80 岁的著名天津作家冯骥才为 105 岁的老母亲庆生。我给孙媳回帖表示，如果我还住在天津，真想见见这位 105 岁的老大姐，跟她聊聊天，也顺便增长些知识。

现在，每天读时报是我的一件快乐事——天天翻阅时报，动手动眼，动脑思考，延缓衰老。

今年是《中老年时报》创刊 30 周年，作为天津老乡、奔百老人，我为年届而立的时报庆生，希望时报越办越好。

时报助我入作协

孟连中

我酷爱写作，也曾在《天津文学》和《天津日报》上发表过作品，但总感觉难以突破写作瓶颈。

后来，我结识了《中老年时报》的编辑老师。起初投稿时，还是按照自己的习惯，长篇大论地写景、写人，尽情抒发自己的情感。而时报的编辑就像老师对待学生一样，不厌其烦地指出我文章的缺点和不足，并要求我萃取文中精华，减少夹叙夹议的篇幅，在"短文"上下功夫。这些意见将我点醒，我茅塞顿开，慢慢尝试去改变自己的写作风格。

如今，经过孜孜不倦地学习，我基本掌握了写作技巧和方法，写出的文章精炼简短，有了质的飞跃。几年来，我不但在时报上刊发了文章，在其他报刊上也有作品发表，并且在去年 5 月加入了天津作家协会，实现了我多年的心愿。

今年是《中老年时报》创刊 30 周年，我衷心地感谢编辑老师们的帮助和支持，我愿和时报携手同行，为时报的发展尽一分力。

全家分享各取所需

王荣珍

我与《中老年时报》结缘，是通过我婆母的介绍。当年每天下班回家后，年近古稀的婆母做的第一件事，就是把时报上的新鲜事、新知识讲给我们听。受她的影响，我也会偶尔翻阅时报。

20 世纪末我退休后，为填补生活的空虚，我正式开始订阅《中老年时报》。从此，时报就像一位亲密的老友陪伴我和我的家人走过了近二十年的岁月。

我和我的家人对时报可谓各有所需，每个人都有抢先阅读的板块。负责取报的老伴儿上楼后，先戴上老花镜看完第一版，然后把最新消息告诉我，随后再阅读讲述、生活、深读、焦点国际等板块。我则喜欢阅读家庭、编读、颐寿、知青、岁月及副刊。法治版通常由孩子留存。

在时报的众多版面中，令我印象最深的是编读版和家庭版。

　　编读版老师们的文章，让我在正确使用字词上大有收获。例如：必须和必需的区别、锄与耡二字的区别、带与戴的使用等。老伴儿曾感慨地说："上学时都没整明白的词语用法，老了在时报上学会了，真是活到老学到老。"

　　家庭版的各篇文章看似家长里短，实则道尽了人生百味，在字里行间中传承人间真情。我特别爱看家庭版"心态漫谈"这个小栏目，作者通过生活中的小事评述出人生的大道理，给人以启迪和深思。此外，知青和岁月版记叙的尘封往事，读起来颇有感触。正如那些哲人所说，虽然往事未必还有价值，但对它们进行的回忆和反思往往有所收获。

　　近年来，在认真学习的基础上，我也成为一个努力的练笔人，将一些心得体会和过往岁月写成文字，并在时报上发表。当然，这些文章也都凝聚着编辑老师的心血。正是编辑老师的帮助、培养、教诲，才助我抒发了情感，圆了写作梦。

　　多年来，《中老年时报》已成为我们一家人不可缺少的精神食粮。目前，随着老龄人口的增多，《中老年时报》也迎来了发展机遇。在时报创刊 30 周年之际，祝愿时报抓住机遇、勇于创新、越办越好。

编辑待我如亲人

伍绍暹

我是《中老年时报》的老读者，与编辑部常来常往。我现在依然记得吕金才编辑对我的谆谆教诲："写好一篇文章不要急于发出，放两天再看，必然会发现有值得修改的地方。"此外，董欣妍编辑对待读者特别热情。有一次我去编辑部办事，要找的人没在，董编辑就让我坐沙发上等会儿。突然她问道："伍老，您早上没吃早点吧？"我诧异她怎么知道。"我看您头上出虚汗。"董编辑边说边递给我一盒牛奶，令我大受感动。

我想，《中老年时报》能走到今天，不仅因为报纸的质量过硬，也因为时报的工作人员能够把读者当作朋友、亲人一样对待。

评报也是学习

杨俊明

我不仅是《中老年时报》的忠实读者，还是他的评报员。

在评报的过程中，我深刻体会到办好报纸是何等不易，面对庞杂的汉字，一些错误真的是防不胜防。最重要的是，通过评报，我充分感受到时报开门办报的真诚和编辑记者们的虚心好学，他们没有因为我的"鸡蛋里挑骨头"而有怨言，而是感谢我的指正。更让我高兴的是，通过评报，我也纠正了谬误，学到了新知识。

庞大的"记忆博物馆"

张世江

我爱读《中老年时报》，更爱读报上的岁月版、副刊版、知青版。在我眼里，这三个版简直就像一座展示乡愁民俗的"记忆博物馆"。

先说岁月版，这个版的内容可谓包罗万象，有名人轶事、百姓生活、津门历史，尤其是很多故事不仅带有集体记忆色彩，而且极具烟火气。老年人多有忆旧情怀，看到岁月版真的是倍感亲切。

实际上，岁月版的文章对年轻人来说也具有可读价值。通过阅读这些忆旧文章，有助于他们体会到老一辈人过去所受的苦和累，从而加倍珍惜现在的幸福生活。

总而言之，岁月版的文章汇集起来，不亚于是一部滴水成河、记录时代的档案资料。

知青版单听名字就能感受到这个版的历史厚重感。知青是我国空前绝后的一代，前无古人，后无来者，对国家和社会有着特殊的贡献。如今，知青这个群体早已退出历史舞台，其人数也在逐年缩减。因此，讲述他们的经历、激励后来人的奋斗精神就显得尤为重要。这也是知青版的价值所在。

至于副刊版，我最喜欢那些反映乡土生活的散文。这些美文仿佛让我回到儿时，重新体味那时的风土人情。例如在 2017 年时报"生态漫记"征文中，贾长华先生关于描写当年新力村水田、大沽口海边生长的小螃蟹一文，对我触动很大，一下子勾起我的回忆。

这座庞大的"记忆博物馆"，将一件件往事重新展现在读者面前，唤醒老人的美好追忆，从而给晚年增添快乐。在此，我感谢《中老年时报》全体工作人员的辛勤劳动，并祝时报生日快乐，三十而立！

时报带给我的快乐

张韵秋

我的父母生前都喜欢读书看报，最早家里订阅的是《天津日报》。自《中老年时报》创刊后，又开始订阅《今晚报》和《中老年时报》。尤其是时报，合民心、顺民意、接地气，特别贴近老年人的生活，得到父母的青睐，看时报也成了他们老两口每日的必修课。母亲晚年得了白内障，近乎失明，父亲就戴上老花镜，把时报的文章一篇一篇念给她听，这习惯一直坚持到 2013 年冬，她老人家辞世的前一天。

受父母影响，我对报纸也情有独钟。一次我回家看望二老，无意中顺手拿起一张时报翻了翻，一下子就被吸引住了，报上的文章不仅短小精悍、饶有趣味，而且颇具实用性。我立刻也给自己家订了一份，自此，看报评报成了我和父母的共同话题。

我是一名曾下乡多年的老知青。2007 年 10 月 1 日，时报刊登的新闻《迎奥运水上联欢北大荒知青游园会将举行》引起我的注意。从此，我正式加入天津知青群体活动的行列，至今已有 15 年。2012 年，时报开辟了知青版，这个版面让我们这些老知青感到分外亲切。我们纷纷拿起笔踊跃投稿，追忆昔日的蹉跎岁月，记录后知青时代的奋发进取。当我的习作见诸报端，老爸老妈都特别高兴，笑呵呵地打电话向我表示祝贺。

时报带给我的喜悦远远不止于此。2013 年 7 月 2 日，时报刊登了一则天津博物馆招募讲解员的启事。我立即报名应聘，当上了一名志愿者，每当我的讲解得到观众的认可，获得热烈掌声和真诚感谢的时候，我除了深深的感动，更感谢时报提供的信息。

2015 年，父亲高龄去世了，在整理遗物时，我将老人家保存多年的时报创刊号无比珍重地收藏起来。2017 年是时报创刊 25 周年的纪念之年。当年 6 月 15 日，我和黄守信、孙加祺、陈祥其、高大龙几位知青朋友前往报社，把这份珍贵的创刊号赠送给当时的《中老年时报》社长兼总编张玲，表达我们一家两代人对时报的款款深情、绵绵厚谊。高大龙说，他也是受老人的影响，爱上了《中老年时报》，时报成了传家宝，子一辈、父一辈代代相传，家里人都是时报的铁杆儿"粉丝"。

现在，受父母生前的影响，妹妹退休后也订阅了《中老年时报》。

今年是《中老年时报》创刊 30 周年，我和我的知青朋友们也先后步入古稀之年。虽然已是苍颜白发，但在《中老年时报》的鼓舞激励下，我们仍然不懈追求，积极进取，学习新事物，当一个新时代的新老人！

让时报飞越大洋彼岸

周　梅

初识《中老年时报》是在 20 多年前，那时的我正值不惑之年。因为喜欢该报的副刊，每次去父母家都会抽时间仔细品读，在繁忙的工作之余，除了阅读也偶有作品见诸报端。

回想起来，我既是《中老年时报》的读者、作者，同时还是一名跨越国界的传播者。

近几年，我经常往返于中美之间。每次赴美，在有限的行李空间里，我都会带上几本《读者》和厚厚的一沓《中老年时报》，一是自己阅读，二是给在美的华人华侨阅读。

2012 年，我赴美探亲，飞机刚起飞我就掏出书包里的时报看了起来。邻座的一个中年男人用试探的口吻对我说："等您看完借我看看可以吗？"我当即给了他。他看完后告诉我，他是北京人，多年没回国了，以往看的都是英文报纸，现在看了天津的这份报纸后倍感亲切，而且这份报纸信息量大、实用性强。

2020 年 8 月底，我又一次赴美探亲。当时国内的疫情趋于好转，而美国的疫情正烽烟四起。那次赴美我又随身带了《中老年时报》，抵美后，我把这些报纸给在美的中国邻居们传阅。这份报纸对于疫情期间滞留美国，想深入了解我国疫情防控情况，可又苦于看不懂英文报纸的海外华人来讲，无异于雪中送炭。

他们看了时报介绍在疫情期间怎样居家锻炼、出门怎样防控、怎样提高自身免疫力等文章，以及钟南山、张伯礼等专家讲解怎样预防新冠肺炎之后，都说看了祖国的报纸进一步了解了对新冠肺炎的防治，心里踏实多了。有人还拍了照，保存在手机里。

一天，中国朋友阿英来我家串门。她原是《羊城晚报》的责编，已移居美国 20 多年。作为一个媒体人，她问起天津纸媒的情况，我把天津的《今晚报》《天津日报》《中老年时报》的情况介绍给她，之后又把几张《中老年时报》拿出来给她看。阿英说，在美国的土地上能看到祖国的中文报纸有一种回家的感觉，《中老年时报》版面和栏目设计得好，照片视觉冲击力强、文字朴实，说真话、接地气，读后能启迪人的心智。

旅居美国的候鸟老人来自祖国的天南海北，许多人并不知道天津有份《中老年时报》，但他们看过这份报纸后都是爱不释手。他们最专注的是颐寿版，版上的"求医问药""医学新知""专家门诊"等栏目都颇受他们的欢迎。在海外的老年人多患有高血压、糖尿病等基础病，他们在美国没有医保，看不起病，而颐寿版对他们的疾病起到了解疑释惑的作用。我还常常把《中老年时报》上的文章拍照后，发在北美候鸟华人群里，让海外更多的华人华侨知道我们天津有份纸媒，叫作《中老年时报》。

十年来，我穿梭在中美之间，每每出发，《中老年时报》就和我相伴相随，她由海河之滨飞向大洋彼岸！

生命浓缩在"岁月"里

赵 富

岁月让人老去，这是自然法则；岁月又让人年轻，这是精神状态。

我与《中老年时报》的缘分，来源于岁月版的洗礼。年龄虽然在岁月中增长，心态却越来越年轻。

一份报纸，能让读者总是惦记着，其必然有打动人心之处，说明办得很有特色。《中老年时报》的版面设置很受中老年人的喜欢，特别对于喜欢回忆、喜欢文学的中老年人来说，时报岁月版开辟的"忆旧天地"极具吸引力。

中老年人一旦闲下来都愿意回忆过去，其中有幸福、有苦涩，有历史上的大事件，也有生活中小事情，在心目中都会或浓或淡地留下痕迹。时报的岁月版正好抓住了这个心理特点，集中、全面、系统地发表这方面内容的文章。

我是个"奔七"的老人，近几年非常喜欢阅读《中老年时报》。尤其是岁月版，我是每期必看，每文必读，久之都习惯成自然了。

阅读岁月版，让我想起自己的人生岁月。看着他人的"岁月"变成版面上的文章，我何尝不想把自己的往昔化成文字写给岁月版呢？参与，就是幸福；参与，就是快乐；参与，就是桑榆唱晚，充实自己的晚年生活。除此之外，还有更深一层的意思，即让年轻人也了解父辈们的过去。"岁月"的磁铁，吸引着我这颗不老的心，让我的回忆闸门打开，往事似水一般奔涌而来。

于是，我从2021年拿起笔来，不断地回忆过去，不停地给岁月版投稿。我清楚地记得，2021年7月1日我在《中老年时报》岁月版发表处女作《追寻马骏的红色足迹》。看到自己的文章被采用，我高兴了好一阵子，之后便一发不可收。对我而言，文章是否被编辑采用并不重要。重要的是，我将自己的回忆、将自己的心里话写成文字表达出来，给我的生活带来无穷乐趣。

参与岁月版的投稿，其实也是关心自己的"岁月"。现在回想一下给岁月版投稿的日子，感觉过得非常充实和有意义，他丰富了我的晚年生活，又让年轻人知道父辈们的过去，总感觉自己做了件颇有历史意义的事情。由此，我想起前段时间热播的电视剧《人世间》，昔日东北平民的平凡故事，让年轻人也看得热泪盈眶。时报的岁月版比《人世间》起步还早，用一篇篇文章记录往昔的人生百态，不亚于一部厚重的历史资料。

一位伟人说过，忘记过去，就意味着背叛。过去的东西，是岁月留给我们的财富。我们要珍惜过往流年，蹉跎岁月，人间烟火。我们走过来的人，不能忘记；没有那些经历的人，更要知道。历史的"岁月"节点衔接完整，温故知新，今天的"岁月"档案才不会断档，才会真实崭新。

在岁月版中想念"岁月"中往事，让我的思绪回到过去的"岁月"。重启曾经的记忆，又让我看清了大路的这端和那端。原来，生命就是这样色彩斑斓的浓缩在"岁月"里。

老伴儿成了"时报迷"

孙学性

《中老年时报》创刊已有 30 周年了，而我订阅《中老年时报》也有 20 年了。回忆我与时报的许多往事，心潮起伏，激动万分，其中老伴儿对时报态度的转变令我特别难忘。

我是从 2002 年开始订阅时报的，当时还叫《天津老年时报》。最初，老伴儿对我整天看报纸写文章很有意见，经常发牢骚。不知从什么时候开始，我想看的报纸经常找不到，一问是老伴儿收起来了。我很纳闷，她说："有一篇文章我还没看完呢，忙完这点活儿我还接着看。"我有点意外，问："你不是对我整天看报纸有意见吗，怎么你也离不开了？"她答道："计划赶不上变化。"

时间久了，我发现老伴儿对时报着迷是另有原因的。退休之前，她在一家线缆厂当操作工，一干就是二十多年，工作中经常需要跑前跑后，人员紧张时，有时要一个人推动一人高的电缆轴更换，很劳累，全身酸疼是常有的事。后来在同事的指点下，她自己用拔罐子的方式缓解疼痛，但由于对拔罐子一知半解，效果不是很理想。

一天，她偶然发现时报颐寿版刊登专门介绍"穴位拔罐"的专栏，一看就着迷了。"穴位拔罐"专栏让她纠正了以前哪疼拔哪的错误方法，而是根据伤情，找准适当穴位进行拔罐。

后来，老伴儿的喜爱从颐寿版发展到其他版面：看家庭版，学习怎么教育孩子，一家人怎么和谐相处；看岁月版，回首往事，启迪人生；看头版，了解国家政策、津城大事。从此老伴儿成了一个不折不扣的"时报迷"。

以前，老伴儿对我刊登在时报的文章不屑一顾，现在则成了我文章的第一读者。我写完文章后，也总是先叫她看一下，请她提提意见。老伴儿也不客气地指出不足，提出修改建议。平日里，老伴儿经常回忆退休前在厂里与工友们艰苦奋战的日子。在我的引导下，她也拿起了笔，写起回忆文章，其中一篇《梦回工厂》还在时报上发表。

每次时报举办读者见面会，老伴儿都会与我一起前去参加。2016 年 5 月，时报举行读者调查问卷活动，我写的建议获得"十佳好建议奖"。9 月 24 日，我和老伴儿一块出席了时报举行的"编读互动会"颁奖仪式。当我与另外 9 位获奖者坐在临时主席台时、当张玲社长向我颁发获奖证书时、当我请尊敬的编辑老师们在获奖证书上签名留念时，老伴儿都紧随其后，用手机为我留下珍贵的影像。

现在，每年订报纸都不用我操心，因为在缴费上老伴儿比我还积极。去年缴费前，我跟她开玩笑："现在电脑、手机都看不过来，要不明年咱不订时报了？"没想到，我话刚一出口，她就跟我急了："你想订就订，不想订就不订？不行！"吓得我连忙道歉。

老伴儿从嫌弃我看报纸到成为时报的忠实读者，足以说明时报是老年人的精神食粮。在《中老年时报》创刊 30 周年之际，我和老伴儿向时报致以深深的敬意，祝时报越办越好。

与时报的"剪报情缘"

李建华

在天津，有这样一群人，他们上至耄耋老人，下至莘莘学子，其共同的特点是热爱报纸。他们不仅将每一份带有纪念意义的报纸小心翼翼地珍藏起来，还将报纸上的栏目板块剪下来，装帧成册。这些人就是天津市收藏家协会集报专委会的会员，其中不乏《中老年时报》的忠实读者。

这些报友都在用自己的方式关爱时报。有的报友至今还珍藏着 1992 年 7 月 1 日的《天津老年时报》创刊号，以及 2010 年 3 月 1 日更名为《中老年时报》的改刊号。有的报友将报上喜欢的栏目板块剪下来，制作成精美的长卷、册页、线装书，并带着它们深入社区、学校、军营，传播知识文化。

最令报友们难忘的还是 2012 年至 2017 年，由中老年时报社主办的中老年读书节上的剪报展。尤其是在 2012 年的中老年读书节上，还评出了"十佳剪报读者"。活动当天，天津集报爱好者们将自己的剪报作品在会场上展出，引来大批读者观摩。

在后面的几次读书节上，剪报展都成了引人注目的环节。与此同时，时报也对集报专委会的重大活动给予了关注与报道。报友们与时报的友谊更加深厚了。

如今，报友们依然钟情于读时报、剪时报、搞报展、做宣传，这些都成了他们生活中不可或缺的重要部分，也成为他们生活中最大的乐趣之一。时值《中老年时报》创刊 30 周年，我们这些报友对时报祝以最真诚的祝福，望时报再接再厉，让我们的剪报作品更加精彩！

致敬时报的编辑记者

谢发宝

我从《中老年时报》创刊起就开始订阅，并时常投稿，其间深感时报编辑记者们的敬业精神。

我第一次投稿，是给岁月版写北师大红卫兵批斗彭德怀一事，总计两千多字。编辑吕金才看后打来电话问："先确定里面引用的史料有没有错误，另外，文章长了点，处理一下吧。"于是，我把原文改成三篇小文，各数百字，重新起了标题。文章发表后和原文一对比，觉得原文确实有些冗长，现在修改为三篇小文，读起来一气呵成。这得感谢吕编辑的点拨。

另外，我很欣赏时报编辑密切联系作者的作风。有一次，我收到一本《唐风时评随笔集》，打开一看，扉页上写着"谢发宝先生批评"。我颇感惊讶，唐风先生的时评很有影响，可我与他并无交集，他怎么会认识我呢？后来，细看扉页上的几方红印，辨识出了"李燕捷印"四字。我才想起，这也是时报的一位老编辑，我曾给他主持的版面投过稿，有几篇还登在版面的头条。听说他后来担任了领导。原来"唐风"是他的笔名。我大受感动，想不到李老师在升任领导之后，还记得我这位普通读者。

记者同志的辛劳同样应该感谢。老记者付殿贵曾采访我写过一篇《老翁寻吴歌千里寄乡愁》。文章记录了我采集南京西善民歌、组织民歌队登上央视舞台的事情。难能可贵的是，付老师还在文中描述了我的家乡盛产民歌的地理历史起源，显然是用心搜集了许多资料，这体现了他敬业的精神和厚实的采写水平，我深感钦佩。

我不仅喜爱时报，也喜爱时报的编辑记者。在时报创刊 30 周年之际，我对时报的编辑记者们致以深深的敬意。

时报繁花三十载

时振明

我是来自遥远中俄边境黑龙江百年口岸绥芬河的一个读者，在青年时代就喜欢上了写作，但投出的稿子大多都没有回音。有一次却意外收到了时报编辑给我的一封回信，字字句句，真真切切，对我寄予希望又提出了要求。没有想到，时报的编辑老师在忙碌的工作中，竟然给我一个无名的作者写回信，我仿佛看到编辑老师灯下执笔、伏案耕耘的情景。这让我感动不已，从中一下感受到了无穷的力量。

如今，我已不再属于年轻人的行列，此时仍有时报相伴是一种幸福。时报的内容吸引着我，那里有云淡风轻；那里有云卷云舒，那里有从容不迫；那里有睿智豁达，每一点每一滴都体现了时报编辑对读者的一片殷殷真情，对中老年朋友的一片温暖之心。

在时报的众多版面中，岁月这个忆旧专版是我最喜爱的。"岁月"这个词对中老年读者本身就有着非凡的意义。尽管黑发中已经有了白发，尽管还有力的步履中有了沧桑。但那正是岁月赋予我们的色彩，赋予我们的内涵与张力。承载着岁月的希冀，行走在人生的长河中，可以领略生命的风采，可以感受真情的风景，可以触摸履历的印痕，这就是岁月赋予我们的一种思考。

二十年后的今天，时报编辑老师的回信仍记在心中。今天我又一次给时报写稿，是回报二十年前编辑对我寄予的重托。那是一种延续和希望，时报编辑老师二十年前在我心中播撒的一颗文学的种子，今天已经萌芽开花，正在结出果实。我想，这颗种子不仅开在我的心中，也开在无数读者的心中。

三十而立，对《中老年时报》而言正是意气风发、憧憬未来的好年华，我愿和时报相伴相守，走向一个又一个满眼繁花的春天。

一件时报夹克衫

万增祜

二十多年前，家妹送我一件深橙色夹克衫，至今让我倍加珍爱，其缘由有两个：一是衣服的款式及颜色非常入时；二是夹克衫胸前左上方赫然绣着"天津老年时报（《中老年时报》前身）"的字样，就是这几个字样，给我带来了许多"风光"与遐想。

穿上这件夹克衫，再配上领带和眼镜，颇具记者风采。无论是出行在交通工具上，还是来到一个陌生的地方，胸前的几个字样总会吸引周围人的目光，不难看出人们对记者一职以及《天津老年时报》的重视。即便是遇见熟人，对方也会询问这件衣服的来历，以及我妹妹是否在天津的报社担任记者或编辑，话语之中充满赞叹之意。遗憾的是，我当时工作生活在内蒙古边远城市，与《天津老年时报》相距千里，只能从家妹寄过去的报纸上一览其"芳容"。后来退休回到天津，也是忙于多种事情，无暇订报读报。

一个偶然的机会令我感受到了时报的魅力。在天津某单位一起工作的同事拿着改版以后的《中老年时报》向我推荐："这份报纸对中老年人来说太适合了！"还指着报纸请教"暹罗是个什么地方？"后来又经常把报纸带到单位与我分享。此后，我对这份报纸的情感被点燃了。我不仅订阅了《中老年时报》，并把我在内蒙古工作的经历写成文章投给时报。没想到文章刊登之后，有多位老邻居、老同事、老朋友给我打来电话，说文章勾起了他们的回忆。我这才发现，时报的订阅量可真是不少。后来有一次去参加老知青文化沙龙活动时，发现与会者几乎人手一份。

俗话说三十而立。今年已三十岁的《中老年时报》不仅已成长为一份成熟的报纸，而且是一份各年龄段都适宜阅读的报纸。每天的时事新闻版面是读者了解国内外大事的窗口；颐寿版为读者提供科学养生的指南；岁月版是人们追忆、感悟人生的园地……

对我而言，经过二十多年的岁月，我已步入老年人的行列，那件深橙色夹克衫也已发白，但我对它的喜爱丝毫未减。不过与二十多年前相比，现在穿上这件衣服，少了一丝"炫耀"的成分，多了一份简约的意识；少了一些"体面"的内涵，多了一点厚重的感觉。生活就是这样，每个人总是在不断修正自己的想法和步履，不断辨别前进的方向与路径。我用这件夹克衫引出我的感悟，无非是表达本人对《中老年时报》的挚爱之情。在以后的日子里，我还会将这件夹克衫继续穿下去、报纸继续读下去、文字继续写下去。不放弃对事物的认真，不忽略对生活的严谨，不降低对自己的要求，不减少对人生的敬畏。同时坚信会在《中老年时报》上找到更多的知音。

难忘时报漫画版

辛　生

漫画是深受群众喜爱的一种艺术形式，它以独特的视角诠释生活，运用歌颂、讽刺、批判等表现手段，将生活中司空见惯的现象折射出深刻的人生哲理。在庆祝《中老年时报》创刊 30 周年之际，我想起曾经深受读者喜爱、享誉天津及全国漫画界的时报漫画版。

2002 年 9 月，时报对版面进行较大的调整，隆重推出漫画版。9 月 21 日，漫画版首次与广大读者见面。编者在开篇语中说："近期，我们在各版刊发了部分漫画，希冀引起老年朋友的关注。许多读者来信、来稿表示赞许，为此，我们特将漫画专刊奉献给大家。"

我从小喜爱漫画，1984 年 4 月参加一宫漫画班学习并开始漫画创作。我的漫画先后在《工人日报》《讽刺与幽默》《今晚报》《天津工人报》等报刊发表，其中有的漫画还入选全国美展及各种漫画展并获奖。持续画漫画十多年后，由于多种原因，我放下了画笔，但是从心里对漫画还是难以割舍。

见到时报的漫画版后，我如同与失散多年的好友重逢，激动难耐。我把在生活中遇到的与老人有关的事情进行梳理，画出几幅漫画，寄给时报，很快在漫画版上登出。看到我的漫画重返报刊，漫友们纷纷来电祝贺，编辑老师也来电鼓励。时报漫画版让我找回了自信，重新开始在漫画的道路上前进。

漫画创作与其他艺术一样，放下再拾，难度很大。虽然我的漫画被刊用，但其中必然有编辑老师对我的鼓励之意，准确地说，我的作品离优秀还有很大差距。于是，我不知疲倦地投入到创作中去。

此后，我处处留心老年人的生活，把那些有意思的小事记在小本上，再经过构思，最终画成漫画。

时报漫画版于 2002 年 9 月 21 日创办，2008 年 11 月 24 日终止，历经 7 年，出版 78 期。在这 7 年及后来的日子里，我先后在漫画版和其他版面刊登漫画 50 多幅。

回忆与时报漫画版的往事，感慨万千。我特别感谢漫画版的特约编辑、著名漫画家李志平老师。当年，应时任总编辑马志林老师的邀请，在文化馆工作的李老师利用业余时间承担起漫画专刊的编务工作。他废寝忘食、兢兢业业，与杨惠全、陈飞峙二位老师一起，把全部心血投入工作中。李老师精心遴选稿件，与天津及全国各地作者不断联系，把天津及全国漫画作者紧紧地团结在时报周围，为办好时报漫画版、提高时报在全国的知名度作出了突出贡献。

漫画版兼顾名家与普通作者。其中既有漫画泰斗华君武、方成，著名漫画家毛铭三等"名家特稿"，也有初涉漫坛的漫画爱好者"处女作"。漫画版问世后，天津及全国其他地区的漫画家和漫画爱好者踊跃投稿，积极支持时报漫画专刊，为漫画版提供了一批批思想深刻、富有哲理、幽默诙谐、绘制精美的漫画佳作，同时也为广大读者送去幽默与快乐。

一晃，漫画版已经终刊 13 年了，但是它那令人难忘的身影时常在眼前晃动。漫画版的停刊并不代表漫画在时报消失，我欣喜地看到，家庭版、颐寿版、深读版等版面不断刊登漫画，很受读者欢迎。在时报创刊 30 周年之际，我对时报表示衷心的祝贺！祝时报越办越好！

时报副刊开启我的写作之路

刘植才

20 世纪 90 年代初，问世不久的《天津老年时报》进入了我的视野。那时我刚刚步入中年，却对这份主要面向老年读者的报纸产生了浓厚的兴趣。作为一名文学爱好者，我对时报的副刊，更是情有独钟。

报纸本是一种以登载各类新闻为主的出版物，旧时我国曾根据英文 "newspaper" 一词将其直译为 "新闻纸"，在日语中至今依然把 "报纸" 称为 "新闻"。但随着社会进步和传媒业的发展，报纸的功能日益丰富，以知识性、趣味性、娱乐性见长的副刊显得愈加重要。《天津老年时报》自创立之始就把副刊办得非常出色。在版面安排上，除登载散文、随笔等文学作品之外，还开设了 "小小说" "小说连载" "龙门阵" "讲古比今" 等栏目，由资深媒体人王辉先生撰稿的专栏 "王老汉乱弹" 更是别具特色。《天津老年时报》在更名为《中老年时报》之前，就未雨绸缪，面向中年读者特设了 "风暴中年"

栏目，为扩充读者群打下了"伏笔"，足见时报副刊的版面设计不仅精彩纷呈，而且独具匠心。

我从少年时就对文学有着浓厚的兴趣，上中学时一度迷上了写作，并产生了向报纸副刊投稿的念头，虽然因自知学养不足而未付诸行动，但这一直是我心中的一个梦想。为此，我不仅从时报副刊丰富多彩的作品中汲取着养分，还仔细体味着不同栏目的特点和对作品的选择取向，为实现自己的文学梦做着准备。根据自己的专业背景和知识储备，我打算从评论性栏目入手。

2009年夏天，我终于等来一个机会。时任海南省海口市水务局副局长符传君，因在接受媒体采访时发表了"经济越发达的地区水越黑"的言论而招致社会舆论的强烈批评。时报副刊"龙门阵"栏目刊登了一篇题为《令人担心的"水黑发达论"》的文章。我读过之后有感而发，写了一篇以《也评"水黑发达论"》为题的短文，运用经济学原理简要阐释了经济发展与环境变化之间的规律，以及政府应对环境保护所承担的责任。作为对前文的"呼应"，把文稿投给了时报副刊。一个星期之后，这篇文章在"龙门阵"栏目发表了。与此同时，我还接到了编辑老师的电话，热情鼓励我发挥自己的经济学专长，多写这类稿子。那时我已经年过半百，担任教授职务也有十几个年头，发表的专业论文不在少数，但作为一个文学爱好者，第一次在报纸副刊上发表作品，当时那种欣喜之情是前所未有的。

接下来我针对中老年读者关切的经济、社会热点问题，相继在"龙门阵"栏目发表了《延迟退休是与非》《白酒涨价怎应对》《"商誉"是金》等文章；在"讲古比今"栏目发表的随笔《公交敬老卡与鸠杖》和《古代人口普查制度》还被登在了副刊头条位置。这对我是个不小的鼓舞。

后来，我开始尝试撰写一些文学性较强的稿子。印象较深的是一篇纪念季羡林先生的文章《两论"浮屠"》登在了副刊头条。还有两篇根据自己的亲身经历和切身感悟所写的短文《二月的回忆》和《能治的就是"好病"》也顺利发表在时报副刊上。与此同时，我还尝试写一些短评。

在编辑老师的悉心指导下，经过几年的磨炼，我不仅是时报的忠实读者，而且成为一名业余作者，并以此为起点步入文坛。

随着年龄增长，我的写作兴趣逐渐转向历史文化领域，作品题材较以前更为广泛。但是，我永远不会忘记，是时报副刊圆了我的"文学梦"。在《中老年时报》创刊 30 周年之际，谨致以最美好的祝愿！并衷心感谢多年来时报及其各位编辑老师为我所做的一切。

摄影人的学习课堂

刘　贞

我是一名摄影爱好者，虽然与《中老年时报》接触的时间不长，但非常爱看时报，尤其是休闲版摄影专栏，几乎每期必读，并收藏保存。经过两年的读报自学，时报不仅充实了我的晚年生活，还让我对摄影有了更深的理解。

在这个版上，张建老师的文章是版面的核心，他的文章行文流畅、词句优美、通俗易懂，在讲解摄影知识的同时，还兼具散文色彩。我细细品读每一期的文章，圈点自己认为重要的句子，仿佛在聆听张建老师的讲课。其中，张建老师对稿件作品的分析、建议、指导，犹如师生互动。无论作品刊登与否，在老师的文章中都会找到能与自己作品对应的点评。因此，该版面呈现给读者一种动感及亲和力。

我喜欢这种充满活力的版面，它体现了张建老师的真才实学、董欣妍编辑的专业素养、投稿人的拍摄实力，同时搭建了摄影人相互学习交流的平台。

　　根据摄影版的要求，平日里我尽自己所能完成预习作业，这也极大丰富了我的晚年生活。我经常实地采风、捕捉亮点，最后仔细选择投稿作品。老实说，对于投稿，我并不以最终在摄影版发表为目的，而是检验自己目前的拍摄水平，找出差距。在这个过程中，我进一步理解了摄影的价值和意义，使拍摄更能有的放矢、更能接地气、更能突出艺术之美。带着对知识的渴求，我持续参加摄影版的征稿和学习，这让我收获了自信及快乐。

　　时报休闲版摄影专栏是摄影人的学习课堂，它给予了我学习摄影的动力和更广阔的学习空间，在学习摄影的路上有时报的陪伴，我一定会走得更远。

时报圆我出书梦

李桂枝

时光飞逝，白驹过隙，转眼间《中老年时报》创刊三十载。

我和时报真正结缘是在 2002 年。那一年，时报开设春秋版（即后来的岁月版），希望中老年朋友把自己和他人的往事写给时报。这条消息犹如一声春雷，在我心中激起了波澜。

我是 1965 年奔赴甘肃兵团的一名知青，1979 年底返城。在兵团 14 年的岁月里，我们开荒种田、挖渠治碱，日复一日，年复一年，用豆蔻年华树起了"艰苦奋斗、自强不息、保卫边疆、无私奉献"的知青精神，成为戈壁滩上的一支生力军。知青的故事虽然没有惊天动地之感，但在那个特殊的年代，他们却用热血和生命谱写出可歌可泣的历史篇章。那时，我就有一个夙愿，也是现在的梦想：以后若有可能，一定写本书！让人们了解戈壁滩上的知青，尽管他们每天面朝黄土背朝天，干着普通得不能再普通的工作，但他们用绽放的青春年华，书写了共和国历史长卷中的一个篇章，同样平凡而伟大！

春秋版唤醒了我尘封的记忆，激发了我的写作热情。2003年 3 月 24 日，时报发表了我的第一篇文章《战友冯凯》，我受到了极大的鼓舞，也得到了战友们的鼓励，编辑老师也特意回信以示勉励。

在时报为我开启了写作大门之后，我的作品不断见报。转眼之间到了 2013 年 9 月，我将这些作品结集成自印书《梦想绽放》，记录了往日知青的蹉跎岁月、艰苦奋斗，赞美今天的老有所为、幸福安康。后来，我又加入天津知青文学社，进一步开阔了我的视野。

回想起来，我之所以能完成多年的夙愿，完全得益于时报给了我写作的动力和前进的方向。首先，时报开设的春秋版，是全国报纸中为数不多的给老年人特别是知青群体提供的忆旧"园地"。后来，时报还专门为知青群体开设了知青版，供广大知青战友回忆那段峥嵘岁月。其次，时报的编辑老师对读者有着极大的耐心和关爱，正是因为有他们的支持和鼓励，我才能锱铢积累，完成我的文集。

老有所学、老有所为、老有所乐，做一个新时代的新老人是我们的追求。有《中老年时报》相伴，我们在晚年依然能够继续追梦、圆梦。衷心祝愿我们的知心朋友《中老年时报》越办越好！

三十年读者情

李 军

　　1992 年，我从内蒙古通辽市调回天津，虽然有"少小离家老大回"的喜悦，也有"重新回到故乡的陌生、惆怅和不适应"，心里郁闷，就常常在家门口的马路上徘徊。一日，我走到宝鸡道与贵州路交口的报刊亭，《天津老年时报》（《中老年时报》前身）刊头的红字瞬间闯入我的视野。我抱着消遣的心态购买了一份，没想到时报的内容很接地气，使我增添了不少生活和人生的经验。从此，时报成为我人生中的一位"导师"和"良友"。

　　2002 年，我购买的商品房出现"屋面"漏水，因为修缮费与开发商、邻居产生矛盾，经居委会多次调解无效陷入僵局。一筹莫展的我，看到时报上的"法律服务"栏目，就给该版的责任编辑打电话，寻求帮助。编辑在百忙之中约我到报社面谈，详细了解事情的原委后，又请了一位律师告诉我如何运用法律维权。最终，在法院的判决下，依法解决了修缮费问题。至今，我还保留着相关的资料，时常拿出来看看，因为这是时报引导我第一次学会"依法维权"，解决纠纷。

我曾从事心理卫生工作，2009 年 9 月，时报编辑沈露佳亲自到我单位，与我促膝长谈关于在版面上开设"倾诉空间"的事。沈编辑在言谈中充满了对读者的关心、对工作的热情，令我敬佩。我记得她说："经常有老年人打电话倾诉生活中的无助与烦恼，渴望得到专业的指导与帮助，所以报社准备在每周一下午两点至五点建立倾诉热线。然后根据读者的倾诉再定期发表科普文章。科普文章为 800 字左右，包含讲述者、讲述故事和心理分析。"说完，沈编辑希望我和她一起做这件有益于老年群体身心健康的事。

经过领导同意，我接受了沈编辑的邀请。从 2009 年到 2015 年，我在充分了解读者倾诉内容的基础上，精心撰写相关心理科普文章，为很多老年人提供了心理慰藉。我觉得，"倾诉空间"不仅为读者提供了服务，而且在读者和心理卫生工作者之间搭建了心灵交流的"桥梁"。能为他人服务，我心中充满了喜悦。

2010 年，《天津老年时报》更名为《中老年时报》，由一周三刊改为一周五刊，编辑们的工作更加忙碌了。2010 年 12 月 31 日上午，冒着刺骨的寒风和鹅毛般的雪花，沈露佳编辑带领读者和我一起走进天津图书馆举办的"海津大讲堂"。当天，我主讲的"维系家庭和谐的技巧"被天津科技出版社出版的《渤海名家大讲堂》收录。之后，《渤海名家大讲堂》被天津市文明委授予天津市首届"精神文明建设优秀品牌项目"

荣誉称号。

如今，时报早已升级为日报，版面内容也更加丰富多彩。三十年，仿佛弹指一挥间，但《中老年时报》付出的艰辛和努力，却深深地刻在每一位读者心中！望时报未来依然能够续写这份读者情。

罗丹：珍存时报读者卡

罗　丹

我是一名"90 后"，但受亲友的影响，也喜欢看《中老年时报》。不仅如此，承蒙编辑老师提携，从今年春节开始，我在《中老年时报》还开设了一个小专栏，名曰"票证天津"，通过自己收藏的各种票证讲述天津历史文化的相关内容。通过"票证天津"专栏的开设，我成为目前天津最年轻的报纸专栏作者。

我长期订阅《中老年时报》，珍存有一张时报多年前发行的"时报乐购"读者卡。电子读者卡是邮币卡收藏的一个重要门类，也是票证收藏中一个相对新兴的特殊品种。早期的电子读者卡大多出现在图书馆服务领域。2003 年，天津图书馆为方便读者网上借阅，免费发放电子读者卡 200 个，读者可凭天津图书馆借阅证领取，在天津图书馆网站注册后可下载阅读近两万册的电子图书。后来报纸也充分利用电子读者卡的优势，扩大经营和发行范围，更好地服务读者。2006 年，一家知名的体育类报纸推出举措，每位订阅全年该报的读者便成为该报"VIP 读者"，参与诸多抽奖活动，而且凭"VIP 读者卡"还能享受一定数额的优惠，成为一家知名体育俱乐部的会员，吸引了众多读者。"时报乐购"读者卡也属于这种电子读者卡。

近些年，在传统媒体经营普遍下滑的环境中，《中老年时报》异军突起，在老龄化浪潮中逆势上扬，闯出一条"精品化"的办报之路。国内著名的专家学者、媒体代表曾齐聚津门，针对《中老年时报》的"精品化战略"进行研讨。他们纷纷表示，《中老年时报》在当下唱响了纸媒的"希望之歌"，其成功经验值得国内同行推广借鉴。时报每年组织百余场活动，增加了报纸的含金量和附加值，也增加了与读者之间的亲和力。时报让价格逐渐回归价值，走上了一条良性循环的发展之路。时报推出的"时报乐购"，还被纳入天津市文化产业发展专项资金项目。

我珍存的这张"时报乐购"读者卡，有别于一般的银行卡和会员卡，其最大的特点是文字内容采用较大字号且没有复杂背景，构图简约而舒展，更易于中老年读者辨识和使用。卡片以红色为主色，中上方为《中老年时报》报头，鲜明夺目；右下角的编码，采用凸起的烫金工艺；背面有邮发代号、咨询电话等订阅信息。这张"时报乐购"读者卡在满足读者相关权益的同时，还是《中老年时报》一枚特殊的名片和订阅信息卡，可谓一举多得。一张小小的读者卡，充分体现出时报敏锐的市场意识与周到的服务精神。这种服务精神，恰是《中老年时报》创刊 30 年来最值得珍视的一种精神。

卅载嘉树硕果盈枝

罗文华

春华秋实，岁物丰成。卅载嘉树，硕果盈枝。欣逢《中老年时报》而立之年，作为一个与时报有渊源、有故事、有感情的人，我表示热烈的祝贺和衷心的祝福。

从 2014 年春天到 2019 年秋天，我在《中老年时报》开设"说洋钱"专栏，每周一篇，总共走过了五年半的时光。"说洋钱"专栏以本人收藏的有特色的外国钱币为题材，讲述与之相关的历史事件、世界名人、各国文化和风俗景观等知识掌故。推出这种题材和形式的专栏，在中国报纸副刊属首次，累至近三百期，更是打破了中国报纸刊发钱币研究鉴赏文章的历史纪录。

天津是中国近代邮政和邮票的诞生地，也曾是全国邮务管理中心和邮运组织中心，加之经济文化发达，集邮条件得天独厚，成为中国最早开展集邮活动的城市之一。目前天津的集邮爱好者仍有数十万之众，而且中老年人居多，人们更希望了解与邮票相关的历史文化。应读者朋友点题，从去年春天开始，我在《中老年时报》再次开设专栏，名曰"沽水巡邮"。该专栏至今已刊出三十多篇，内容包括天津邮政史话、天津邮票史话、天津集邮史话，以及邮票上与天津有关的人物、文物、艺术、民俗、风景和历史事件。

在《中老年时报》创刊 30 周年的喜庆时刻，我当然不能忘记时报编辑们如园丁般的热情拓耕和辛勤浇灌，在此对张玲、王晓兰、吕金才、赵威、宋昕、齐珏、贺雄雄等师友深表谢意。同时，也要感谢刘喜春、于振祥老先生等所有热心阅读我在时报刊发的专栏文章、连载作品，并且精心剪报收藏的读者朋友，感谢他们对我数年如一日的激励。

我本身也是一名在报纸工作了 35 年并且仍然坚守岗位的媒体人，因此对时报的发展有一种出自职业角度的关注与期待。近些年，在传统媒体经营普遍不景气的环境中，《中老年时报》异军突起，在社会老龄化的浪潮中乘势而上，闯出了一条"精品化"的办报之路，唱响了纸媒的"希望之歌"，其成功经验值得业界推广借鉴。

创刊 30 年来，《中老年时报》一贯坚持"开门办报，问计读者"方针，连续多年举办中老年文化节，其间有读书节、剪报展、书画展、摄影展、藏品鉴定、法律咨询、名家讲座等，成为中老年人"看上就离不开"的精品报纸。疫情发生之前，时报每年都要组织百余场活动，既增加了报纸的含金量和附加值，也增加了与读者之间的亲和力。这些活动，我都应邀参与过，从编辑、记者与读者的现场交流中，亲身感受到时报敏锐的市场意识和周到的服务精神。

近两年来，我又与《中老年时报》及天津社会科学院出版社等单位密切合作，策划、组织、推广了多套天津历史文化丛书，得到天津中老年读者和社会各界读者广泛好评，其中《歌唱祖国——王莘传》一书还获得市委宣传部奖励。在今后的日子里，我会不负时报领导和同仁们的信任、鼓励和期待，继续与《中老年时报》同舟共进，积极为时报奉献自己的绵薄之力。

时报悠悠寄乡情

田 申

我是《中老年时报》的一位老读者，说起来，我与时报最早的接触是源于我在外地工作的父亲。

老人家原先在天津工作，20 世纪 60 年代初调往我国西北地区，成为一名大三线建设的参加者。20 世纪 70 年代中期，父亲又由西北调往西南的四川地区，并在那里落户直至退休。虽然离开了天津，但父亲始终对天津怀有一种难以割舍的情感，并一直把这种情感深深埋藏在心底。

记得那一年，我由天津去四川探亲，父亲问起天津的情况，关切之情溢于言表，每当听到他熟悉的地方和改革开放后天津发生的变化，他的脸上都会露出欣慰的笑容。就是那一次，父亲忽然问起时报的相关情况，我一下被问得愣住了。原来，父亲有个偏头疼的毛病，他在天津的一位老友给他推荐了时报上的一个疗方，让他试试。说实话，我那时对时报的了解并不多，仅是知道而已，回答自然不能让父亲满意。

虽然我回答不出父亲关于时报的更多问题，却了解到他关注时报的两个原因：一是他刚退休不久，时报养生、忆旧等内容与他的需求相契合，正好适合他阅读；二是通过阅读时报来了解天津的变化，寄托他对天津的桑梓之情。

回到天津后，我立刻就给父亲订了一份时报。果然，父亲很快就打来电话，说时报的内容符合老年人群的阅读口味，不愧为老年人的报纸，他很喜欢。

时光交替，岁月如梭，很快二十多年过去了，我也到了退休年龄。很自然的，我也给自己订了一份时报并成了时报的忠实读者。

2014 年 4 月的一天，已经退休五个多月的我在整理相册时，看到一张拍摄于 1963 年初的老照片，那是父亲与他同赴三线的同事的一张合影照，上面有"参加祖国西北建设同志合影留念"字样。我觉得照片适合时报岁月版的"往事图说"栏目，便产生了投稿的念头。为保险起见，在投稿前，我先给报社打电话说明照片的年代及相关情况，接电话的是编辑吕金才老师，他听完我的叙述，又简要问了两个小问题，然后就对我说："你附一个简要说明和照片一同传过来吧，争取一周内见报。"果然，几天后，照片就以"美丽青春献祖国"为题在岁月版上刊出。这是我第一次给时报投稿，当时，留给我印象最深的就是编辑老师的礼貌、和蔼及时报的快速高效。

此后，我又先后与迟凤桐、赵威、董欣妍等编辑有过接触，得到他们的指导和点拨，他们的敬业和热心更是让我格外感动。

　　在阅读和写作中，我对时报的感情和依恋越来越深，我尤其喜欢岁月、家庭、副刊、颐寿等版面，觉得这些版面贴近生活，烟火气息浓郁，有抒情、有养生、有故事，通过记录身边的琐事反映人生的大道理，阅读之后既令人回味，又有所启迪。

　　时报不但我爱看，老伴儿也爱看，并且看得特别仔细，有时还提醒我，问我某某段落的内容看了没有，建议我仔细看看。而且，每年八九月份一到，她就提醒我一定别忘了订阅时报的事，这些都是时报良好声誉和旺盛生命力的有力证明。

　　我相信，随着时间的推移，《中老年时报》一定会越办越好，并预祝其走向越来越宽广的办报之路。

感谢我的人生"导师"

汪 岩

今年是《中老年时报》创刊三十周年，三十年激情岁月，三十年风雨兼程，三十年薪火相传，三十年春华秋实，三十年相知相伴，三十年同心同行。走过三十年的《中老年时报》经历过辉煌，也经历过艰辛，时报却始终不忘初心、牢记使命，以儿女情怀，办精品报纸，全心全意为读者服务，办读者喜欢、满意的报纸。

我是一位身患小儿麻痹症的残疾人，今年五十八岁。小时候上学读书都是家人接送，高中毕业后，因行动不便，我不能像正常人一样拥有更多的选择，便一直待在家里。从此，读书看报就成了我最大的乐趣。

每年，我都会自费订阅十多种报刊，其中，《中老年时报》是我最喜爱，也是我订阅年份最长、收存最齐全的一份报纸。至今我已连续订阅时报二十四年了。

我虽然只有高中文化，但我坚持学习、不断练笔，在时报编辑老师的帮助和指导下，我的写作水平和思维能力不断提高，至今我已在全国几十家报刊上发表文章 300 余篇，并被两家报社聘为特约评报员、一家报社聘为特约通讯员，我所获得的这些成绩，与时报编辑的辛勤指导是分不开的。

《中老年时报》栏目众多、内容丰富，不仅使我增加了知识，开阔了视野，提高了写作水平，还改变了我的人生观。我曾为自己身患疾病而痛苦、自卑，但每次翻阅时报就好像在跟亲人倾诉，和圣贤对话，同哲人交流。他让我正确看待人生中的不幸和得失，并对人生有了更多更新更深的认识和理解，使我冲淡甚至忘记了生活中的痛苦和不幸，收获了快乐和智慧。

2012 年 7 月 1 日，在时报创刊二十周年之际，本人获得《中老年时报》荣誉读者奖。在 2013 年《中老年时报》举办的读者问卷调查活动中，我获得了"好建议奖"，不仅收到了奖品和荣誉证书，还收到了时任时报社长兼总编辑张玲的亲笔信。张玲社长在信中，不仅对我一直关注时报和所提的建议表示感谢和鼓励，并表示将最大化地采纳读者的建言良策，不断改进、完善，努力办出一份让读者喜爱、满意的报纸。

当今已进入互联网信息时代，传统纸媒受到了新媒体的强烈冲击。有人说这是一个"纸退屏进"的时代，可我买书订报的热情未减，读书看报的兴趣依旧浓厚，依然钟情于《中老年时报》的墨香。在新媒体时代，尤其是在浅阅读、快阅读、碎片化阅读流行的当下，纸质阅读更有益于静读、深读、精读、久读，不仅简捷方便，更有深度和温度，更能深入人心。

我亲身切实地感受到，与书报结缘是一种幸福。《中老年

时报》是我的人生导师，是我收获快乐生活和走向成功的引路
人，是我最亲密的精神伴侣。我愿一生与时报相伴相随，不离
不弃。最后，祝《中老年时报》三十岁生日快乐，事业兴旺。
祝《中老年时报》越办越精彩，读者满天下。

怀念赵胶东老师

周　莹

2008 年春，《天津老年时报》（《中老年时报》前身）与天津社联老年教育中心联合举办了老年讲坛。时任时报总编辑马志林率赵胶东、王道生、王中立等各栏目编辑在讲坛上相继亮相。

在赵胶东老师负责的新闻传播课上，我们老年大学的学生和时报的通讯员把整个教室坐得满满当当。赵老师身着灰格毛衣配牛仔裤，身材高大、声音洪亮、思维敏捷，给人的第一感觉不像是舞文弄墨的记者编辑，倒像是一位资深的体育教练。初次上课，赵老师把新闻中写人、写事的各种要素一股脑儿介绍给大家，着实为我们扫了一把"新闻盲"。其简约直白、生动风趣的教学风格，给学员们留下了深刻的印象。

当时，我周围的同龄人相继退休，心态各异，其中不免有悲观心理。听了赵老师的课后，我被触动了，感觉步入老年反而是人生新的开始，一首诗作《归零》从心里流淌出来。诗人唐绍忠老师读完我这首诗后，认为写得正逢其时，鼓励我立即投给时报。我把这首诗直接寄给了赵胶东老师。

十几天后，在时报消闲版报眉下居中位置，我看到了这首《归零》。细读一遍，发现赵胶东老师把其中的"身轻松脑清爽心如水静"改成了"身轻松脑清爽心如止水"，肯定了我们应有那份淡定。此后不久，我的另一首调侃老年生活的诗作《梳子》再次被选登。

一次课前，潘红丽校长陪着赵胶东老师走进教室，她把坐在走道边的我介绍给赵老师。赵老师对我那首《归零》还有些印象，亲切地对我说："你的诗写得不错，既新颖，也有生活色彩，以后还要多写、多投。以后，你可以把电子版发在这里。"他说完后就把自己的邮箱地址写在我的笔记本上。

2008 年 9 月 18 日，赵老师在课堂上讲述传媒学的理论。到了下课的时候，赵老师意犹未尽地举起一本红色封面的书，高声说道："我想讲的都在这本书里了，等印刷厂把书送来，我一定送大家每人一本。我已经请示过马总编，他同意啦！"在我们的掌声中，赵老师大步流星地走了。

没想到此一走，竟是永别。

9 月 28 日，赵胶东老师突发心脏病，永远离开了他难以割舍的一切。

10 月 13 日，马志林老师兑现承诺，派车送来了赵老师的书。我拿着这本书，感觉沉甸甸的，书名《追寻报业文化》体现了赵胶东老师秉持半生的职业操守；封面右下角凌乱的案头实景，像主人刚刚离开……

　　赵老师用二十八万多字，记录了自己几十年来对新闻理论的研究，从事新闻采访、报纸编辑和编读来往的心路历程……这本书凝聚着赵老师毕生的心血，折射他作为职业新闻人那一束笃定的理想之光。

　　尽管赵胶东老师的邮箱再也不会打开，我还是想告诉他：十四年过去了，时报采编老师们追寻报业文化的初心依旧，日益精进。时报2010年更名为《中老年时报》，2013年升级为日报，读者群、作者群逐年扩大，全报八版都实现了彩色印刷……无论是内容还是阅读的舒适度，都得到中老年读者的青睐。在新媒体覆盖的当下，《中老年时报》仍不失为纸媒中的一枝独秀，每天在我们眼前绽放，吐露着芬芳。

时报带给我健康和快乐

姚宗瑛

1992 年，给我家送《今晚报》的同志向我推荐刚刚创刊的《天津老年时报》（《中老年时报》前身）。当时，我觉得自己将要迈入老人行列，于是就订阅了一年试看，没想到，我和老伴儿此后都成了时报的忠实读者，一直订阅至今。

老伴儿读时报往往先把各版浏览一遍，然后细读有关养生健体、医学新知方面的文章，还把有关"药方"剪下留存。我得过萎缩性胃炎，老伴儿让我按照时报上的治疗方法去做，我早晚两次平躺床上揉腹推腹，疗效甚佳，坚持至今，肠胃再没犯病。

我则是爱读时报的要闻、焦点·国际、副刊、岁月、深读等版面，特别是看了蒋子龙、李治邦等文学大家以及中老年新秀的作品，不仅长了见识，对写作也大有裨益。

最令我难忘的是，我写的报告文学《为了你，我也要活着》发表于时报 2007 年 2 月 28 日的纪实版，文中描述了 1957

年天津市第一批下乡中学生李晋珠的人生经历。转年 3 月 12 日，纪实版又刊发了我的文章《说说我四哥》，主人公姚宗琪教学出类拔萃，却在"十年浩劫"中遭到迫害。浩劫结束，他重登讲台并成为中学校长。这篇纪实文学刊发后，我和四哥都接到好多电话，有老友，也有陌生人，足见时报的影响之大。

　　总之，我感谢时报给我带来了健康和快乐。

我与时报三十年
——庆祝《中老年时报》创刊 30 周年征文作品集

时报带给我人生第二个春天

姜文英

相濡以沫的老伴儿离世以后，我受到了难以承受的打击。在独居的日子里，我白天把自己关在房间里不愿见人，夜间孤独、哀伤的泪水经常湿透枕巾，医生说我得了抑郁症。儿女看在眼里，痛在心上，于是想出了订阅报纸的办法来陪伴和开导我。在寂寞中，我稳下心来读报，谁想逐渐竟有了一种相见恨晚的感觉。二十多年来，这份报纸成了我无比眷恋的良师益友，伴我安享丰富多彩的晚年，她就是《中老年时报》。

我喜欢时报，尤其爱读贴近生活的家庭、颐寿、岁月等版面。我读编辑老师精心选登的文章，感觉像有一位睿智的兄长和稔熟的朋友与我促膝谈心，句句话像甘甜的雨露滋润着我的心田，潜移默化地渗透到我的思绪中，衍化成满满的正能量，从而让我慢慢地驱散痛失亲人的悲伤阴霾，正视生活中的酸甜苦辣。于是，我走出家门、融入集体，参加踏青采摘、养花种草、跳广场舞、弹琴唱歌等活动。

329

就这样，我十几年如一日坚持室外活动，带领老年朋友跳广场舞、做身操。我深深体会到，健康是享受幸福生活和实现人生价值的重要保障。时报记者了解到我的情况后，对我进行了采访，以《硬核老人的时尚生活》为题，在要闻版做了报道。儿女们高兴地说："报纸让妈妈变成了脱胎换骨的新人。"

人总会与时俱进，订阅时报的时间久了，越来越感觉到报纸上介绍的老年生活，自己也有着相同的经历，为什么不可以写一写？这种冲动促使我要把心里话变成文字与老年朋友交流和述说。但毕竟已是耄耋之年，又不懂文学和写作技巧，于是就把写成初稿的东西送给内行的朋友求教。后来我把一篇题目为《压岁言》的短文投到家庭版，不过是想投石问路。孰料，就在我忐忑不安的等待中，稿件经编辑恰到好处的修改润色后，居然见报了。我在捧着报纸阅读之余，仿佛看见不曾谋面的编辑精心处理来稿的样子。更让我出乎意料的是，小文在读者中还产生共鸣，家庭版此后刊发了题为《嘉言胜似千金》的读者来函，对我的《压岁言》给予了高度赞扬和推荐。

时报编辑以亲人般的情怀接纳了一个83岁老妪的文章，不辞辛劳地甘为他人作嫁衣，让我年轻时从未做过的事在耄耋之年成为现实。一石激起千层浪，几年中我笔耕不辍，有多篇小文在时报、微刊、杂志等媒体发表并获奖，最令我兴奋的是，《忆母二、三事》在时报副刊发表，而且该这篇小文还在时报微信公众号中做了"早间书场"，播音员那声情并茂的磁性声音为文章增色不少，使其得以在更大的范围传播，让朋友们分享。我所居住的小区在举行母亲节活动时，也选用了朗诵

330

该文的"早间书场"做了播放。儿女们调侃我，士别三日，当刮目相看，老妈是昔日的"错别字大王"，今天竟参加了区作协，成了作家。

读《中老年时报》，治愈了我的抑郁症，让我充实、快乐地生活，现在还成了作家，真的是迎来了人生的第二个春天。

以儿女情怀 办精品报纸

——《中老年时报》编辑编务理论专辑

成为读者的"咨询师"
"医学院""聊天室"
——《中老年时报》颐寿版编辑体悟

于璐璐

2022 年 7 月 1 日《中老年时报》创刊 30 周年，有读者来信，谈到时报颐寿版是中老年人的"健康咨询师"，是"纸上的医学院"，是"健康养生聊天室"。这几点恰是颐寿版创设以来逐步摸索出来并业已形成的几大板块。

健康的咨询师

颐寿版通过刊发大量的医学知识为患有不同疾病的中老年人送去养生、养老、祛病和康复治疗的参考。其中涵盖人身体各部位、各器官及病患者在不同时期保健、康复时的注意事项和饮食的营养与禁忌，力求全方位、无遗漏、无死角地为中老年读者筑起一道护卫健康的防线。

我们坚持与时同行。当疫情来袭，许多人手足无措，对接种疫苗心怀疑虑时，我们及时推出了《打新冠疫苗别再犹豫了》《老年人更要打疫苗》等文章，既宣传了党和政府的防疫政策，又在一定程度上安抚了人们焦灼的心情。我们坚持中西医并举的选稿思路，不仅刊发了大量西医的医学资料，也刊登了不少中医"望、闻、问、切"的医治方法和对一些疾病的特殊理解。我们坚持大小稿穿插的选稿方法，大稿深刻、小稿灵便，便于不同的读者选择阅读。

纸上的医学院

讲解医学知识，是深化中老年人医学养生、养老认知的重要途径，是提升他们医疗保健自觉的必由之路。我们先后刊发过多名医学界权威人士对健康益寿、保健强身的指导性文章。如约请胡大一教授撰写有关预防和治疗心血管疾病的连载文章；约请张伯礼院士、吴咸中院士、石学敏院士、阮士怡教授、张大宁教授等中医名家撰写"节气养生""节气防病"的系列文章。顺天应变，顺时而"讲"，很有说服力，很有针对性。不少有心的读者已将这些文章辑录成册，以为收藏。

我们关注国内外医学发展动态，开设"医学新知"栏目，及时选登一些前沿的医学信息。让读者从中获取最新的医学医疗医药信息。同时我们还经常推出一些祖国医学宝库中的传统健身祛病、养生益寿的资料供读者阅读、参考、领会。

这样组织版面，让不同层次的中老年读者能从中获取自己所需要的医学养生颐寿的知识：有的是"急用先学"，有的是"知识积累"，有的是提高医学素养。就像读者在不同的"阶梯教室"里听不同的老师讲课。

健康养生聊天室

健康养生主要是通过医者与读者、读者与读者的互动来实现的。从2019年1月开始，我们推出了介绍一些大医者在医学之路上艰辛探索、积极以求的文章。如《明代医家徐春甫和他的"医学会"》《"洋中医"杜丽丝在沪上坐堂问诊：无法想象没有中国的人生》等，至今已刊登160余篇。这些文章如报告文学，它们的发表，增加了整个版面的故事性、可读性，如严谨严肃医学院里开设的"副科"，既为广大读者增添了许多轻快和活泼，又没有偏离"颐寿"的办版主旨，是颐寿版创新的一个尝试。

"求医问药"是医者与病患者之间的严肃对话，亦是编辑作为中介，连接二者的桥梁。此栏目开设以来，颇受读者欢迎。一女性患者，便秘多年，四处求医，均无显效，后求助时报，我们特为她选登了一篇原发表在《生命时报》上的文章。两个月后，她顽固便秘的症状消失了。她为此特来时报道谢。

"益康苑"是读者之间的互动聊天，也是我们着意打造的一块"青草地"。它更好地体现了"聊天室"的功能。可聊身边寻常事，可谈古今颐寿经，可有善意的严肃警示，亦可有温馨温暖的问候。于是我们利用此栏目活跃颐寿版的气氛，刊发了大量可做微型散文阅读的文章。语言活泼，文字清丽，亦庄亦谐，并不断拓展引领和组织此类文字的写作和范围。继刊发过多篇结合革命先辈面对困厄挫折、调整心态，延年益寿的事迹与评论之后，我们又刊发了一些有关古贤和现代名人养生养老事情的评论文章。这样，便在跟读者谈"颐寿"的同时，也能让大家多少接触到一点革命传统教育和历史知识。"益康苑"的作者都是普通百姓，他们在日常生活中会见到大量的或健康或有悖于健康的行为，刊发他们的稿件会使此栏目更接地气、更贴近生活。因此，我们还是把组织刊发"益康苑"稿件的重点放在普通百姓的认识和体会上。这样，既有百姓身边"小事"的养生心得，还有古今中外名人的健身叙事，有时还会有配合形势的宏大议论，"益康苑"便成了充斥着不同健身健神多种声音并存的"聊天室"。

我们还开设了"舒心小屋"。那是针对中老年人的心理疾病而设的。中老年人的心理疾病如今越来越成为一个不容忽视的问题。孤独、失落、焦灼……诱发出许多心理疾病，进而导致抑郁、失能、海尔默茨等疾病。有鉴于此，我们在"舒心小屋"里邀请心理医生进行心理疏导和诊治，给他们送去温暖。

颐寿版是从精神上、身体上全面护卫中老年人的健康生活、健康养老。它经 30 年，虽历久而弥新，成为《中老年时报》的一个支柱版面、特色版面，始终受到广大中老年读者的喜爱。我以为是有两个原因的：一是健康养生、颐寿养老问题是人类社会永恒的话题。人们不见得都求长生不老，但健康生活、有质量地生活，是绝大多数人心中所想、努力追求的目标。为达此目标，人们就需要增长一些养生、养老、祛病的知识。颐寿版顺应了这个要求，喜爱它也就成为必然。二是颐寿版历届编辑对中老年读者均怀有一颗赤子之心，努力在办好版面上下功夫。既有对优良传统的继承和坚守，又有用新构思、新方法不断提升本版的新鲜感、可读性的探索和实践。这样就将整体的严谨严肃与局部的轻快活泼有机结合起来。如青山老树亦有云雀鸣叫，大河奔流亦有星光月影。不死板、不呆滞，总有一些灵动。针对本版色调太暗的问题，我们拟于近期每周四推出漫画"牛爷真'牛'"，虽只是一点小创意，亦足以见证我们在如何办好版面上动的心思。写至此，忽想起这样一句话："坚持初心，方能不断创新。"不知这句话是否可做《中老年时报》创刊 30 周年颐寿版的一个总结？

传递涉老新闻用心服务读者

王明哲

《中老年时报》的 1 版是要闻版，承担着为读者传递每日重要新闻和服务信息的功能。时报创刊 30 年来，要闻版经历了多次内容改革和升级，但始终不变的是它围绕中老年人打造精品版面的清晰定位。在互联网信息爆炸时代，作为中老年人偏爱的纸媒，时报从来不是简单地从网络上复制粘贴，而是从繁杂的信息洪流中去伪存真、深入调查，甄选与中老年人相关的真实、有效内容。这既是时报人的职责，更是要闻版的核心价值。作为每日出版的日报类报纸，时报的要闻版内容绝大多数来自时报采编团队的辛勤耕耘，这既是时报与其他摘编类报刊的最大不同与特色，也让要闻版成为时报与读者直接对话的重要平台。

根据《中老年时报》的定位，要闻版明确以涉老新闻为主要内容，每日报道时政、养老、医疗、为老服务，为老解难题，老年生活方式调查等内容，并设有"时报记者一线调研"

"我为群众办实事""我是老党员""热线回声"等栏目,是
《中老年时报》的"脸",也是读者获取资讯的最重要版面。

结合特色栏目推动社会治理

"时报记者一线调研"是要闻版最具特色的栏目之一。
2018 年,栏目刊发的老旧小区加装电梯报道,让时报成为天
津市第一个关注这个与老年人生活息息相关话题的媒体。在接
下来的几年里,天津市老旧小区加装电梯项目不断推进,时报
记者深入一线跟踪报道,在政府、社区、居民之间牵线搭桥,
帮助多个老旧小区的楼门成功加装电梯,"老楼+新电梯"的
模式在天津市遍地开花。许多老年人实现了"回家不再爬楼"
的心愿,特别是让一些腿脚不便、上下楼困难,甚至多年不曾
下楼走动的老年人的生活发生了质的变化。时报在帮助老年人
解决困难并收获老年人感谢的同时,《首座!天津一老楼加装
电梯》等新闻稿件也获得天津市好新闻奖,"时报记者一线调
研"栏目的社会价值从中得到了最大化体现。

2019 年,天津市开始推进老人家食堂项目,并拿出真金
白银补贴老年人解决就餐难题。时报记者在"时报记者一线调
研"栏目高频次跟进项目推进情况,在全市范围内报道各个街
道、社区老人家食堂的建设、运营情况,以及用餐补贴、食品
安全、就餐体验、送餐上门等内容,为天津市老年人的就餐提
供了详细实用的服务资讯,获得了读者的强烈关注和一致
好评。

2020 年,"时报记者一线调研"栏目全方位策划,推出与

老年人息息相关的"老年人玩手机大家谈"话题，关注部分老年人沉迷手机导致的影响身体健康和家庭关系的真实社会问题。话题讨论包括老年人家属讲述的真实案例，心理专家的详细解读和应对方案等，在全市范围内引起了广泛热议。同时，在数字时代，特别是在疫情防控期间，一些老年人因为不会使用智能手机生活中出现了许多不便情况，由此发生的社会新闻也屡见不鲜。手把手教教老年人使用智能手机，开设手机课堂的相关内容也开始成为重点报道。一边要杜绝老年人沉迷手机现象，另一边又要教老年人使用智能手机，这些看似矛盾的话题，都是老年群体中真实存在的情况。在"时报记者一线调研"栏目的深度报道中，"既要帮助老年人跨越数字鸿沟，在智能时代不掉队，又要引导老年人科学合理地使用手机，不过度沉迷"，这样的观点最终在较大范围的读者群体中获得了认同。同时，"老年人玩手机系列报道"也获得了天津市好新闻奖。

2021 年，天津市深入推动"我为群众办实事"活动要求，时报要闻版快速跟进，第一时间开设专栏报道相关内容，为中老年人解决生活中遇到的各种难题。维修社区道路、管网改造、安装电动车充电桩、解决邻里纠纷、为老人送饭送药、义务理发、上门提供法律咨询、涉老防诈骗宣传等，大大小小的实事，事无巨细的服务，每一篇报道背后都融入了时报对中老人的关心与爱护。

把握政治站位解决实际问题

"不忘初心我是老党员"栏目是天津市委老干部局与《中老年时报》联办的一档专栏，主要报道老党员在工作生活中的优秀事迹。自2016年推出首篇专栏报道以来，六年多来，时报采编团队认真扎实做好老党员报道，深入挖掘并采写了200多位百姓身边的普通老党员，还原了这些平凡可敬的党员形象。

为了能与读者有更多的互动，切实帮助老年人解决实际难题，时报常年开通读者热线23603111，每日接听读者来电，在这些来电中有大量新闻线索值得挖掘。要闻版的"热线回声"正是为读者开通的一档服务类栏目。2019年2月12日，要闻版发表的《我是你的眼我替您跑腿》一文，报道了和平区居家养老呼叫服务中心为老人提供24小时免费救助服务。2月14日上午，读者王培林拨打时报热线，询问是否可以安装"居家卫士"求助呼叫服务终端设备。接到读者电话后，记者第一时间联系到了和平区居家养老应急呼叫中心。很快，该中心与王培林取得了联系，并将他们的信息录入服务系统，解除老人的后顾之忧。这样的故事在"热线回声"栏目不胜枚举，让这个栏目真正起到了应有的作用。

要闻版的栏目还包括："关注群众夏季生活"——帮助中老年人夏季生活中遇到的用电、防汛、冬病夏治等话题；"新春走基层"——关注春节期间志愿者走进养老院提供服务，陪伴孤寡老人过节等内容；"即将消失的老手艺"——关注传统技艺消亡、从业者老龄化等社会热点；"摄焦圈"——以图片方式展示中老年人风采，等等。

总体来说，要闻版作为时报的"脸"，不仅要传递丰富的资讯，提供贴心的服务，还要为中老年人打造一个能看清、能看懂、能说话、有回声的互动平台。尤其在新媒体冲击下，时报正在遭遇时代赋予的最大机遇与挑战，要闻版在保留原有特色基础上将进一步融入新媒体的优势，利用更多新颖的方式推动时报的改革和创新，为时报的可持续发展开辟新的道路。可以肯定的是，未来不管怎么改变，要闻版都不会脱离"以儿女情怀办精品报纸"为中老年人服务的核心宗旨。

为文化养老添砖加瓦

王　嘉

据统计，截至 2021 年底，我国 60 岁及以上老年人达到 2.67 亿，占总人口的 18.9%。我国老年人口基数大，他们需要多层次多样化的养老服务，文化养老就是其中重要的组成部分。报纸是文化传播的载体，《中老年时报》作为一份有 30 年历史的报纸，已经在读者心中深深地扎下了根。面对已经到来的"老龄社会"，作为老年人老朋友的《中老年时报》有责任在文化养老方面贡献自己的一份力量，帮助老人们度过快乐的晚年生活。

报纸是一种有着悠久历史的大众传播媒体，但在近十年却遇到了巨大的冲击，面对层出不穷的新媒体，有着几百年历史的报纸显得有些力不从心，有些纸媒甚至逐渐淡出了人们的视野。面对这种媒体大环境，《中老年时报》却始终有着一批数量可观而稳定，忠诚度极高的"铁粉儿"，这是为什么呢？

作为一名《中老年时报》的编辑，我与这份报纸结缘其实很早，《中老年时报》最早叫《老年时报》，当年《老年时报》创刊后不久，我家就订了这份报纸，并一直订阅至今。当年初订这份报纸的时候，我并没想到有朝一日成为这个集体中的一员。如果从读者的角度算，我觉得我也算一名《中老年时报》的老"粉丝"了。从时报的"粉丝"到时报的编辑，我对这份服务中老年人的报纸也不断地深化着认识。我将我的体会总结为四个字"专""融""伴""情"。

专

《中老年时报》这五个字的报名顾名思义，这是一份专门为中老年人而生的报纸，"以儿女情怀办精品报纸"也成为这份报纸的宗旨。从报纸内容上讲，《中老年时报》包括本地、国内、国际新闻，以及一系列的专副刊，虽然这和其他报纸没什么不同，但是为老年人专门定制的内容却贯穿于报纸的内容中。无论是新闻资讯还是专副刊文章，都紧贴中老年人的关注点和兴趣点，这也是 30 年来，《中老年时报》始终拥有一批忠实读者的原因之一。

"以儿女情怀办精品报纸"，这句话我在工作中深有体会。作为一名时报编辑，我负责要闻、焦点·国际、养老、颐寿、生活等版面的编辑，虽然我负责的版面涵盖内容比较广，但是在编辑版面时有一点是共通的，那就是要考虑，老年人希望看到什么？哪些信息与老年人相关？哪些与老龄事业有关？《中老年时报》的内容可以说是专门为中老年人定制的，是属于中老年人的报纸。在新媒体大行其道的时代，《中老年时报》以其内容的专属性和专业性，不但为广大中老年人提供了一片文化养老的天地，也为自身积累了持久的人气和生存发展的底气。

融

在不少人看来，媒体是媒体，读者是读者，这两者就像内容的生产者和消费者。但这两者在《中老年时报》并非泾渭分明，而是融为一体。读者既是《中老年时报》的消费者，同时也是这份报纸生产者中的一员。在《中老年时报》很多版面中都有读者投稿栏目，这些栏目的稿件都来自普通读者，他们在报纸上表达自己的观点，讲述自己和身边的故事。有些读者的文笔虽朴实无华却真情实感，这些稿件也让《中老年时报》与读者贴得更近。很多读者经过报社培训，成为了《中老年时报》的通讯员，他们经常将自己社区发生的新闻传送给报社，这不但扩大了报纸新闻的信息量，也加深了读者的参与感。这种媒体与读者在内容创作上的融合，不但让《中老年时报》的触角深入基层，而且也在读者心中深深地扎下了根。

伴

我曾接待过不少读者，他们中很多人都曾说过这样一句话——"这份报纸我必须每天都得看，不看就像少点嘛"。经过30年的积淀，《中老年时报》已经成为很多老年人生活中的一部分，这份报纸已经成为他们的老伙伴儿。《中老年时报》专门设置了编读热线电话，编辑记者每天都有专人守候在热线电话前，静待读者的电话。而读者的来电内容也都五花八门，既有与报纸内容相关的，也有很多老人生活遇到了困难来寻求帮助的。我就曾遇到老人因出行困难拨打报社热线电话，虽然与报纸内容无关，但我还是帮老人解决了这个难题。通过这件事，我深深体会到了，很多中老年人已经将《中老年时报》作为了自己可信任的伙伴和养老帮手。

情

陪伴是最长情的告白，《中老年时报》与读者经过 30 年的互相陪伴，双方都有了深深的感情。每逢节日，在中老年时报社常会看到这样的一幕，读者送来亲手制作的慰问品或发来慰问信，这体现了读者对时报的情。而《中老年时报》每逢举办重大活动，也都会邀请读者参加。很多老年人已经把时报当作了老伙伴，把工作人员当作了自己的家人和朋友。这种编读间的感情，是时报 30 年不断为中老年人服务的真情回报。

作为最早深耕中老年群体的纸媒，《中老年时报》已经走过了 30 年的时光，与很多老年朋友成为了有 30 年交情的朋友。作为一份懂得老年人的报纸，在我国已经进入"老龄社会"的今天，我们有责任、有能力在文化养老方面贡献自己的力量。文化养老是老龄事业的重要组成部分，老年人在退休后容易在精神层面空虚，从而影响老年生活质量。《中老年时报》作为一个在中老年群体中拥有广泛影响力的媒体，不但用自己生产出的文化产品——《中老年时报》为老年人提供精神营养品，而且也在其他方面为老年人提供各种养老服务，这

份报纸在未来将继续做老年人情感上的伙伴、生活上的助手，
为广大中老年读者提供最符合他们阅读口味的权威资讯和精神
食粮。

浓墨忆春秋书写新华章

李丽丽

骄阳似火的七月，《中老年时报》迎来创刊 30 周年。自 1992 年创刊始，秉承"以儿女情怀，办精品报纸"的理念，春耕夏耘，秋收冬藏，《中老年时报》承载着广大读者的期许，一路前行。

一年前，我有幸加入报社。老报人的深邃、高远，新报人的蓬勃、锐气，无不令我心潮激荡。入职以来，我负责声屏、焦点·国际、津门慈善等版面的编辑工作，编稿、选图、编排版面，每一个工作环节都要严谨对待，不容出现一点差错。

工作中接触到很多有趣又有才的读者，有些习惯于给编辑写信，有些热衷于投稿，有些则是活动的拥趸。他们对一份报纸的热爱，对心中文学梦想的追寻无不令我动容。读者群中还有一个特殊群体，他们是岁月、知青等版面的作者，他们用笔写下心中故事，他们是自己人生的记录者，也是时代的记录者。30 年来，《中老年时报》见证了一个时代的发展，也承载了一代人的青春岁月。

我时常感恩于读者一如既往的支持，同时也在思索新媒体时代下，报纸编辑如何在编辑思路上创新以回馈读者。就时报30岁生日之际，我谈几点感想。

内容为王，引领读者与时共进

首先，秉持内容为王。不管媒体形式如何变换，编辑思路如何改变，优质内容永远是媒体的不变之本。而好的内容一定离不开优质选题，编辑要善于引领读者，除大众关心的热点事件外，还要将优秀的传统文化、老年人关注的养老及养生知识、紧跟时代发展的前沿生活资讯，以文字、图片等形式分享给读者。

同时，优质内容更离不开好的文字。作为编辑，要在工作中逐渐形成自己的风格。这就要求编辑在编辑稿件过程中，锤炼、组织文章语言，使之流畅、符合逻辑；在语义上，要做到达意，尽量让词语表达清楚所需要表达的意思；精简多余的修饰词语，最大程度地避免啰嗦；在智能手机普及的当下，规范程度内吸纳网络语言，引领读者与时俱进。

内容的价值不是绝对的而是相对的，为合适的读者找到合适的内容，编辑的价值才能显现出来，而这种匹配需要编辑对读者群有足够的了解。此前有读者打来热线，在点歌栏目点了一首《克拉玛依之歌》。这位80多岁的读者表示，当年男生们都会唱这首歌。当他表达这一想法时，脑海中闪现的一定是他青年时代的场景。如此来看，一首老歌，对于一个老年读者，便是优质内容。

结合需求，增强读者参与度

其次，增强读者参与度。《中老年时报》的读者群以老年读者居多，读者群是媒体发展的基础与动力。对编辑而言，在编辑稿件过程中，要加强对不同读者群体的分析，将内容合理划分成不同的板块，以此来满足不同读者的需求。经常有读者通过热线电话来反馈他们对报纸版面的意见和建议，这些反馈为提升报纸版面质量提供了指引和方向。

作为报社编辑，要充分捕捉到读者的需求信息，然后结合读者的需求，在浩如烟海的新闻中，更接地气地去选择新闻稿件。同时，要紧密结合读者的需求以及心理，有针对性地对编辑工作进行改进，争取所编辑内容能够更好地吸引读者的目光。除此之外，传统纸媒也可以借助网络平台来加强读者与编辑之间的良性交流，通过投稿、参与答题、将读者引流到新媒体平台等方式，加强编读之间的互动，提高读者参与度，提升读者读报的体验感和幸福感。

同时，娱乐性和人情味往往是读者喜欢读报的驱动力之一，而这些内容往往与"新闻"无关，也与"优质内容"差异巨大。有读者通过多种渠道，不遗余力地向编辑反映，她和孙辈都十分喜欢休闲版的"数独"栏目。但是其中有一期题目太难了，她戴着老花镜，拿着放大镜认认真真地做了半天。这说明在一些读者眼中，"为王"的内容并不一定是新闻，而是参与度、娱乐性与背后的人情味。

强化专业，赢得读者认可与尊重

再次，强化专业技能。当前，随着移动互联网的高速发展，每天都有海量信息通过手机传递给每一个人。基于这样的便利条件，在很多突发事件面前，纸媒编辑便显得毫无优势。然而，在"新闻快餐"时代，新闻热点事件出现反转也时有发生。因为在追求快的同时，往往忽略对新闻事实的深入挖掘，以至于来不及核实求证，信息就已经发送出去了。而对于报纸编辑，在新闻事件的客观性、真实性上，要予以严格地把关。只有将报道的真实性放在第一位，才能使报纸得到广大读者的认可与尊重。

同时，注重报道的深度。深度报道一直是报刊的优势，在网络时代，突出深度报道仍然是报纸内容创新的重要体现，也是版面创新的重点表达。《中老年时报》的读者群中，有相当一部分读者熟练使用智能手机，他们依然支持《中老年时报》，充分体现了他们对这份报纸的信任。作为编辑，只有不断强化自身的专业技能，不断提高自身的专业能力，通过更具吸引力的编辑技巧使得新闻更有亮点、更有水准，才不辜负读者的信任。

移动互联网时代，信息极为碎片化、无序化，内容混杂，不能和传统媒体生产的内容同日而语。而客观、平衡、公正、深入是传统媒体的标签，其所发布的内容的总量、体现观点的多样性和多角度，以及对客观事态的快速响应程度等，依然是《中老年时报》的优势。依据报纸的新闻报道，通过记者、编辑询问养老平台、服务机构的联系方式，积极参加报社举办的画展、读书节、合唱节等活动，都是读者对报纸权威性和公正性的充分肯定。

最后，在新媒体时代，《中老年时报》的"死忠粉"不减反增，对于编辑而言，既是动力，也是压力。不得不承认，报纸在当前环境下在信息发布、与读者沟通方面都处于劣势，这对编辑工作提出更高挑战。在今后的工作中，编辑要秉持办报理念，树立以读者为中心的新闻意识，切实加强自身专业技能的锻炼，提升与读者沟通交流的平台。只有全面发挥自身的优势，做到扬长避短，才能在市场竞争中赢得生存和发展的空间，才能助推《中老年时报》的可持续发展。

做好排头兵，身心俱畅游

——浅谈天津老干部版、旅游版编辑体会

李 晨

我于 2018 年 12 月加入《中老年时报》这个大家庭。此后担任报纸版面编辑，承担天津老干部版和旅游版两块版面的责任编辑工作。这两块版面的编辑工作是在中老年时报总体办报理念"以儿女情怀，办精品报纸"宗旨下展开的。在近两年的编辑工作中，本人逐渐对报纸编辑有了一些心得和体会，草成小文，以志岁月。

天津老干部版：树典型扬气

天津老干部版就是以身边离退休老干部的典型事例为主打，给中老年人树立榜样；让这些品德或才艺优秀的离退休老人，成为中老年群体中的排头兵。同时，也在报道中以老干部的优秀人物事迹和其积极阳光的精神状态，在全社会营造一种

积极乐观、友善奉献的生活态度和上好的社会风气。

天津老干部版注重时代性和当下性。在重要的时间节点，都会有一些相关的征文活动，宣传主旋律，弘扬正能量。例如，庆祝新中国成立 70 周年时的"我和我的祖国"征文以及"我看脱贫攻坚新成就"征文、"凝心中国梦助力建小康"征文等。

天津老干部版还定期依托版面与市老干部局"枫叶正红与党同行"微信公众号相结合的形式开展活动。比如，2021 年开设了"党旗下成长，最难忘的一件事"征文活动和天津市离退休干部"学三卷、读党史、看发展"暨"两读一看"知识竞答活动。此类活动深受全市老干部的喜爱，特别是知识竞答活动启动后，全市老同志和老干部工作人员积极参与，关注度突破 10 万人，参与答题者达 3.6 万人。

天津老干部版的常态栏目有"新时代风采""再回首"，除此之外，还开设了宣传各区县离退休老干部的近期工作动态、展示老干部的个人才艺作品等栏目。除了新闻类的工作动态外，该版的大部分文章都是以通讯特写或记叙文的形式来结构的，选用的文章文学性强、舆论的正向传播效果好。说得通俗一些，即这些文章大都以讲故事的方式展开的。文章能够像讲故事那样娓娓道来，才能让人读得津津有味。因为文学性的注重，文章的细节真实、情节感人、有血有肉，人物形象就饱满立体，给人的感染力就更强，令人产生共鸣，给人留下深刻印象。因此，版面产生的影响力也大。比如，我编辑的《助力脱贫发挥余热——记南开大学退休教职工胡证》《退休不褪色勇救落水者——记南开大学退休教师骆春树》，就产生了良好的社会反响。文章见报后，有不少读者朋友询问过相关当事人的情况。

南开大学退休教职工胡证老师受"将军农民"甘祖昌影响，回内蒙古二道边村，发挥个人所学特长，为村民排忧解难，安装报警器、修理日用电器；试种野生白茶、枸杞等，为村民致富开辟新路。像胡证先生这种发挥余热、为他人服务的精神，让每一个人都深受感动和敬佩。这样的精神榜样，值得我们学习。

南开大学退休教师骆春树，在勇救落水者之后，一直没告诉亲友，直到身边亲友看到相关报道后，才知道他做了这样一件好事。这种将救助他人当成天经地义的仁义精神，是人道主义的体现，也给我们树立了榜样。

榜样的力量是无穷的，而对于榜样的宣传，就靠我们媒体。我在编发这类稿件时，尽量注意稿件的平实可读，让人们在读到文章时，感觉这就是发生在身边的人与事，不故意拔高；这样文章才切实可信，才能够达到润物细无声的感化效果，以形成良好的社会氛围。

今后，在版面的组稿方面，还要与各区老干部局以及本报记者建立更密切的联系，及时得到更多新闻线索和更优秀的稿件，进一步增加版面可读性，展现退休老人的善举义事，以及他们不老的青春之心。

旅游版：呈现老年人畅游体验

近年来，随着人们生活水平的提高，人们精神文化的需求也不断提高，大多数退休老人也开始追求精神世界的充实。在老年大学中学书法、绘画的人，比比皆是；跳广场舞的大妈，也是小区一景。而对于许多身体健康的老年人，旅游可谓开阔眼界、怡神增兴、陶冶情操的妙法之一。

旅游版主推国内最新旅游资讯、行业新动态，以及全国各地名胜古迹、新兴网红打卡地介绍等。当下，许多老年人越来越注重自己的老年生活质量。夏天北上，冬天南下，养心、养生、养老的健康旅游也逐渐成为主流。旅游版曾多次推出有关"康养+旅游"方面的文章，例如：《推动康养旅游打造幸福家园》《康养旅游为幸福生活加码》等，为老年人提供了高品质休闲养老方式，让老年人晚年生活更具乐趣。

此外，旅游版还开设了《乐此一游》栏目，与读者互动，展示读者的旅途经历，呈现老年人全身心畅游体验，深受读者的喜爱。

本版在介绍业内动态的同时，也会拿出一定的版面来介绍天津本地的旅游资源。比如，曾转载过津云公众号里的文章《蓟州深入挖掘革命老区红色资源——现有 120 余处红色遗址 36 处爱国主义教育基地》《天津军粮城遗址考古获重要发现——出土大量唐代文化遗存》，都是介绍天津本地旅游的新动态。《中老年时报》作为天津市的一份报纸，宣传天津、助推天津的旅游、展现天津的良好城市形象，也是我们媒体人义不容辞的责任。

　　总之，"以儿女情怀，做精品报纸"，就是要想老年人之所想，从物质与精神文化生活方面关注老年人，服务老年人，让老年人感觉老有所为、老有所乐、老有所得；同时，也让整个社会看到老年人所发出的光和热，受到鼓励，从而携手并肩，砥砺前行，行稳致远。

新媒体时代如何做好报社编辑工作

吴　熹

　　纸媒虽然在时效性和视觉上难以与新媒体抗衡，但是纸媒在内容上的深度以及权威性是新媒体难以比肩的。在新媒体风靡的当下，纸媒若想争得一席之地，除了要保持自身优势，还要进一步加强与读者的互动，这也对报社编辑提出了更高的要求。

　　今年是《中老年时报》创刊30周年，这是一份面向中老年人群的刊物，在一般人的印象中，这类刊物的编辑也应该是一群年长者，而现实是，《中老年时报》的编辑大多是年龄未超四十岁的青年人，本人也是其中的一员。这一现象看似有些不合常理，但也在情理之中。近几年来，媒体行业中的年轻面孔越来越多，这既是新陈代谢、规律使然，也暗含着行业生机。

　　当然，青年编辑的成长绝非一蹴而就，尤其是进入新媒体时代后，纸媒的读者大量流失，在这种形势之下，报社编辑所承受的压力明显高于以前的编辑老师。因此，报社编辑学会提升职业素养、增强读者服务意识就显得尤为重要。

打牢基本功提升职业素养

（一）正确认识编辑这门职业

现在，各行各业几乎都有"编辑"一职，各类应用程序招聘内容编辑，各种网站招聘运营编辑，甚至连餐饮业都在招聘新媒体编辑。编辑的门槛似乎变得越来越低，编辑行业似乎呈发展趋势，而编辑这一职业的发源地——出版业，反倒有些黯淡无光。有人认为出版业的编辑就是"码字人"，或者是文章的"搬运工"，这当然是外行人的看法。

想要成为一名合格的编辑，首先要对编辑这门职业有一个正确的认识。编辑，作为一种选择、整理、加工和传播文化知识的工作，伴随着人类的著述行为而产生，历史十分久远。但其作为一门独立的行业，则是近代以来的事情。相对于作家、记者、教师这些职业，社会上对编辑的认知似乎还处于一种模糊的状态。

美国学者杰拉尔德·格罗斯在《编辑人的世界》一书中说："编辑不只是一份让人生充实的职业，它本身就是一种人文教育，为你提供和当代最富创造力的一群人共事的机会，你因此得以结交作家、教育家以及各种具有影响力的人物。你相当于在修习一门愿意为之付费的终身课程，不同的是，你修课时不但可以领到薪水，还能在学识和心灵上获得无法衡量的满足。"由此可见，编辑是一种可以满足文化需求的创造性活动，完全可以称为一门艺术。

既然把编辑定位为一门艺术，那就代表编书要出精品书，编报要出精品报。何为精品？当然是编辑的劳动成果能够得到编辑自己以及大部分读者的欣赏。

为什么编辑要欣赏自己的劳动成果？以纸媒举例，一份报纸成型后，编辑是第一个过目的人，自己制作的报纸如果连自己都读不下去，那自然就失败了。因此，编辑要做"第一读者"，判断报纸版面的优劣，而且这个工作在制版前就已经开始了，即文章选择。

（二）文章选择注重通俗易懂

新媒体的特点之一就是对读者个人诉求的关注更高，得益于大数据的协助，新媒体可以针对不同读者投其所好。相比之下，报纸受版面设置、传播方式、编辑工作量的限制，局限性较大。尤其是没有大数据协助，内容能否得到读者认可，只能靠编辑的个人经验来判断。因此，文章选择这一步骤，虽然是最开始的一道工序，但直接决定报纸最终效果的优劣，非常考验编辑的功底。

文章选择，要求编辑不能以自我为中心，要具备大众审美力，结合报纸的特点和读者的阅读习惯，去判断一篇文章是否适合上报。而适合上报的文章应该具备三个要素：通俗、字数不宜过多、言简意赅。

毛泽东于 1931 年 3 月亲自草拟和颁布《普遍地举办〈时事简报〉的通令》，其中提出，在文风和通俗性上，"不会写本地的土话，也要用十分浅白的普通话"，以便于群众阅读。

在宣传内容上，要多报道"与群众生活紧密地关联着的新闻"，如"牛瘟、禾死、米荒、盐缺、靖卫团"等，这样"群众一定喜欢看"。这个观点即便放到现在也极具指导意义。一般情况下，普通读者面对一份自己感兴趣的刊物，首先关注其内容自己能否读懂，如果读懂才会回味，回味之后才能形成思考。经过"读懂、回味、思考"这一过程，读者才会认可乃至喜爱上该份刊物。以《中老年时报》为例，这是一份都市生活新闻类报纸，读者为中老年人群，受众比较庞杂，注重文章通俗是为了保证大多数读者能够读懂、接受。

需要强调的是，通俗不是庸俗，更不是低俗，纸媒终归要强调文学性和思想性。什么样的文章具有文学性和思想性？这个概念就更加庞大了，一两句话难以说清，但肯定不是那种脱离实际、夸夸其谈、故能玄虚、卖弄学问甚至拖泥带水、无病呻吟的文章。在这里，我首推"深入浅出"的文章，这类文章读起来并不复杂，品起来很有意境，这是因为作者不仅有独到的见解，还具备深厚的文字功底和写作技巧，能够用明白晓畅的语言表达深刻的道理。总之，文章选择要达到能够在通俗与文学性、思想性之间实现平衡的境界，想要达到这种境界并无捷径，只能靠工作经验的积累和平时的大量阅读。

字数不宜过多、言简意赅这两条则是针对纸媒的特点和读者的阅读体验。进入新媒体时代后，大众的阅读习惯发生变化，普遍喜欢短小精悍的信息，在这种情况下，报纸不再适宜刊登长篇大论及思想过于复杂的文章。其一，同样是刊登长篇大论，新媒体可以依靠灵活多变的样式，再配以音频或短视频，给读者带来极佳的阅读体验；而报纸因为样式固定、单调，密密麻麻的文字会造成版面不美观，给人第一眼就带来视觉疲劳。其二，报纸不同于图书，容量有限，思想过于复杂的文章囿于字数限制，不能充分展开，读起来有云山雾罩之感。因此，适宜纸媒的文章应该是言简意赅，确保读者能够一气呵成读完。

（三）既擅改也不擅改

大多数情况下，对外发布的文章会经过删减或修改，这也考验编辑的功底，先看两则旧闻：

一则是 20 世纪 50 年代，人民出版社的一部翻译文稿中有"他的病一日日好起来了"的句子，文稿编辑认为里面"一日日"太文绉绉了，就改成了"一天天"。翻译家把状告到时任社长曾彦修那里。为此，曾社长召开全社编辑大会谈这个问题，指出老翻译家有自己的文风，没有必要非改成大白话"一天天"。另一则是资深编辑家周振甫审读钱钟书的《管锥编》，指出书稿中 1000 多处错误，绝大多数为钱钟书接受，而且钱钟书还在序言中感谢"良朋嘉惠"。

可见，把文章改好是艺术，不擅改也是艺术。面对一篇文章，为了尊重作者见解，尽量不改，为了尊重事实和共识，却又不能不改；为了尊重作者文风，尽量不改，为了便于读者理解，却又不能不改；为了文法的优劣，尽量不改，为了文章的通顺，却又不能不改。对此，编辑要秉持一种态度——不卑不亢，既不匍匐于作者脚下，也不乱改他人文章。

不匍匐于作者，即编辑要敢于质疑。尤其不能因为作者是名家，就觉得万事大吉，对人名、地名、年代、成语使用是否正确、文中引用的文言文其白话释义与文章主题是否贴切等细节要仔细核实，对于文章中逻辑不通或是实在读不懂的部分，前者要敢于修改，后者要大胆请教。当然，一切过犹不及，编辑修改文章是为了锦上添花，不是画蛇添足或歪曲原意，不能为了出风头，对文章进行毫无意义的改动。

文章选择和文章编辑虽然直接决定报纸质量，但这两个步骤严格地说只是基本功而已。要想成为一名优秀的编辑，还需要思想政治上做一个明白人、职业道德上做一个正直人、专业学识上做一个博古通今的人、文字处理上做一个谨小慎微的人。然而，不打牢基本功，以上这些无从谈起，更不可能做出一份出色的刊物。

增强读者服务意识

报纸想要吸引读者，除了发布信息，还要与读者形成互动，这一点在新媒体时代也成为纸媒的"软肋"。新媒体之所以备受欢迎，是因为其为读者提供了快速、便捷的在线沟通渠道，如微信公众号、微博的即时评论功能。现在，虽然大多报社也会开通微信公众号、抖音之类的自媒体，但负责制作报纸版面的编辑因为工作量限制，大多不参与新媒体的制作，于是，一些报社编辑逐渐忽略了与读者的交流互动，给工作带来不利影响。

我在近年接手《中老年时报》岁月版，这个版主要刊发原创忆旧文章，该版的老编辑在退休前一再叮嘱："民间素材取之不尽、用之不竭，多和读者沟通，多采用他们的文章，这样才能保证版面内容丰富且有可持续性。"

在之后的工作中，我加倍理解了这番话的重要性。与读者形成互动，往近说会影响编辑能否挖掘新的作者、新的素材，往远说会影响报社的发展。如今，随着我国人口老龄化加剧，老年人的精神需求越发强烈，因此，岁月版就可以发挥忆旧的特点，为老年人提供一个倾诉的空间。老人的精神需求在你这里得到了满足，对你有了亲切感，也许就会成为你的忠实读者，从而增加报纸的销量，这也是当下纸媒发挥自身优势吸引读者的方式之一。

但是，编辑不同于记者，不会有充裕的时间下基层与读者面对面沟通，基本只能依靠邮件或电话。这又滋生另外一个问题，因为传播方式的进步，感情色彩浓郁的书信被碎片化的打字和语音所替代，后者显然缺乏娓娓道来的亲近感和烟火气。我常常听闻当年老编辑和读者形成深情厚谊的故事，这与老编辑使用书信不无关系。

科技的发展不可逆，不代表编辑就无法与读者形成有效互动。对此，编辑首先应当转变工作思路，不能只是坐在电脑前机械地排版，而是要树立一种服务意识。之前提到，编辑与读者的沟通主要依靠邮件或电话，那就从以下五个方面着手：

一、对邮箱的来稿要逐一细看。以发表原创文章的版面为例，这类版面会收到大量的群众来稿，编辑要认真审读每一封来信。因为一篇文章能否上报，有时要经过两到三次的细读才能决定，有的文章乍一看文笔优美，细读之后发现老套乏味；

有的文章虽文笔粗糙，但题材新颖、有可塑性，编辑要避免后者被埋没。

二、把一些具有修改价值的稿件润色到可以见报的程度。这不仅考验编辑的文学功底，也考验编辑对读者、对工作的耐心。

三、及时处理需要回复的邮件。编辑每天要处理海量的邮件，逐封回复有些不太现实，但对于有必要回复的邮件一定要及时处理。例如，某读者的来稿虽然文笔尚可，但文章不符合版面定位或局部尚需改进，无法刊登，编辑不能置之不理，要给对方回复，说明原因并给予鼓励。这同样是服务意识的体现。

四、在报纸出版前，发邮件或微信告知来稿被采用的读者。这是一个工作态度的问题。编读之间是平等的，编辑不能觉得自己对稿件有"生杀大权"就高高在上，而是要让读者感受到报社对他的尊重。

五、开设读者热线。《中老年时报》就设有专门热线听取读者意见，每天把收集到的读者意见和相关联系方式整理后发布在编辑工作群内，再由编辑致电回复读者，极大地方便了编读往来。

当然，在新媒体时代，报社和读者的互动也是立体的、全方位的，报社编辑也可以根据新媒体环境，制定新式、有效的读者反馈机制。例如，《南方都市报》知道版曾借鉴"贴吧"，编辑通过电子邮件收集读者稿件，然后将其以发帖人的身份发表。还根据读者疑问设置专家博客及读者点题栏，邀请专家答疑释惑。

　　新媒体时代对传统纸媒的冲击虽然十分强烈，但不代表纸媒就没有发展空间。任何一家媒体虽然不可能吸引普天下的读者，却可以吸引普天下需要自己的读者，这意味着纸媒在激烈的媒介环境之下，争得一席之地的关键在于吸引一个相对固定的读者群。在这个过程中，报社编辑必须提升职业素养，协助报社向"精品化""品牌化"方向发展；同时强化读者服务意识，提升纸媒在新媒体时代的读者吸引力。

浅谈纸媒如何走出困境服务读者

郑宝丽

　　近年来智能手机和网络的普及，让新媒体异军突起，一份份传统纸媒的倒下，让纸媒工作者感受到了阵阵寒意。作为一位新闻人，笔者经历过传统媒体的辉煌，也见证了报业的滑铁卢，但始终认为，新媒体的迅猛发展，并不会令报纸消亡，而是为传统媒体提供了一个新的发展机遇，倒逼传统媒体转型，以媒介融合发展的新形象亮相。新媒体与传统媒体并非对抗关系，新媒体具有短、平、快的传播优势，但纸媒具有新媒体不具备的权威性、服务的地域性、深入性等特点。如果传统媒体能充分挖掘自身、不断扩大优势，同时顺应科技发展，让新媒体成为传统媒体的翅膀，那么转型中的纸媒就能留住读者，实现自己的突围之路。

一、传统纸媒的优势

（一）公信力

互联网上的信息浩如烟海，真假并存，极易误导读者。尤其是中老年人，他们接触新媒体时间不长，很难做到"去伪存真"。大量的标题党、谣言类文章在新媒体上传播，让一些读者对新媒体信息的信任度大打折扣，只有从传统纸媒得到了确认，他们才会真正相信。传统纸媒虽然刊登的信息量有限，但所有刊发的消息都经过了精心选取和编排，具有真实性和权威性。政府部门召开的重大会议、执法部门出台的相关政策法规、管理部门实施的便民举措，更多时候还是通过纸媒来进行宣传和对外发布[1]。所以，传统媒体依然有着很大的生存空间。

（二）报道深度

纸媒虽然没有新媒体的"快"，但深度报道同样能吸引读者。2018 年 7 月 16 日，南风窗杂志社总编辑李桂文在"深度报道与媒体舆论引导力研讨会"[2] 上就提出："我们不是传统媒体，我们是专业媒体，我们是专业、优质内容的供应商。作为承担社会责任的媒体要坚守住新闻理想的初心，以生产高品质内容为己任。用深度报道为受众提供事实真相，为社会提供理智的思考方向。"可见，优质的深度调查报道是纸媒立身之本。

（三）活动策划

与"飘"在天上的新媒体相比，传统纸媒具有可落地性和地域性的优势。所以，结合党和政府的方针政策主办各类贴近当地百姓生活的活动，是传统纸媒实现品牌提升和转型发展的有益探索，也是留住读者的必要手段。例如，《中老年时报》一直坚持"用儿女情怀，办精品报纸"，创刊 30 年来，坚持举办了中老年文化节、书画展、庆金婚、粉丝节、剪报展、相亲交友、老年春晚等一系列读者喜闻乐见的精彩线下活动，常年参与的读者超过 10 万人次。这些活动丰富了读者的生活，并取得了社会效益和经济效益的双丰收。

例如，在一年一度的读书节中，报社不仅请来了谷建芬等德高望重的老艺术家，还请来了多位出版界大咖，与读者进行面对面交流，更有丰富多彩的文娱表演穿插其中，活动现场掌声不断。在演出场外，有集合多家出版社和邮政公司等多业态的书籍、报纸、邮票、收藏品展台，读者络绎不绝，交口称赞。整场活动呈现出多层次的精神享受，也让这一节日成为读者们每年翘首以盼的聚会舞台。每每活动落幕，售出的书籍、订阅的报纸，以及卖出的文化周边产品，也为报社带来了较好的经济效益，实现多赢。

二、纸媒转型的建议

（一）媒体融合，立体化呈现内容

在科技推动的互联网大潮下，很多传统纸媒选择顺应时代，与新媒体和解，推出了自己的新媒体。纸媒新媒体的出现，让传统媒体的声音能更快地传递给读者。笔者认为，纸媒的信息不应生搬硬套到新媒体上，而是应该在传播方式上更多样化，多用图表、视频等形式呈现，并增强互动性，让纸媒变得更"立体",与读者的距离更近。同时,纸媒要在内容的深度和广度上下功夫,重点打造深度报道舆论监督报道、策划和公益活动,从而在最大范围内对读者群产生影响。这也是传统媒体扩大影响力,实现媒体融合的关键。

(二)要有用户思维,为读者搭建桥梁

一篇文章是否真正有价值,应该是读者说了算。有了用户思维,还需要根据用户的需求生产不同的新闻产品。在《中老年时报》图书连载板块,笔者积极联系出版社、书店等,以图书品质、销量等数据为依据,筛选适合中老年人阅读的图书,并在深度版推介,让读者自己来选书,做报纸内容的主人,呼声最高的图书会在图书连载板块上刊载,笔者还帮助读者从出版社购买到优惠的正版图书,方便读者的同时,为后续实现与出版社的合作共赢进行了有益探索。

此外,在《中老年时报》声屏版上,笔者开设了"剧评"栏目,以银屏热播剧为话题,刊登读者剧评,为读者搭建更多的表达平台,增强了编读互动,加强了读者的黏性,受到了读者广泛好评。

开设栏目伊始,笔者选了热播剧《人世间》作为首期书评征集剧目,一周内收到了近30篇热情洋溢的剧评稿件,有上至90余岁,谢绝稿酬,只为一书情怀的老一辈奋斗者;有下至50岁的上山下乡亲历者,每篇评论都结合着自身经历,饱含深情的评述着剧情和人物。其中更不乏感谢之词,感谢报社为读者提供了一个如此有话说的题目,提供了一个如此可以发言、分享的平台。

同样的探索还体现在新开设的"悦读"专栏。

为满足读者希望获取更多内容的需求，给更多热爱文学的读者以展示平台，报社特将副刊版的广告位改为"悦读"专栏。该专栏以专家学者、编辑、读者等多角度进行荐书、评书，为读者提供更多精彩的文学内容。在商业合作领域，"悦读"专栏与多家出版社、文化公司、书店合作，推荐新书、重温经典著作的同时，增加了书籍的推广力度和售书渠道，对今后的商业模式起到打基础的作用。今后，"悦读"专栏还将定期推出读者喜爱图书排行榜，读者喜爱的出版社排行榜、读者喜爱的书店排行榜等。为读者与书、与出版社、与书店起到桥梁作用，举办读书沙龙、作者见面会、团购会等，增加互动交流机会，并实现多赢。

三、结语

传统纸媒要摆脱困境，应该在传统价值链上进行"深耕细作"。精做报纸内容、加强活动策划、实施精准营销，强调地域性，贴近读者，并借助新媒体技术手段立体呈现内容，从而留住读者。

参考文献

［1］邹建宾：《浅谈传统纸媒如何留住读者》，《新闻研究导刊》2019 年第 23 期。

［2］《新媒体时代，深度报道如何创新？》，看传媒，https：//www．sohu．com/a/242647970770746，2018-07-22.

关于副刊为报纸增添光彩的思考

董欣妍

在报纸初创期间，副刊叫"补白"，只是在报纸新闻题材不足时作为版面补充。现在副刊的概念宽泛，纵观当下报纸副刊，风格各异，内容丰富，受众细分，值得探讨。具体讲，办好报纸的副刊版应该从以下几方面着手研究。

一、遵循规律

副刊作为报纸的组成部分，与其他新闻性版面有共通之处，副刊版同样应遵循的新闻规律，主要表现为：

（一）把握时代脉搏，配合宣传精神

近两年来，我国发生两件大事。一件是在全球抗击新冠疫情中，我国打了一个漂亮仗；另一件事就是全国农村脱贫。这两件大事鼓舞人心。在疫情突发之际，《光明日报》副刊刊发了我国晚清名医伍连德消灭鼠疫的事迹，稳定人心。相继，《今晚报》副刊介绍了 1918 年欧洲大流感的历史背景。这些内容知识性、趣味性强，很吸引人。在脱贫攻坚决胜时刻，2020年 12 月 18 日，《人民日报》副刊发表的《谱写独龙江脱贫攻坚之歌》一文，介绍的是作家徐剑、李玉梅及他们共同创作的长篇报告文学《怒放》。此时，适逢国务院乡村振兴局确定的 832 个贫困县全部脱贫摘帽。这篇报告文学在此刻发表，彰显其新闻性及划时代的政治意义。如果提前发或者滞后发，都不如在这个日子里发表更加恰当。

（二）注重政治品位，办出专栏特色

副刊版面与其他版面一样，应注重政治性。比如副刊版面的言论，要针对当前的情况有感而发，副刊版面的言论应该抓住现实的契合点，引发读者对现实某些倾向性问题的思索。言论，应当是副刊的旗帜。言论，一般以专栏的形式出现。闻名遐迩的《大公报》就十分注重副刊言论的经营。那时，《大公报》不惜重金约请学者名流撰稿，极大地提升了报纸的品位。胡适、梁实秋等成为副刊的常客。鲁迅先生的不少名篇也是发表在上海的《申报》和《北京晨报》副刊。新中国成立后，在《人民日报》《光明日报》以及《北京晚报》，副刊言论成为新中国报林的佼佼者。其中，《北京晚报》的"燕山夜话"由邓拓、吴晗、廖沫沙等撰写，影响巨大。

《中老年时报》副刊版传承这一优良传统，无论在组稿或选稿上，注意大多数人所关心的政治与社会题材。蒋子龙、冯骥才等一批著名作家、学者，以及北京的著名作家，经常在本报发表文章，赢得大众的赞赏。

（三）吸纳当地元素，突出民俗特点

人总是关心周遭事物，民族文化在其中起重要作用，当地元素也潜移默化使受众产生亲切感，这些都会使报纸形成地方特色。比如《南方都市报》副刊"生活笔记"，2021年3月28日刊发的《客家围屋里的年味》一文提到的"赣南客家风味的荷包榨、粉蒸鱼、酿豆腐……""梅州客家特色的盐焗鸡、牛筋丸、猪肉丸……""客家风味小吃，有萝卜粄、粟子粄、鸭子粄……""还有小舅弟一声吆喝：'泡茶罗。'""客家'功夫茶'"等字里行间反映出当地人的生活，贴近现实，有浓郁的当地文化气息。

作为天津市的主流平面媒体，《中老年时报》的副刊版应成为"津味文化"的传播基地。中国近代百年历史看天津，天津作为开埠最早的半殖民地社会，人文掌故极其丰富，是副刊内容的富矿。所以，本报副刊几乎脱离不了这个沃土。从海河水对人民的滋润，到五大道的万国建筑博览会风情，都成为副刊取之不尽用之不竭的文化素材。

（四）思想内涵丰富，深度挖掘题材

副刊要从深度发力、加强策划、多出精品，才是不变的是核心理念。历史上，许多报纸能站住脚，除了新闻竞争的优势外，副刊竞争内容为王是一个重要方面。民国时期，《北京晨报》就是因为约到鲁迅先生的《阿Q正传》而名声大噪。《今晚报》副刊多年来坚持"名人写、写名人"传统，至今受到文化界和读者的好评。今晚副刊的品牌栏目，"文人笔墨"或"百姓点评"，形成一个百花齐放、百家争鸣的文化园地，自创刊至今深受读者喜爱。正是这些副刊文稿，滋润了读者的心田，提升了读者的文化品位，自然也就同时扩大了报纸的影响力。可见，好的内容才最有看头儿，生动的题材无处不在，只有编辑挖掘和引导出来，才能把副刊个性彰显出来，办得风生水起。

（五）副刊不是教科书，文化休闲很重要

副刊是人们业余时间或休息时间阅读的，为的是丰富精神生活，起到精神食粮的作用。所以副刊应有趣味性，即使是讲大道理，也应该以幽默诙谐的方式表达出来，不要让受众感到喋喋不休的说教，给人以沉重的思想压力。副刊的版面内容应该给读者以文化式的休息。不少报纸的副刊内容每期都不尽相同。或笔墨丹青，真草隶篆；或远山近水，美景连连；或轶事趣闻，滴滴点点；或美食美味，人间烟火……都是表现和引导读者，把副刊变得有趣、有味、丰富多彩。于其中的俯首一拾，随意一瞥，便可收获些许快乐，些许进步，些许精彩，将休息、副刊与文化学习、与素养的提升结合起来，使受众感到健康、充实、有意义。

二、题材选择

（一）内容生动抓人，常办常新

报纸副刊版的精髓依然是"内容"，"内容为王"是不变的宗旨。无论是通过哪种途径传播，受众所要接收的永远是内容。用内容去获得读者的支持，用价值认同获得黏性。短期内如火如荼的一些自媒体，由于没有有价值的专业和原创内容，很多都成了昙花一现，读者需要真实、优质的内容。副刊应该通过内容的创新使原有的优势变得更加强势，通过视角的独特、挖掘的深入以及包装形式的新颖寻求跳脱感，加强解释性报道和深度报道的力度和厚度，实现从追求"独家"向"独到"的转变，提高副刊稿件的首发率，取得主动权。副刊版面应该追求或寓庄于谐，或微言大义，或旁敲侧击，或以优美的形象去感染读者，或在娓娓而谈中阐发哲理。比如《天津日报》"满庭芳"副刊版始终坚守着自己的文化特色，带来了生活的新鲜气息，宣传温暖人心的社会正能量，使朝气繁华的城市文化生活氛围为广大读者提供了丰富多彩的精神享受。《中老年时报》副刊注重向兄弟报刊学习，取长补短，品种可谓琳琅满目。除了"散文""小小说""龙门阵""老话新说""烟雨楼"等常规栏目外，还增添了"寓言大义""嘚啵嘚啵""刁问妙答"等小专栏。这些文字短小精悍，两三百字，来自群众，很接地气。有行家评论说："这些'豆腐块'像小蜜蜂，有点刺，有点甜，还有点嗡嗡声回响耳畔。"《中老年时报》从2021年3月18日在副刊开设了专栏"嘚啵嘚啵"，作者在文中就提到"新时期，你忙我也忙，不耽误您的宝贵时间，每期仅300多字足矣。300多字小稿，形不成鸿篇大制，等不得您厌烦，即刻收笔。读者诸公，每周四见。"

（二）提倡百家争鸣，引发关注

副刊版的作者，可以分专业作者和群众作者两部分。专业作者是副刊版的顶梁柱，他们的作品比较成熟，刊登他们的文章，对一般作者有示范作用，可以提升副刊的水平，提高在读者中的声望。但是，即便是老作者，他们的稿件观点出现不同，甚至相左，只要不涉及政治大局，还是提倡各抒己见。比如民间出现的"闪婚"与"闪离"问题；协议离婚冷静期；南方江浙一带流行的"两头婚"现象，对这些民生问题进行讨论，活跃了版面。群众作者是副刊版面的基础，他们的来稿有着丰富的生活阅历，不乏出色或者经过修改可以采用的稿件，这样做可以帮助编辑解决资源稀缺的难题。比如《南方都市报》的副刊"城市笔记"选用的多为百姓稿，2020 年 11 月 1 日版面上所刊发的几篇稿件《五兄妹，阳光灿烂的日子》作者是一位高校教师；《乡村的特色"大玩具"》一文作者是一位白领；《奔跑》一文作者是一位小学生，虽然是普通作者，水平参差不齐，但是体现出百家争鸣的氛围。办精副刊，需要随机开辟吸睛专栏。优秀的副刊文稿，可以提高了读者的思想境界，提升读者的心灵品位。比如《今晚报》副刊"星期文库"和"我读经典"，发展至今成为"拳头产品"，拥有一大批读者，雅俗共赏，圈粉无数。

三、副刊版式力避堆砌，力争做到赏心悦目

版面，就像一个人化妆穿衣，也是需要打扮捯饬的。李白有诗云："云想衣裳花想容"，生活中的美学无处不在，办报也是一样。版面的美学是内在的，是体悟出来的。现将粗浅感受汇报如下：

（一）图文并茂

我在实践中体会到，副刊可以汲取新媒体的长处，图文并茂。比如《中老年时报》副刊版"品画聊戏"栏目，受众在阅读的同时扫描二维码还可以观戏，将静态的平面阅读，转化为可视、可听、可观的多媒体感知，扩展了《中老年时报》的媒体延伸深度与广度，使平面媒体由二维平面转向多维时空，丰富了读者的阅读体验。

（二）体现韵味

在编辑副刊版时，尽量选择国画、油画等艺术作品，体现韵味。尽量做到选用的图片与版面文字相融，增强版面立体感。

（三）加框博关注

比如《中老年时报》"龙门阵"栏目刊发的是言论类杂文，采用加框的形式，吸引受众关注。在字体字号方面灵活运用，大多挑选秀美字体，体现版面层次及美感。

（四）色彩运用

版面色彩运用对于不少报纸的副刊编辑来讲是一个软胁，因为副刊编辑大多是文字编辑，更侧重于把握文字，缺乏美术等方面的专业知识，要虚心向美术编辑请教。

总之，编辑素养决定副刊质量，编辑格局决定副刊品位。办好副刊，编辑应做德才兼备的专家型编辑，既要做到政治强、业务精、纪律严、作风正，又要有埋头苦干、甘为他人作嫁衣的奉献精神，还必须与时俱进，将视野扩展到更为广博的知识领域，保证副刊面孔常看常新。副刊编辑需要身兼数职，既要站在读者的角度对作品品评鉴别，又要站在作者的立场对作品精雕细琢，还要站在把关者的高度，协调均衡版面，把完美的版面奉献给受众。